LATITUDES

Barbara Moon

Latitudes
Primera edición: 2022

ISBN: 9788419178473
ISBN eBook: 9788419178992

© del texto:
   Barbara Moon

© del diseño de esta edición:
   Caligrama, 2022
   www.caligramaeditorial.com
   info@caligramaeditorial.com

Impreso en España – Printed in Spain

Dedicado mi familia, con infinito amor

«El futuro pertenece a aquellos
que creen en la belleza de sus sueños».

Eleanor Roosevelt

1

El avión se empezó a mover. La luz de abrocharse los cinturones se encendió. La estática en el avión era tremenda. Mi pelo, al igual que mi cabeza, estaba descontrolado. El niño sentado a mi lado me observaba con ojos extraños. Luego, una carcajada. Sabía que la estática en mi cabello podía hacerme parecer una bruja, pero tampoco era para reírse de esa manera. Los aviones me ponían nerviosa, pero la risa de ese niño era tan contagiosa que terminé riéndome con él de mí misma. Traté de calmarme invocando lo poco que sabía sobre yoga. Hacer yoga siempre me ayudaba. Íbamos con Anabel a las clases del gimnasio del barrio. Como una buena amiga, Anabel era incondicional. Me arrepentí de no haberle pedido que me acompañara al aeropuerto. Sabía que la extrañaría, al igual que a mis padres. No todos los días se partía a vivir fuera del país y hoy me tocaba a mí. Solo me iba con una valija y un sueño. Y al principio ni siquiera era un sueño propio. Iba a rechazar la propuesta, pero luego se convirtió en un anhelo y de un sueño ajeno pasó a ser uno propio. Mi destino era Boston. La Universidad de Harvard, con exactitud. No podía negarme a una propuesta así. Era un crimen decir que no. Una beca para trabajar en el departamento de investigaciones ambientales no se le ofrece a cualquiera, dijo mi jefe. ¿Cómo decir que no? Ahora había turbulencias. Traté de poner mi mente en blanco, pero fue imposible. ¿En qué podía pensar para distraerme? Pensar en el futuro me daba ansiedad porque había incontables variables, de las cuales había muchas que no podía controlar. Quizás podía pensar en el pasado. Recordé casi con melancolía ese momento cuando sentí cuál era mi destino, como si siempre lo hubiera sabido, pero nunca lo hubiera reconocido, hasta ese instante. Fue antes y después de ese momento. Al menos el pasado estaba hecho, cerrado, no había vuelta atrás. No habría sorpresas. Tal vez eso funcionase.

Hacía un poco más de cinco años cuando muchas cosas cambiaron para mí, en el avión pero con destino a otra ciudad de Estados Unidos; con destino a la mágica ciudad de Nueva York.

La invitación para el congreso de cambio climático había llegado con poca anticipación, por lo cual mi jefe no había podido asistir. Yo iba en su lugar, con algo de curiosidad y entusiasmo, porque iba a mi primera conferencia internacional. Anabel me ayudó a conseguir un vestido de cóctel, ya que había una recepción programada para mañana por la noche, día de la apertura. Insistí con el vestido rojo que tenía desde hacía muchos años guardado, pero ella me ganó con su insistencia y con una frase: «Ese rojo parece rosado». Fuimos de compras a una conocida casa de Buenos Aires, donde me convenció de comprar un vestido color azul. Elegante y sencillo. Debo decir que algo incómodo también, no tenía idea de cómo caminaría con eso puesto, pero debo confesar que me pareció divino.

Al llegar, tomé un taxi hacia Manhattan. Al cruzar el puente de Williamsburg sobre el East River pude apreciar la fisionomía de la ciudad. Una cosa era imaginarse Nueva York y verla en series y películas, otra muy distinta era verla en vivo y en directo. Los rascacielos se veían imponentes sobre el horizonte.

En el *lobby* del hotel me estaba esperando una chica como de mi edad. Con una amplia sonrisa se acercó a saludarme:

—Hola. Eres Mia Palacios, de Argentina, ¿verdad?

—Sí, ya veo que algo me delató —dije mirando a mi alrededor. Había cerca de treinta personas en el *lobby*, ¿cómo supo esta chica quién era yo?

—Es un placer conocerte, soy Samantha Flores. Te reconocí porque hay una pequeña bandera celeste y blanca en tu equipaje. Y porque eres la única argentina de la conferencia.

Claro. Había olvidado la bandera argentina que cosió mi papá en el costado de mi valija.

—Veo que eres muy detallista. Es un placer, Samantha. Estaba lista para practicar mi inglés, pero tu español es perfecto.

—Nací en Nueva Jersey, pero mi familia es de Bogotá. Mia, estamos felices de que hayas venido representando a Argentina. Te dejo el itinerario del congreso. Luego te busco. Creo que tienes unas tres horas hasta que empiece la recepción. Puedes pedir un mapa en Conserjería si quieres ir a recorrer o pasear por algún lugar. Si nunca has estado en Nueva York, no puedes perdértela. Y puedes llamarme Sam.

—Gracias, Sam. Creo que voy a registrarme primero y luego tomaré tu consejo. Todo parece fascinante.

Mientras esperaba en la fila para registrarme, vi a una pareja que estaba unos metros adelante. Llamaban la atención porque ella era alta y glamorosa, se parecía a una actriz de cine: rubia, vestido rojo al cuerpo; los vestidos rojos son geniales. Él parecía más serio pero muy atractivo. Pelo oscuro, ojos claros, sonrisa encantadora. Ella se colgaba de su cuello, y él la tomaba por la cintura. No quería juzgar, pero no parecían científicos, aunque ambos tenían credenciales. De pronto él miró hacia atrás, como si hubiera sentido mi mirada en su espalda. Sus ojos se encontraron con los míos, e instintivamente miré hacia otro lado. Sentí que mis mejillas se ponían del color del rubí. Aparté la mirada y me hice la distraída. Sentí un escalofrío en mi cuerpo. El momento pasó rápido, pero mi sensación de incomodidad perduró por un rato.

Luego de registrarme, fui a conserjería a buscar un mapa e información de la ciudad. Tuve toda la intención de salir a caminar por los alrededores del hotel, pero comenzó a llover, y el cansancio en mi cuerpo se estaba haciendo notar. Decidí tomar una ducha y quedarme en la habitación. Me quedé dormida. Cuando desperté, faltaba poco para que comenzara la recepción. Me puse mi nuevo vestido de cóctel y mis zapatos de taco. Me miré en el espejo antes de salir. No estaba nada mal. Las ondas de mi cabello rojizo estaban recobrando la forma original. Las ojeras y el cansancio se habían ido. Se podría decir que estaba más que aceptable. Algunas cosas eran más difíciles de arreglar, como la inseguridad y la timidez que siempre me acompañaban en mi vida; rasgos de mi personalidad contra los que luchaba constantemente. Si tenía que culpar a alguien o algo, era a la naturaleza. Se dice sabia pero a veces incomprensible.

Cuando salí del ascensor, comprobé que Anabel había exagerado, ya que ese vestido era demasiado elegante como para un cóctel en un congreso de científicos. El salón y la recepción del hotel estaban llenos de gente vestida con ropa sencilla. «Anabel, amiga querida, tengo ganas de matarte».

De pronto sentí todas las miradas en mí. Nunca me había gustado ser el centro de atención, hablando de timidez, y menos en un congreso en un país ajeno al mío cuando mi manejo del inglés estaba todavía en su etapa más rústica. «Mia, es momento de comenzar a dejar tus inseguridades de lado. Comenzando en tres, dos, uno», dijo una vocecita desconocida dentro de mí. Caminé directo hacia el bar haciendo equilibrio con mis tacos y mi vestido al cuerpo. Pedí una copa de vino blanco. Todas las mujeres parecían estar con trajes o con vestidos pero más sobrios. Bueno, como decía mi mamá, en cada lugar era bueno resaltar. Al menos resaltaba por estar bien vestida. Me felicité por haber tenido un pensamiento así de positivo en medio de mi crisis de vestuario. De pronto vi una cara conocida y me alegré. Era Samantha, que caminaba hacia mí con una sonrisa. Como si hubiera leído mis pensamientos, me dijo que estaba muy elegante y que algún día le encantaría pedirme ese hermoso vestido prestado.

—Las latinas sí tenemos estilo, ¿verdad? —dijo Sam, derrochando simpatía.

—Brindo por eso, Sam.

Esta chica me caía bien.

—Vas a estar bien, no te preocupes. Además, hice arreglos para que nos sentemos en la misma mesa. Son los pequeños beneficios que tengo por estar en el comité de organización del evento —agregó.

Después de tener una muy animada conversación con ella, pasamos al salón donde servirían la cena. El bufé se encontraba en los rincones del salón, mientras que el centro estaba reservado para varias mesas redondas con los nombres de los invitados. Sam se separó para ir a conversar con otras personas. Decidí despojarme de una buena vez de mi timidez e imitarla. Qué divertido resultó poder hablar con gente de todas partes del mundo. Puse en práctica mi escaso inglés con gente de Turquía, Australia, China y Francia. Me sentí mejor cuando comprobé que algunos también hablaban un inglés muy básico. Entre palabras sueltas y gestos, nos hicimos entender a la perfección y terminamos teniendo una conversación más que interesante.

Una vez en el salón, estaba conversando muy animadamente con una mujer de Nueva Delhi y con Samantha cuando el anfitrión interrumpió para presentar al primer expositor de la noche:

el doctor Carlos Amar. Todos aplaudieron animadamente. El doctor Amar era un científico muy reconocido en el ambiente. Había trabajado en Argentina, y precisamente en uno de sus viajes había tenido el privilegio de conocerlo, cuando él estaba trabajando en un proyecto en la Patagonia. Mi jefe me había pedido que le mandara sus saludos. El doctor Amar y mi jefe, el doctor Santiago Alcón, habían sido compañeros en la universidad y habían trabajado juntos en varios proyectos.

Luego de una breve introducción donde agradeció a los organizadores y a los participantes del congreso, pasó a presentar a su mano derecha y subdirector de carrera, resaltando que era una de las mayores promesas con la que contaba la comunidad científica hoy. Él había ganado una de las becas de investigación más prestigiosas y había trabajado en organizaciones proambientales como WWF y Save the Planet. Por último, el doctor Amar dijo orgullosamente que él había aprendido incluso mucho de su joven colega, y estaba feliz de que él hubiese aceptado un puesto en el departamento de investigación de Harvard.

«Sin duda, una persona muy interesante», pensé.

—Les presento al doctor Alex Riverton.

Me sentí cautivada por su sonrisa casi instantáneamente. Su cabello brillante y oscuro, sus ojos claros, la forma de mover sus manos, todo en él era atractivo y seductor. Era alto y elegante. Carismático, era la palabra. Había escuchado y leído algunas publicaciones del doctor Riverton, pero nunca me hubiera imaginado que fuera tan joven y atractivo. Nuestras miradas se habían cruzado antes, en la recepción del hotel. Ahora, nuevamente, no podía dejar de mirarlo. Todos aplaudían, pero yo contenía la respiración.

—Mia, ¿estás bien? Te ves pálida —dijo Sam a mi lado mientras aplaudía a su colega.

—Solo estoy cansada. Estoy bien.

—Muchas gracias —dijo él desde el escenario. Todos aplaudían y hasta había algunas personas de pie. Era evidente que se había ganado el respeto de la comunidad científica. Luego comenzó su discurso:

—Es un placer estar esta noche con ustedes. Gracias por tan cálida bienvenida [...]. Entre los grandes desafíos que se presentan en la actualidad podemos dar prioridad a encontrar soluciones, ya sean parciales o totales, para mitigar los problemas de contaminación ambiental, pérdida de masa de los hielos continentales...

Mi atención era limitada. Él me distraía, y no sabía por qué. Frustrante.

Luego de la cena, pude seguir conociendo gente interesante. No me gustaban mucho los congresos, pero tenían su lado bueno: no solo invertir en el tan necesario *networking*, sino realmente escuchar las ideas de los colegas terminaba siendo muy enriquecedor.

Entre la multitud divisé al doctor Carlos Amar. Decidida a cumplir con lo prometido, fui directa a saludarlo. Me presenté porque pensé que él no se acordaría de mí, pero luego de conversar unos minutos me dijo que recordaba a una jovencita, con cabello rojizo y algo tímida, que trabajaba con quien había sido su colega, Santiago Alcón.

—Recuerdo bien a Santiago Alcón. Fue mi profesor cuando estudié en la Universidad de Barcelona —dijo una voz que interrumpió entre todos los presentes.

Conocía bien ese tono de voz. Alex Riverton estaba parado allí, con una copa de vino blanco en su mano, sobrepasando en elegancia a cualquier mortal.

—Entonces, ¿tú trabajas con el profesor Alcón? —me preguntó.

Solo necesité un par de segundos para darme cuenta del efecto que él tenía en mí. «Mia, solo estamos conversando. No te pongas nerviosa».

—Trabajo con él desde hace algunos años. Soy Mia Palacios —dije extendiendo mi mano.

Él la estrechó sin dejar de mirarme fijo.

—Alex Riverton. Es un placer. Todo lo que recuerdo del profesor Alcón es que buscaba la excelencia en las personas por sobre todas las cosas. Supongo que eso ya me dice algo de ti, Mia Palacios.

—Él no ha cambiado mucho con los años. Y supongo que también puede equivocarse —dije, jugando mi carta más humilde.

—Entonces, ¿él no ha venido? Es una pena. Somos viejos amigos, pero hace mucho que no nos vemos en persona —dijo el doctor Amar—. Recuerdo que no era fácil encontrarlo a menos que estuvieras dispuesto a ir a buscarlo a alguna expedición. En esa época no teníamos satélites o celulares. Siempre podías encontrarlo en algún glaciar o en la Antártida. Imagino que usted, señorita Palacios, lo acompaña en estas expediciones. Es la mejor forma de aprender de esta profesión.

—Bueno, yo no he tenido la oportunidad de acompañarlo todavía. Más que nada, trabajo fuera del campo.

Riverton y Amar se miraron con extrañeza.

—¿Está diciendo que todavía no ha puesto pie en el glaciar Perito Moreno? —preguntó el doctor Amar.

—Todavía no me he animado —dije cabizbaja.

—Es una pena —dijo Alex—. Coincido con el doctor Amar. Esa es la mejor forma de aprender, si no la única.

—Bueno, no estoy tan de acuerdo —dije impulsivamente.

Sam se había sumado al grupo hacía unos minutos y al mirarla pude sentir que, así como habían salido esas palabras inoportunas de mi boca, tenía que encontrar la forma para callarme.

—¿Como cuáles? —replicó él. Me miraba de forma divertida, como si estuviera esperando a que dijera alguna pavada para contrarrestar rápidamente.

—No lo sé, uno aprende de muchas cosas. En mi caso sé que he aprendido mucho de estudiar, de libros, de clases... —Era obvio que ya estaba haciendo el ridículo, pero a esta altura no podía quedarme callada.

—Sin duda. Libros, charlas, conferencias y muchas otras cosas más. El ser humano puede aprender sobre múltiples experiencias, pero nada se compara a sentir el olor del hielo penetrando en los pulmones o el viento antártico entrando en cada poro y en cada vena de la piel. Ahí radica el verdadero aprendizaje en nuestra profesión, en especial en lo que respecta al cambio climático, señorita Palacios. Y solo deseo que pueda experimentarlo alguna vez en su vida. Ojalá no la desperdicie detrás de un escritorio o en una biblioteca investigando.

Sus palabras me habían intimidado hasta el punto de haberme ofendido, pero nuevamente no podía quedarme callada a pesar de los gestos que Samantha me hacía desde un costado.

—Gracias por su consejo, doctor Riverton. Veré si lo pongo en práctica o no —dije—. Con permiso.

Me alejé de allí solo deseando que se abriera un agujero en el piso donde pudiera caer como Alicia caía en la madriguera. Samantha me siguió y me alcanzó en el ascensor.

—Vaya, eso sí que no lo había visto antes.

—Estoy un poco avergonzada. No sé qué me pasó y por qué dije eso. Lo siento mucho.

—¿De qué estás hablando? —dijo ella sorprendida—. ¡Nunca había visto que alguien le hablara a Alex de esa manera y me pareció estupendo! Venía para felicitarte y a decirte lo bien que estuviste. No dejes que esos dinosaurios te intimiden, Mia. Somos científicos y a veces hay que recordarles que deberían tener amplitud mental para escuchar otras ideas. ¡Claro que no es la única forma de aprender! Lo sé bien porque hace años que estoy tratando de sumarme a alguna expedición y, a pesar de no haberlo logrado, sé que estoy aprendiendo mucho sobre cambio climático.

—¿De veras? Es un alivio escuchar tu opinión, Samantha.

—Mia, llámame Sam. Nuevamente, estuviste genial. Buenas noches. Espero que descanses. Te guardaré un asiento para la presentación de mañana. Alex estará hablando sobre un nuevo proyecto y creo que te interesará.

—Muy bien. Si no crees que deba abandonar el país en los próximos minutos, creo que me gustaría asistir a esa presentación. Hasta mañana, Sam.

La agenda del día parecía muy apretada. No quería perderme nada, así que marqué algunas charlas y presentaciones mientras desayunaba en un café en la esquina del hotel. Miré por la ventana. Era un típico día otoñal en la ciudad de Nueva York. Los árboles se veían esplendorosos, con colores ocres que vestían las calles. Todavía no había podido recorrerla, pero parecía tan hermosa como ruidosa. Por la ventana vi una limosina pasando al lado de un hombre revolviendo la basura; una señora con cartera Gucci comiendo un sándwich en la calle; dos hombres tomados de la mano paseando con un perrito y un bebé. Esta ciudad podía ser cualquier cosa menos aburrida. Al volver al hotel, me dirigí al auditorio principal para la apertura. Samantha me hizo señas; ella amablemente me había guardado un lugar a su lado en primera fila.

Interesante. Durante el desayuno había buscado información de Alex Riverton en internet. Era un precursor en el tema ecológico y un pionero en varias investigaciones sobre los hielos continentales. No era la clase de científico que disfrutaba trabajando desde un escritorio, más bien todo lo contrario. Había participado en viajes de investigación en lugares remotos. Su abuela, la famosísima Susan Riverton, había sido su mentora y una de las primeras investigadoras de los hielos continentales. Su familia era de Londres, pero él había nacido en Boston, hacía treinta y ocho años.

Luego de la bienvenida, Alex subió al escenario. Si era posible, se veía aún más atractivo que ayer.

Buenas noches, damas y caballeros:

Me presento: soy Alex Riverton. Para los que no me conocen, soy doctor en Climatología. He estudiado y viajado por el mundo nutriéndome de experiencias en el campo, porque debo aclarar que soy un científico de acción, a diferencia de la mayoría en nuestro campo. Pero no quiero aburrirlos con detalles, así que vamos directo a lo importante. Estoy aquí a fin de presentarles una nueva idea, que comencé a elaborar un tiempo atrás en mi tesis de grado y retomé, mejor dicho, reinventé en mi doctorado: aquí somos todos, o la mayoría, científicos, con lo cual ustedes sabrán entender que no quisiera detenerme a explicarles la gravedad de la situación que está atravesando nuestro planeta. Estamos en el año 2018 y ya no son solo teorías las que están a nuestro alcance, a modo de información, sino hechos concretos que demuestran la devastación que estamos sufriendo. Por lo tanto, seré breve en algunas partes y más detallista en otras.

Algunos años atrás, en mi tesis, comencé a pensar en formas alternativas para combatir los males de este mundo. Una de ellas vino a mi mente porque siempre fui curioso con respecto al tiempo. De alguna manera, siempre estuve buscando formas en las que se pudiera revertir este cambio climático que tantos problemas nos ha traído. Ya no solo alcanza con frenar ciertas actividades, evitarlas o ni siquiera prevenirlas, sino que para que haya cambios y avances concretos tenemos que hablar de un nuevo concepto: revertir el tiempo.

Verán, voy a pasar a explicar un poco más este punto: esto no quiere decir que estemos frente a una máquina del tiempo, sino que se trata de entender que el ciclo de vida del planeta Tierra está cambiando con respecto a lo que sería un planeta sano. Permítanme clarificar: cuando nosotros estamos enfermos, vamos al médico. Entonces, aplicando esta lógica, el planeta está claramente bajo los efectos de una enfermedad, y nosotros somos los «médicos» con los que cuenta este paciente tan especial. Como todo especialista, nuestro deber primordial y absoluto es curar al paciente. Si esto no ocurre, las consecuencias podrían ser devastadoras e irreversibles. Y, además de todo, nos habremos fallado a nosotros mismos.

Volvamos al concepto de revertir el tiempo. Verán, este paciente está realmente muy mal, entrando en una etapa terminal. Entonces siempre se creyó que todo lo que quedaba por hacer era tomar medidas paliativas para que este paciente mejorase un poco. Bueno, estábamos todos muy equivocados: hay otra forma de salvar al planeta, y ahora se la voy a mostrar...

Mientras se tomaba unos segundos para beber agua y organizar su presentación, no pude dejar de observarlo; era un orador nato. Todos los presentes estábamos sumidos en una especie de nube donde habíamos quedado eclipsados por la inteligencia de Riverton. No solo había sabido capturar la atención de todos en pocas palabras, sino que también dominaba muy bien el arte de la presentación.

—Entonces, aquí les voy a mostrar algunas imágenes donde se pueden apreciar los icebergs en la Antártida en el año 1980, 1993, 2008 y, finalmente, en el presente. Nuevamente, no comenzaré con detalles, pero déjenme poner en evidencia la pérdida y el retroceso de estas grandes masas de hielo. Quiero enfocarme en esta imagen: lo que ven aquí es un pequeño experimento desarrollado en el laboratorio de Harvard. Se trata de una máquina refrigerante, y déjenme decirles que no solo permite mantener refrigerados los hielos, sino producirlos. Todavía nos falta mucho por hacer, porque recién estamos diseñando este prototipo, pero les aseguro que estamos vislumbrando el futuro.

¡Increíble! En las imágenes se veía el antes y después de una masa de hielo que quedaba expuesta por unos días a esta máquina, y el resultado temprano era que duplicaba su volumen en tan solo unos días. No podía creerlo. Cuando Riverton terminó su presentación, la gente estaba eufórica y no paraba de aplaudir. Asombroso. Una máquina que creaba hielo. La idea era simple, demasiado simple. Era un gran *freezer*, pero en lugar de hielo producía pequeños icebergs. Mi mente analítica trataba de entender algunos parámetros. ¡Pero tenía tantas preguntas! Tenía que confesar que, cuando Alex habló de los científicos de investigación y no de acción, me sentí tristemente identificada. Simplemente, yo no tenía lo que se necesitaba para la acción. Lo sabía bien. Era una científica en formación, pero nunca me había podido identificar con ese grupo admirable de hombres y mujeres de ciencia que trabajaban activamente en el campo. Me hubiera encantado ir a investigar en lugares remotos, pero allí no radicaba mi fortaleza. Sabía que nunca podría hacer un trabajo así. Era demasiado tímida e introvertida para pensar en mí como una científica de acción, como él bien había dicho.

Al terminar la charla, Samantha me entregó una tarjeta.

—Mia, hice una reserva para almorzar. Te espero en este lugar a las 12 p. m. Con Alex Riverton, por supuesto. No suelo hacer de asistente, pero él me lo pidió como favor.

—¿Estás diciendo que te pidió que me invitaras a ese almuerzo?

—Exactamente. No te preocupes por lo de anoche. Te veo más tarde —dijo, guiñando un ojo.

—Gracias, Samantha. Allí estaré.

No entendía por qué se lo había pedido, pero decidí aprovechar la oportunidad para resarcirme.

Sam parecía ser una chica brillante. Había estudiado en la Universidad de la Florida, pero siempre le había gustado Massachusetts. Estudiar en Harvard había sido su sueño desde hacía mucho tiempo, según me contó mientras esperábamos la mesa para almorzar.

—Ahora cuéntame sobre ti, Mia.

—Bueno, no hay mucho que contar, creo. Estudié Climatología en Argentina y luego me dediqué a investigar el retroceso de los hielos e icebergs. ¿Conoces el glaciar Perito Moreno en la Patagonia? Trabajé allí, con el equipo de investigaciones, durante mucho tiempo.

—Pero...

—Lo sé. Nunca has puesto un pie sobre el glaciar.

—Yo trabajaba haciendo cálculos y enfocándome en la teoría. Había otros que se animaban a subir al glaciar. Lo siento, Sam, no soy lo que se podría llamar una científica de acción.

—Mia, no te disculpes por eso. Yo tampoco he ido a trabajar en el campo y, para ser honesta, creo que no lo disfrutaría. En fin, Alex es un estudioso de ese glaciar. Ha ido allí varias veces a trabajar.

Mientras conversábamos, llegó Alex.

—Es un placer que nos acompañen, señoritas. Me tomé la libertad de invitar al doctor Carlos Amar.

Durante el almuerzo, Alex me pidió que hablara sobre los avances que estaban implementado en Argentina para combatir la crisis climática. Afortunadamente, estaba bien informada en cuanto a eso en mi país, para lo cual pasé a explicar que Argentina es el quinto productor de energía eólica en el mundo y cuenta con cuarenta y seis parques eólicos a lo largo de su territorio.

—Aunque no es suficiente, hay avances en esta materia, a pesar de que Argentina todavía está por encima del promedio mundial en cuanto a emisiones. Hay mucho por hacer, pero contamos con recursos escasos. Si bien abundan los científicos talentosos, los desafíos pasan más por obtener otro tipo de recursos, como los financieros.

—Veo que está bien informada, señorita Palacios —dijo el doctor Amar.

Preferí no comentar porque sabía que había algo que me faltaba. Informada sí, experiencia no tanto.

Al despedirnos, le pedí a Alex si podía tener una charla con respecto a su trabajo. Me interesaba llevar una actualización apropiada a mi jefe en Buenos Aires. Él me dijo que el único momento que tenía libre era antes de la cena.

—¿Por qué no vamos a tomar algo? Podríamos encontrarnos en el bar del hotel a las siete —propuso.

—De acuerdo —dije.

Cuando volvíamos al hotel, Sam comentó que Alex había sido nombrado una de las mayores promesas de la comunidad científica. Le habían dado un premio por ser un joven talento científico, lo que disparó aún más mi curiosidad sobre él.

Luego de una larga jornada de reuniones, llegó el momento que más había esperado durante el día. A las siete estaba sentada en el bar del hotel, esperando a Alex. Luego de unos minutos, no había señales de él. Esperé un rato más, pero nada. Vi a Sam caminando hacia mí.

—Sam, ¿podrías esperar conmigo? ¿Por favor? No quiero estar sola.

—Bueno, suena más divertido que ir a reunirme con el comité de organización, pero, para ser honesta, no puedo. Después me cuentas.

—Bueno, no habrá mucho que contar.

—Eso ya lo veremos.

Estaba por preguntar qué quería decir, pero Sam ya se había escabullido por la puerta.

Estaban dando un partido de tenis en la televisión. Me senté en la barra y pedí una copa de vino blanco. Luego de dos minutos, Alex apareció por la puerta. Tenía un abrigo gris y un sombrero del mismo color. Se veía muy atractivo. Se disculpó por el atraso y se sentó a mi lado. Hablamos sobre muchos temas, como si fuéramos amigos desde hacía tiempo. No me sorprendió que él supiera bastante sobre historia argentina. Hablamos de música, de arte, y hasta comentamos sobre el partido de tenis. Luego de unos minutos apareció Samantha para avisarnos que la cena programada para hoy se cancelaba. Al parecer algunos de los participantes con los que nos reuniríamos se habían intoxicado durante el almuerzo.

—Aprovechen el tiempo. Alex, ¿por qué no llevas a Mia a conocer un poco la ciudad? Es su primera vez aquí. Me gustaría acompañarlos, pero todavía tengo trabajo que hacer.

—No hace falta. No quiero causar molestias —dije.

—Mia, será un placer darte un breve recorrido por la ciudad. Ya sé por dónde comenzar. —Luego tomó mi abrigo y me ayudó a ponerlo sobre mis hombros. Me pareció un gesto simple y elegante.

Caminamos un par de cuadras hasta el Central Park. Él dijo que era su lugar favorito en Nueva York. Hacía un poco de frío, pero su compañía me daba calidez. Nos sentamos en un banco. Se notaba que él era muy apasionado con su trabajo, no se había casado y no pensaba hacerlo. Hablé un poco sobre mi vida, pero me interesaba más escuchar que hablar. Mi vida parecía muy aburrida en comparación con la suya. Alex había trabajado en lugares exóticos e interesantes como el mar Muerto, Australia y los fiordos noruegos. En un momento sonó su celular y dijo que teníamos que volver porque lo estaban esperando. Cuando llegamos al hotel la mujer rubia, la misma que lo acompañaba cuando lo vi por primera vez, estaba esperando en el *lobby* con cara de pocos amigos.

—¿Te olvidaste de la cena? ¡No puedo creerlo! —dijo ella ofendida.

—Lo siento, Beck. Perdí la noción del tiempo. Ya nos podemos ir, solo dame un minuto. —Él se acercó a mí—. Mia, fue un placer, pero me temo que nuestro tiempo ha llegado a su fin —dijo sonriente.

—Gracias por todo. También quería disculparme por lo que dije anoche. Estuve un poco grosera...

—Estuviste asombrosa. Aunque no lo creas, me gusta cuando la gente da su más honesta opinión. Por favor, no te disculpes. Soy yo quien debería disculparse. Todavía me cuesta entender algunas cosas de mi profesión.

Le devolví la sonrisa y le agradecí por el breve pero interesante recorrido. Cuando lo vi alejarse, me sentí una tonta porque me di cuenta de cuánto había disfrutado su compañía. Luego me dirigí al bar a pedir otra copa de vino.

—¿Se encuentra bien, señorita? —preguntó el barman.

—Eh, sí, sí.

Al tomar mi cartera, tiré la copa de vino sobre una chica que estaba tomando algo con su novio.

—Discúlpame. ¡Qué torpe soy! —La chica bañada en vino me miró con incomodidad mientras se limpiaba con unas servilletas.

Sonó mi celular y vi que era un mensaje de Alex. ¿Cómo había conseguido mi número? Probablemente, Samantha. «Mia, quisiera verte más tarde». Me permití contestar con una pequeña mentira: «Estaré ocupada». Terminé mi copa en un par de minutos y decidí ir a mi habitación. Me dirigí al ascensor y, cuando estaba por entrar, vi a Alex hablando con un hombre en el pasillo. Al verme, caminó hacia mí.

—Creí que estabas en una cena.

—Sabía que no estabas ocupada. Estás evitándome por las mismas razones que yo te estoy buscando. Necesito decirte algo.

—¿Qué razones? ¿De qué estás hablando? ¿No deberías estar en una cena?

—Demasiado aburrida. Digamos que prefiero otro tipo de compañía, pero tengo que volver rápido, así que tengo poco tiempo.

—¿Poco tiempo para qué?

—Ven conmigo —dijo él.

Lo seguí sin pensar. Caminamos unos metros hasta un pequeño jardín de invierno, anexo al hotel.

—No sé cómo decirte esto, así que solo lo diré: me gustas mucho, Mia.

Él se acercó y puso mis manos entre las suyas.

—Me gustas. Me gusta el color de tu cabello, tus ojos, tu sonrisa. Me gusta todo de ti. Créeme que tú no estabas en mis planes. Recién te conozco y solo puedo pensar en lo mucho que me gustaría conocerte mejor —agregó. Su voz era suave y seductora.

Eso no lo esperaba. Me había dejado sin palabras. Lo único que pude hacer fue reír. Y luego no pude parar de reír. Me reí tanto que él se mostró excesivamente serio.

—No sé qué te resulta tan gracioso.

—Alex, lo siento. Tienes razón. Solo estoy nerviosa. No sé qué esperas que diga —justifiqué—. ¿Qué hay de la chica rubia?

—No estamos juntos exactamente. Yo estoy interesado en otra persona —dijo, acercándose.

Y yo me pregunté qué sentido tenía todo esto. Ni siquiera había decidido si me gustaba o solo me sentía seducida por su personalidad. Decidí tomar un atajo.

—Alex, mañana me voy a Buenos Aires.

—Nunca sabes las vueltas de la vida. Hoy estamos aquí, y eso es lo que importa. —Con su cercanía podía sentir su respiración—. Me gustas, aquí y ahora. No podía dejar de decírtelo.

Se acercó tanto que sentí sus labios tibios rozando los míos. Dejé que me besara y me entregué a sus brazos. Sentí un beso suave al principio, como la brisa de otoño que nos rodeaba, y apasionado al final, como una tormenta de invierno. No quería que ese beso terminara nunca.

—También me gustas mucho —dije. «Pero recién te conozco», quería decir.

—Yo viajo a Buenos Aires todo el tiempo —dijo él.

Un suspiro salió de mi boca, porque sabía que eso no sería suficiente para mí. Él se encogió de hombros mientras me analizaba e interpretaba mi silencio.

—Eres de las que nunca tiene suficiente. Debí imaginarlo.

—Desafortunadamente, sí. Lo quiero todo.

—Y todo es lo que deberías tener, Mia Palacios. Puedo ver el potencial que tiene la gente y puedo verlo en ti. Puedo ver la ambición en tus ojos. Y, para ser honesto, apenas te conozco, pero puedo decir que tienes mucho potencial y no lo alcanzarás si continúas trabajando detrás de un escritorio. Tienes instinto y podrías utilizarlo muy bien para el trabajo de campo. Podrías llegar a ser una gran científica de campo.

—Esto parece una entrevista de trabajo —dije.

Él comenzó a reír sin parar.

—¡Eres tan graciosa! Podría serlo, solo que no suelo besar a las aplicantes. —Luego dejó de reír—. Hablo en serio. Podrías trabajar en expediciones. Si quieres mi consejo, es que no deberías perder el tiempo y deberías prepararte para lo que podría ser una brillante carrera en el campo de la climatología. Necesitamos más gente como tú, apasionada y dispuesta a ir más allá de los límites de la ciencia.

Sus palabras me dejaron sin palabras.

—Ahora sí, debo irme. —Me besó en la mano con una sonrisa. Lo vi alejarse sintiéndome atrapada en mi cuerpo, queriendo salir de él y seguirlo, sin que importase nada más que él y yo.

Al día siguiente me desperté con un mensaje:

Me gustaría verte antes de que te vayas.
A.

OK. Te espero a las diez en el café de la esquina.
M.

Faltaba más de una hora y ya estaba nerviosa de volver a verlo. «Mia, ¿qué te pasa?», me pregunté.

Ya tenía todo empacado, menos la esperanza. No sé qué pretendía sobre este encuentro, pero no quería pensar en eso tampoco. Me sentía intranquila. Llegué puntual al café. Me puse a leer una revista que había comprado. No era una lectura muy profunda, pero servía para practicar inglés. Luego de unos minutos, miré el reloj. Todavía no había señales de él y ya había pasado media hora. Tampoco había mensajes. «Se le hizo tarde. No, creo que no vendrá. ¿Estará jugando conmigo?». Esperé unos minutos y me fui decepcionada y enojada conmigo misma por haberme permitido pensar que algo especial podía pasar entre nosotros.

Cuando volví al hotel, vi a Samantha.

—Mia, te estaba buscando. Alex tuvo una urgencia y me pidió que te avisara que no podía verte.

—¿Qué tipo de urgencia?

—No lo sé. No me lo dijo. Solo dijo que tenía que viajar a Boston urgente.

—No creo que estuviera interesado realmente. Creí todo lo que me dijo —dije, lamentándome.

—Mia, no quiero meterme o defenderlo. Solo diré que lo conozco desde hace tiempo y él no haría algo así sin tener una buena razón.

—Yo no lo conozco, así que no puedo creerle. Solo confío en lo que veo, y él no está aquí, como dijo.

Le agradecí por todo y luego nos despedimos con un abrazo.

—Me encantó conocerte, Mia.

—Igualmente, Sam. Si alguna vez estás de visita por Buenos Aires, no dudes en contactarme.

Si en algún momento pensé que podía enamorarme en tan solo unos segundos, ese beso, esa química entre nosotros hubiera sido la prueba, pero al recordar ese encuentro siempre me siento una tonta por aferrarme a ese beso de una manera irracional y por creer en sus palabras. Me dejé seducir como una niña. Me sentía patética, pero no podía evitarlo. Habían pasado cinco años desde ese beso y lo recordaba como si fuera ayer. No solo me había encarcelado en ese momento sin razón aparente, sino que él había plantado en mí la semilla de lo que sería mi nuevo y gran desafío personal y laboral. Cuando volví a Buenos Aires, luego de esa conferencia, le dije a mi jefe que estaba dispuesta a ser parte de las expediciones de campo. En los glaciares, en el desierto, en cualquier lado donde me necesitaran. Gracias a Alex Riverton, ya no podía conformarme con trabajar desde un escritorio. Quería más.

El destino, la vida o como se llamase hizo que ahora estuviera volando a Boston, yendo a trabajar a la Universidad de Harvard, donde Alex Riverton era subdirector del departamento de estudios medioambientales. Tenía tantas preguntas: ¿trabajaríamos juntos? ¿Se acordaría de mí? Solo sabía que la persona que me había ofrecido el trabajo era el doctor Thomas Parker, jefe de Alex.

La señal de abrocharse los cinturones se encendió. Estábamos por aterrizar en un lugar donde una nueva vida me estaba esperando. No podía decidir si estaba más entusiasmada o aterrada, pero definitivamente tenía algo de ambos en mí.

2

Por la ventana del aeropuerto pude apreciar algo de nieve y mucho sol, tal como me imaginaba un hermoso día de invierno en Boston. Después de una extraña experiencia con el oficial de Migraciones, y con equipaje en mano, estaba lista para esta nueva experiencia. Se suponía que venían a buscarme, pero no había nadie esperando en el aeropuerto. Prendí mi celular para pedir un auto. Tenía un mensaje de un número desconocido avisando que no podían ir a buscarme al aeropuerto y que fuera al departamento que me habían alquilado. Sabía que por algún lado tenía el papel con la dirección. Cuando llegué, había una chica sentada en las escaleras. Estaba leyendo un libro en español. Se veía casi igual a como la recordaba, menos los anteojos y el corte de cabello moderno y asimétrico.

—¡Hola, Mia! ¿Te acuerdas de mí? ¿La colombiana simpática?

—¡Samantha! Claro que me acuerdo

—Bienvenida. Espero que hayas tenido un buen viaje. Perdona que no fuese a buscarte al aeropuerto, tuvimos una reunión con el doctor Parker muy temprano y se me hizo tarde. Para compensarte, te traje un rico café, el mejor de Colombia, por supuesto —dijo con una agradable sonrisa.

—Justo lo que necesitaba después de un largo viaje. Gracias, Samantha.

—Espero que recuerdes que me puedes llamar Sam. Parece que el tiempo pasa rápido, ¿no? Ahora hay que subir a tu departamento. Deja las cosas y te espero en el carro. Tenemos que estar de vuelta en la universidad en una hora. Thomas parecía ansioso por conocerte.

—¿Te gustaría subir? Hace frío para que estés aquí afuera esperando.

—No, estoy bien aquí. El frío me ayuda a estar concentrada. Estoy escribiendo un reporte y necesito frío y silencio. Así soy yo, una colombiana que ama el frío. Caso extraño el mío. Creo que hace mucho que vivo aquí. —Sam volvió a concentrarse en su computadora.

Sam era tal como la recordaba: amable y conversadora. Me hizo sentir bienvenida desde el primer momento. Subir tres pisos por escalera con la valija no fue fácil, pero luego de unos tropezones y mucha fuerza lo había logrado. El departamento tenía olor a viejo, pero parecía ser más por el encierro que otra cosa, porque se veía bastante moderno por dentro. Estaba amoblado con una cama, un sillón, una televisión, una mesa y cuatro sillas. Tenía una habitación que era muy luminosa y miraba directo a una plaza. El sol entraba por las ventanas y cubría todo el lugar. El agua caliente tardó unos minutos en salir, pero nada por lo que no pudiera esperar.

Tenía que conocer al profesor Parker. Sonaba muy importante. Era muy importante. Las primeras impresiones cuentan. Al abrir la valija vi que toda mi ropa estaba arrugada. Me decidí por un pantalón negro con una camisa morada. Mi pelo estaba demasiado despeinado, pero lo acomodé con ayuda de una vincha y mucha paciencia. El espejo decía: «¡Lista para Harvard!», o al menos nunca estaría más lista de lo que estaba en ese momento.

—¿Lista? —dijo Sam desde el volante de su auto.

—Lista.

—Tienes que refrescarme un poco la memoria —dijo ella—. Pasaron cinco años desde que te vi por última vez, pero no recuerdo con tanto detalle. Cuéntame un poco de tu vida en Argentina.

—Déjame que te haga un resumen: siempre quise estudiar climatología. Desde pequeña siempre estuve preocupada por el bienestar del planeta. Por el medioambiente. Me dediqué a la investigación, hasta que vine a esa conferencia donde te conocí. Ahí me di cuenta de que también era fundamental buscar la forma de ser más activa en mi carrera. Ya sabes, los partidos se ganan en la cancha.

—Una frase muy argentina, sin duda —dijo ella riendo.

—Por eso, hace unos años comencé a involucrarme en algunos proyectos en la Patagonia argentina. Hice dos expediciones al glaciar Perito Moreno y en otros lugares del sur. No sé si recuerdas que antes yo no hacía ese tipo de trabajo. Bueno, con el tiempo, eso cambió. Luego mi jefe, el doctor Alcón, me comentó sobre esta oportunidad en Harvard, y aquí estoy.

—Es un buen resumen. Mia, deberías sentirte privilegiada. Esta beca no se la dan a cualquiera —dijo ella con seriedad—. ¿Y tu tesis? ¿Sobre qué trataba? —siguió preguntando.

—Mi tesis de grado estaba basada en cambio climático, más específicamente sobre el comportamiento de los hielos continentales —respondí.

—Es justo el tipo de experiencia que necesitamos en la universidad —dijo Sam.

Recordé cómo mi jefe me persuadió para que pudiera venir a trabajar aquí. «Es fundamental para avanzar en la carrera», fueron sus palabras, aunque no me gustara la idea de irme de Argentina y dejar a mi familia.

—Debes ir. Eres de las mejores candidatas que conozco. Será una experiencia inolvidable —había dicho él.

Pero tenía muchas dudas.

—Mia, eres una de las que más experiencia tiene en el trabajo sobre glaciares. Además, si no te gusta, te vuelves.

Eso me encantaba de él. Era un gran científico y pragmático como nadie; una combinación difícil de igualar.

Cuando llegamos al campus de la universidad, salí del auto sintiendo algo especial en el aire. Me resultó más que imponente. Me quedé un momento observando todo a mi alrededor. Nunca había estado antes en un lugar así. Los edificios antiguos pero bien conservados, rodeados de una gran arboleda que, en su mayoría, carecía de verde. Aún en pleno invierno, era hermoso. La gente caminando, algunos en forma apresurada. La fachada neoclásica de algunos edificios era increíble.

—Thomas nos está esperando, pero prometo darte un pequeño *tour* después de la reunión. Sé que Harvard puede ser intimidante al principio, pero te acostumbrarás.

No solo intimidante. Me parecía increíble estar allí. Tuve que pellizcarme un par de veces para darme cuenta de que no estaba soñando.

3

Thomas Parker era el director del Departamento de Cambio Climático en Harvard. Era de Londres, pero había desarrollado toda su carrera en Estados Unidos. Había escrito y colaborado en varios trabajos, muchos de los cuales había estudiado en la universidad. Era uno de los científicos más respetados y famosos dentro del ambiente. Contaba con innumerables publicaciones en revistas científicas y había colaborado con la NASA en un par de oportunidades. En uno de sus trabajos exponía ideas muy interesantes: él había planteado que los icebergs podían manipularse, creando y modificando su estructura directamente y también mediante las condiciones atmosféricas que pudieran favorecer su desarrollo o su extinción.

Entré a su oficina tímidamente, pero me recibió como si fuésemos viejos amigos.

—¡Adelante, Mia! Te estaba esperando. Es un gusto conocerte. No es lo mismo por teléfono.

Su oficina olía a libros y a madera. Era amplia y luminosa. No tenía ni una foto sobre su escritorio, pero al menos los colores de los libros le daban algo de carácter.

—Mucho gusto. No esperaba que todos hablaran español por aquí. Me siento como en casa. Veo que será complicado para mí practicar inglés.

—Bueno, aquí estamos en un ambiente muy diverso, pero es cierto, todo el equipo habla español, aunque utilizamos mayormente inglés para manejarnos en las reuniones y las comunicaciones formales.

Me senté en un sillón que tenía tanto de viejo como de cómodo. Sam, que había llegado detrás de mí, se sentó a mi lado.

—Primero que nada, quiero darte la bienvenida a Harvard. Veo que Sam ya te ha ayudado a establecerte, aunque si no me equivoco el vuelo llegó esta misma mañana. Imagino que debes estar cansada. Gracias por la ayuda, Sam.

—Claro, chévere —contestó ella.

—Estoy un poco cansada, pero nada que un buen café colombiano no pueda solucionar —dije.

—En ese caso Stella, mi secretaria, nos puede traer más café. ¿Sabes? Hace tiempo fuimos a conocer Argentina con mi esposa, ahora exesposa. Argentina me pareció fascinante, aunque solo conocí Buenos Aires. Sus teatros, restaurantes, con mucha vida nocturna y diversión. Me encantaría conocer la Patagonia argentina. Si no es molestia, me gustaría escuchar alguna sugerencia sobre algún destino del sur de tu país. En fin, nos estamos desviando un poco del tema, mejor vamos al punto. Quisiera ofrecerte mis disculpas por haberte hecho venir hoy, pero quería conocerte en persona. Tus referencias son excelentes. Sin duda eras la mejor candidata para esta posición, y creo que serás de gran ayuda en nuestro equipo. Estamos preparándonos para algunos proyectos que estarán recibiendo fondos muy pronto. Stella te estará enviando en breve un resumen sobre los proyectos que tenemos en marcha, y uno en especial pendiente de aprobación.

Cualquier cosa que necesites, aquí estamos para ayudarte —dijo él amablemente.

—Muchas gracias, señor Parker.

—Puedes llamarme Thomas. Casi lo olvido, pronto recibirás una invitación para cenar. Posiblemente sea para mañana. Es una tradición. Llevo a cada miembro de mi equipo cuando ingresan a la universidad. Fijamos metas y nos alineamos con el trabajo.

—Perfecto. Hasta mañana entonces.

Cuando salimos de allí, Sam me llevó a recorrer el campus de Harvard. Solo recorrimos una parte, porque necesitaría días para terminar de conocer esa maravillosa universidad. Sam me mostró algunos edificios y la estatua de las Tres mentiras, llamada así porque presenta información falsa. El clérigo inglés llamado John Harvard está representado como el fundador de la universidad, en el año 1638, en lugar del real, que fue 1636. Por último, el modelo no es Harvard, sino un estudiante llamado Sherman Hoar. Sam agregó que era costumbre para los visitantes tocar el pie de esta estatua para asegurarse una segunda visita al lugar. Divertida, puse mi mano sobre la estatua, deseando que no fuera mi última vez allí.

—Thomas es un excelente mentor para todo el equipo, y estoy segura de que también lo será para ti —dijo Sam mientras caminábamos—. ¡Ah, pero mira quién puede acompañarnos! —Cuando escuché estas palabras, sentí que mi corazón se detenía, porque no podía dejar de pensar que él aparecería en cualquier momento ante mis ojos.

—Bruno, ven aquí. Mia, te presento a Bruno, el ingeniero en sistemas del equipo. Él es nuestro «chico tecnológico» —bromeó Sam—. Le voy a dar a Mia un pequeño *tour* de bienvenida.

—Es un placer, Mia. Aquí te esperábamos desde hace tiempo. Me gustaría acompañarlas al *tour*, señoritas. Sé que lo haría más divertido, pero tengo que seguir trabajando. Estoy ayudando al profe con su presentación de mañana. Alex no aparece y por eso estoy de «suplente».

En cuanto escuché su nombre, sentí que se me ponía la piel de gallina.

—Es un placer conocerte, Mia. ¡Nos vemos!

Él siguió corriendo en dirección al edificio principal.

—Ahora lo prometido, pero quiero que sea con una condición: luego me invitas a almorzar en el café; estoy muerta de hambre —dijo Sam.

—Mia, hasta ahora no me has hecho muchas preguntas, y soy la persona designada para darte la bienvenida, y por eso me refiero a ayudarte con lo que necesites —dijo Sam mientras saboreaba una limonada.

—Muchas gracias, pero creo que estaré bien. Realmente no tengo muchas preguntas. Bueno, en realidad, tengo solo una, y te podrá parecer algo extraño que pregunte, pero quisiera saber algo. Es sobre Alex Riverton.

Ella me miró con picardía mientras se terminaba su bebida.

—Claro, Alex. Pregunta lo que quieras.

Creo que tenía tantas preguntas que no sabía por dónde comenzar.

—Solo me gustaría saber en qué está trabajando. Olvídalo, Sam. No es importante.

—Entonces, ¿quieres que pretenda que no recuerdo la química que ustedes dos tenían hace cinco años? Yo estaba allí, ¿recuerdas?

—Yo no recuerdo tanta química, Sam. Solo recuerdo a Alex Riverton y toda su pedantería.

—Bueno, déjame decirte solo una cosa: tienes mala memoria.

—Lo recuerdo bien. Él me dejó plantada, pero ya no importa.

—Si no te importa, será mejor para ti, porque en ese caso no te afectará tanto saber que él está comprometido —dijo ella, esperando una reacción de mi parte—. Su boda será en el verano.

Traté de disimular mi sorpresa, sospechando que lo hice sin éxito.

—Bien por él —dije.

—Está comprometido con Kate, una investigadora del Departamento de Matemática. Ella no lo deja ni a sol ni a sombra, pero hacen una bonita pareja —agregó—. Bien, voy a volver a trabajar, y tú deberías ir a descansar. Aprovecha que Thomas está contento, porque no suele ser tan flexible. Te veo mañana. Tienes mi teléfono, así que llámame si me necesitas.

—Lo haré. Gracias, Sam.

Al llegar al departamento, no pude resistir el cansancio que me invadía el cuerpo y me recosté en el sillón desteñido, que era mucho más cómodo que bonito. Al cabo de unos minutos, dormía profundamente. Me despertaron unos fuertes ladridos. Haciendo un cálculo rápido, habrían sido como dos horas de sueño. En algún momento tendría que comer, así que decidí salir a comprar algunas cosas para más tarde. No pude comprar demasiado porque mi refrigerador era diminuto. Al parecer, había vuelto a la vida bohemia de estudiante.

Al chequear mi correo electrónico, vi una invitación de Thomas para la cena de bienvenida, que sería mañana por la noche. No podía esperar para comenzar a trabajar. Estar aquí había sido un sueño ajeno, luego adoptado y finalmente propio.

Unas horas más tarde, me dejé vencer por el sueño, pensando en todo lo que me esperaba en esta nueva experiencia, lejos de mi familia, lejos de mi país, pero cerca de algo que me apasionaba. Cerca de mi profesión.

4

Llegó la mañana. Estaba lista para comenzar mi día en la universidad. Salí del edificio y respiré profundo. Podía sentir el frío recorriendo cada centímetro de mi cuerpo, pero nada que me asustara demasiado. Caminé felizmente congelada por unas cuadras hasta la universidad, pensando en que ni siquiera el frío podría arruinar este momento.

Al llegar me crucé con Bruno, y subimos juntos al ascensor.

—Buenos días. ¿Cómo amaneciste hoy?

—Feliz a pesar del frío. ¿Sabes dónde puedo encontrar a Thomas?

—¿Thomas? Esta mañana se reunirá con el comité. Creo que deben tratar un asunto importante. Seguramente él te contará al respecto. Ahora, si me disculpas, tengo que llegar a mi oficina y estar listo por si me necesitan. Verás, Clark Kent a veces necesita un par de minutos para convertirse en Superman. No me hagas caso. Hago chistes malos. Soy así. Nos vemos luego —dijo corriendo por el pasillo.

—¡Buena suerte, Clark! —grité.

Seguí caminando hasta encontrar la oficina con mi nombre en la puerta, siguiendo las indicaciones de Sam. Mi nueva oficina.

No era muy grande, pero era luminosa y tenía una planta. Sería un buen lugar para trabajar. Abrí mi computadora y puse manos a la obra. Luego de unos minutos, Sam apareció con un café que se olía como Colombia en una taza.

—Me vas a acostumbrar a estos lujos. ¡Gracias!

—Avísame si necesitas algo. Thomas no está aquí, pero aquí estoy si me necesitas. Hay algo más, creo que me puse un poco ansiosa ayer en el auto y quería disculparme por el interrogatorio. Estuvo fuera de lugar y tendría que haber sido más amigable.

—Sam, luego de este café no hay necesidad de disculpas —dije.

Pocos minutos después, sonó el teléfono. Era Stella, la asistente de Thomas, para confirmar la cena. El profesor no iría a la universidad ese día y se disculpaba por eso, pero nos veríamos directamente en el restaurante.

Llegué puntual al encuentro con Thomas. Él me estaba esperando en una mesa al lado de la ventana.

—Mia, me alegra verte. Tenemos mucho de qué hablar y, además, tenemos que celebrar tu llegada.

Thomas parecía ser alguien en quien podía confiar. Por teléfono no me había parecido tan agradable y cálido; en cambio, personalmente podía ver que era muy fácil de tratar.

Miré a mi alrededor. El salón era elegante y cálido. La mayoría de los hombres vestían saco, y las mujeres, casi todas con vestido. Thomas se mostró muy interesado en mi tesis. No quería aburrirlo con el tema, pero seguía haciendo preguntas. Le expliqué que había desarrollado una idea sobre tener un plan de trabajo en simultáneo con varias universidades para implementar planes piloto en distintas partes del planeta y tomar información actualizada sobre el comportamiento de los océanos, de los glaciares, y con eso poder monitorear el calentamiento global.

—Mia, eso es muy interesante. Me gustaría escuchar más sobre tus ideas, pero ¿sabes qué? Iba a esperar hasta mañana para anunciarlo ante todo el equipo, pero lo cierto es que me gustaría adelantarte algo. Esta mañana recibí muy buenas noticias. Luego de meses de perseverancia, finalmente aprobaron nuevos fondos para una prueba piloto en un proyecto que venimos desarrollando hace tiempo. Mia, creo que será un gran avance para todo el Departamento de Investigación Climática y, claro, para la universidad. Sin mencionar que será un logro para la humanidad, pero mejor ir por partes. ¿Qué puedo decir? ¡Soy optimista! Los fondos son justamente para financiar la investigación a nivel de campo. Los detalles los veremos mañana, porque tengo pensado organizar una reunión con todo el equipo. Hoy quería brindar por esta noticia y por tu llegada —dijo con entusiasmo.

La conversación estaba muy entretenida. Thomas me explicó algunas cosas importantes del funcionamiento de la universidad. También me deleitó con algunas anécdotas de sus tiempos de estudiante. Cuando estábamos por salir del restaurante, alguien llamó a su celular. Con un gesto le indiqué que lo esperaría afuera mientras él hablaba. Me coloqué el abrigo torpemente y con una mano le pegué a alguien que venía caminando detrás de mí. Me di la vuelta para disculparme por mi torpeza. Mis ojos se posaron en una imagen que no esperaba ver. Estaba algo diferente, tenía el pelo un poco más gris, los ojos azules de siempre, pero esta vez estaban vigilantes, detrás de unos anteojos de marco negro. Se veía más intelectual y, si era posible, más atractivo de lo que lo recordaba. Me miró sorprendido. Luego sonrió.

—¡Eres tú!

—¡Soy yo! Hola, Alex.

—No esperaba verte aquí. Parece que el tiempo no hubiera pasado, Mia —dijo él.

—Recuerdas mi nombre.

—Claro que lo recuerdo.

—Ahora usas lentes.

—Ya no veo tan bien como antes.

Luego hubo un silencio, interrumpido por Thomas, que venía caminando con paso ligero.

—Lo siento. Tenía que atender ese llamado. Ya podemos irnos. ¡Alex! ¿Qué haces aquí? Iba a presentarlos mañana, pero veo que las casualidades me ganaron de mano. Finalmente conociste a Mia.

Alex me observó confundido. Luego miró a Thomas.

—Mia Palacios. La nueva integrante del equipo. ¿Recuerdas? —agregó Thomas.

Alex miró de un lado a otro sin terminar de entender. Vi su cara transformarse rápidamente de la confusión hasta la sorpresa.

—No tenía idea de que la nueva integrante de la que me hablabas era Mia Palacios. Nos conocimos hace unos años en un congreso en Nueva York —explicó—, pero no participé de la búsqueda para nuestro equipo —dijo él, justificando su ignorancia.

—Tienes razón. No participaste porque has estado muy ocupado con el casamiento. Aquí tenemos al novio de América. ¿Sabes, Mia? Alex va a casarse en verano —dijo Thomas.

—Felicitaciones, Alex —dije mientras trataba de que me pasara el aire a los pulmones.

—Muchas gracias —respondió.

—Mia, la cena fue un placer. ¿Te llevo a tu casa? —dijo Thomas.

Una llamativa mujer con un gran anillo brillando en su mano se acercó a nosotros. Era alta, elegante y caminaba con actitud. Era una hermosa mujer. No era difícil adivinar quién era.

—Alex, ¿podemos irnos? Mis padres están algo cansados —dijo tomándolo del brazo.

—Claro. Kate, déjame presentarte a Mia. Ella estará trabajando con nosotros. Recién llega de Argentina. Mia, ella es Kate, mi novia.

—Encantada. ¿Así que eres de Argentina? Esta universidad está cada día más comprometida con la diversidad. Dentro de poco, seremos muy pocos los que hablaremos inglés. ¿Nos vamos? —dijo ella, derrochando antipatía.

—No necesito escuchar estas tonterías —dijo Thomas—. Vámonos, Mia. Alex, tú sabrás lo que haces.

Alex lo miró con incomodidad.

—Buenas noches, Mia, Thomas. Los veré mañana.

No podía dormir. Me levanté y puse a calentar agua para preparar té. Me sentía algo cansada, pero también extrañamente frustrada. Ver a Alex había sido más intenso de lo que esperaba. Muy en el fondo sabía que había estado idealizando su recuerdo. Recordaba con ternura ese momento cuando nuestros labios se besaron y no podía sacarme esa imagen de la cabeza. Había significado mucho para mí, y era lógico que hubiera pasado completamente desapercibido para él. Había sido muy ingenua al estar aferrándome a un recuerdo así. Todo era como tenía que ser. Él estaba comprometido, y no con cualquier mujer. Kate era muy atractiva y seguramente inteligente también. No podía pasar desapercibida ni aunque estuviera vestida de monja. Sam tenía razón; hacían una bonita pareja.

Me acerqué a la ventana. Podía ver las estrellas brillando en la noche gélida. Recordé las palabras de Alex, esas que salieron de su boca hacía unos años y me hicieron replantearme mi futuro. Gracias a sus palabras es que había encontrado la motivación para ir más allá de mis límites y dedicar mi vida a esta profesión tan gratificante como insegura. Algún día tendría que agradecerle.

5

Thomas dio por comenzada la reunión donde anunciaría el nuevo gran proyecto. Luego de una breve introducción sobre los principales puntos de la semana, me presentó ante todo el equipo. En realidad, no había mucho que decir, yo no era más que una científica común y corriente, unas más entre el montón, pero me pareció un bonito gesto que, creo, ayudó a romper el hielo, ya que no conocía a muchos de los que estaba allí. Luego de la reunión, me llamó para que fuera a su oficina. Samantha, Bruno y Alex estaban también allí.

—Mia, espero que estés acomodándote bien. Solo quería contarte que Alex es el subdirector del Departamento de Investigaciones Ambientales. Él estará a cargo de varios proyectos y estarás trabajando con él, Samantha y Bruno en varios emprendimientos, pero sobre todo uno en especial.

—Gracias por la confianza —dije algo dubitativa.

—No tienes por qué agradecer. Este es tu trabajo y, como te podrás imaginar, será sacrificado. Estamos contentos de que estés aquí con nosotros. Necesitábamos con urgencia expandir nuestro equipo. Los detalles les llegarán por correo encriptado, ya que manejaremos información confidencial. Alex los mantendrá al tanto. Ahora, si me disculpan, tengo algunos llamados que hacer.

Al salir de allí, mientras caminábamos hacia nuestras respectivas oficinas, Alex me pidió hablar en privado. Entré a su oficina. Él cerró la puerta y me pidió que me sentara.

Él permaneció de pie, mirando hacia la ventana. No todas las oficinas tenían una vista tan linda como la suya. Desde allí se podía ver el río y la bahía. Se veía todo el campus de la universidad, que todavía me sorprendía por su tamaño.

—Mia, ¿te estás acomodando bien?

—Creo que sí. Gracias.

Luego dio un par de vueltas a mi alrededor. Parecía algo nervioso.

—Creo que solo lo diré. —Se pasó una mano por el pelo. Recordaba ese gesto tan característico de él. Lo hacía todo el tiempo, porque un mechón siempre le caía sutilmente sobre su frente.

—Mia, por lo visto, tendremos que trabajar juntos. Y no tenía idea de que eras tú precisamente la persona que estaríamos contratando para sumarse al equipo de trabajo. También quería asegurarte que no tienes por qué preocuparte por lo que pasó entre nosotros tiempo atrás —él seguía hablando y parecía estar nervioso. Yo me sentía aún más nerviosa de lo que él parecía.

Mientras él caminaba y hablaba, yo solo podía recordar ese beso que casi siempre volvía a mi cabeza irracionalmente.

—Mia, ¿me estás escuchando?

Sus palabras me hicieron volver a la realidad.

—Estaba diciendo que voy a casarme en el verano.

—Felicitaciones.

—Ya me lo dijiste ayer, en el restaurante.

—¿Puedo preguntar hace cuánto que te comprometiste? —Apenas salieron esas palabras de mi boca, me arrepentí. Debía mantenerme al margen de su vida personal, ese comentario no ayudaba.

—Bueno, fue hace dos noches.

Abrí los ojos. ¡Oh, no! ¡La noche en la que estaba viajando hacia Boston! ¡Tiene que ser una broma! Él esbozó una sonrisa.

—Como estaba diciendo, la boda será en el verano y no tienes que preocuparte por nada. Somos profesionales y estoy seguro de que podremos trabajar juntos sin problemas —dijo. Finamente se sentó en su silla, se quitó los lentes y comenzó a jugar con una lapicera.

—Lo siento. Esto me tomó por sorpresa y no quería que estuvieras incómoda. Creí que era mejor hablarlo, pero para ser honesto ahora yo me siento un poco incómodo.

Me gustó escuchar esas palabras. Después de todo, Alex era humano, no divino.

—¿Te sientes incómodo conmigo?

—No, claro que no. No quise decir eso. Estoy cómodo con que trabajemos juntos, solo que no quería que hubiera algún malentendido. Me pareció que lo mejor sería hablar de lo que pasó entre nosotros. No me hagas caso, fue un error hablarte de esto.

—Para ser honesta, a pesar de nuestra evidente incomodidad, creo que fue mejor que lo mencionaras.

—Entonces, ¿estamos bien? —dijo él.

—Estamos bien —respondí.

Al salir de su oficina, me sentí perdida y seducida por un vago recuerdo; un recuerdo que no estaba lista para dejar ir. Caminé por el pasillo y me crucé con Kate, que se veía impecable en un trajecito blanco. La saludé con un simple «hola». Ella me miró y no respondió. No podía disimular su altanería. Kate entró en la oficina de su prometido y pude ver que se tomaban de las manos. Se besaron, y luego él cerró la puerta. Aunque no quisiera, podía imaginarlos besándose apasionadamente sobre su escritorio, pero ¿por qué me torturaba de esa forma?

6

Sam era muy conversadora. Sabía vida y obra de muchas personas en la universidad. En lo personal, yo no era muy chismosa, de modo que todo lo que decía me lo guardaba. Naturalmente, algunas cosas captaban más mi atención que otras. Por eso esa mañana, mientras tomábamos algo en el café de la universidad, cerré mi libro inmediatamente cuando mencionó a Alex y a Kate.

—Hacen una hermosa pareja, aunque no sean muy compatibles en realidad —dijo ella—. De hecho, son bastante opuestos. Como el agua y el aceite en mi opinión.

De acuerdo con lo que Sam contaba, Kate pasaba mucho de su tiempo libre en el gimnasio y el *spa*, mientras que Alex se sumergía en los libros cada vez que podía y, ocasionalmente, salía a correr por los parques de la ciudad. Alex era apasionado con su trabajo, mientras que para Kate el trabajo era algo necesario para vivir y darse los gustos, que por lo general era cualquier cosa relacionada con las compras. No estaba tan segura sobre la descripción de Kate que Sam estaba elaborando, pero era fácil de creer. Él era profundo y sensible, mientras que ella parecía superficial y dura. Se habían conocido en la biblioteca de la universidad.

Habían estado juntos y separados muchas veces, como un patrón que es fácil de encontrar en muchas relaciones.

—Pero, Sam, ¿cómo es que sabes todo esto?

—Además de ser un poco chismosa, soy amiga de ambos —dijo con picardía—. Bueno, no soy amiga de Kate realmente, pero supongo que tendré que serlo si pronto será la mujer de Alex —reflexionó.

«La mujer de Alex». Esas palabras las sentí como piedra en la boca de mi estómago.

—Vamos, Mia, dime qué piensas.

Volví a cerrar mi libro, que había vuelto a abrir solo para disimular mi interés en escuchar toda la historia.

—¿Por qué me preguntas lo que pienso?

—Porque tengo buena memoria para las cosas importantes y porque veo cómo lo miras. Y no quisiera que termines lastimada.

—Sam, no sé de qué estás hablando. Eso pasó hace mucho tiempo, tanto que ya apenas lo recuerdo. En realidad, nunca pasó nada entre nosotros ¡Además, pronto habrá un casamiento!

—Y un bebé —agregó.

El libro se me cayó al piso.

—¿Un bebé? Sam, no sé si deberías contarme esto.

—No hay problema, no es un secreto. Kate está de tres meses. Ya se puede contar, según ella.

—Bien por ellos. Un bebé es una bendición —dije muy diplomática.

Sam me observó y no dijo nada. Abrió su libro y comenzó a leer mientras terminaba su segundo café de la mañana.

La reunión había comenzado cuando Sam y yo llegamos. Nos sentamos en la parte de atrás de la sala. Vi a Alex, que nos fulminó con la mirada. Estaba más que claro que no debíamos llegar tarde.

—Buenos días a todos. Por favor, todo el mundo sentado —dijo Thomas, entrando rápidamente al salón—. Si todos estamos aquí, voy a hablar de algunas cuestiones importantes. A continuación, les contaré las novedades. Ayer estuve en reunión con el comité de la universidad y cabe destacar un tema que se trató en la agenda del día: la universidad ha decidido diversificar sus proyectos, con lo cual estarán aprobando más financiamiento a proyectos de campo. Sin más rodeos, nos han aprobado por un término de seis meses avanzar con la implementación del prototipo llamado STORM. Como todos saben, estamos trabajando desde hace tiempo con este modelo en conjunto con otras universidades. Ya hablé con el doctor Carlos Amar, y estará llegando en los próximos días desde Los Ángeles para poner manos a la obra. Esto se resume en un gran logro para la universidad.

¡El doctor Amar! Qué bueno tener una cara conocida. STORM, según explicaba Thomas, era un proyecto que consistía en un motor algo más sofisticado que los motores convencionales, conectado a unas mangueras por donde ingresaba el líquido, en este caso agua, y el sistema operaba de manera tal que el *output* era hielo. Básicamente, era una máquina para hacer hielo. Aunque me faltaba conocer más en detalle sobre el proceso, consideraba fascinante la simpleza de la idea. Esta máquina, que podía llegar a resolver uno de los problemas ambientales más importantes de los últimos tiempos, podía verse como un simple refrigerador o *freezer*. STORM estaba diseñada para trabajar sobre flotadores.

Cuando Thomas finalizó su explicación, hubo algunos aplausos que él agradeció humildemente. Miré a mi alrededor. Podía sentir la euforia en el aire. El salón estaba lleno de investigadores y científicos buscando avances en la ciencia, en el día a día. Me sentí orgullosa y contenta de estar rodeada de gente con la que compartía este anhelo de tratar de mejorar el mundo, mediante la ciencia y la tecnología. En ese momento supe que no me había equivocado al venir a Harvard.

¿Dónde lo implementarían? ¿Cuándo comenzaríamos con este proyecto? ¿Quiénes estarán a cargo? Todas preguntas que asomaban entre los oyentes.

Thomas miró a Alex.

—He nombrado a Alexander Riverton como el responsable de la implementación del proyecto. —Alex se levantó de su silla y se puso de pie, orgulloso.

—Estamos trabajando en el cómo, qué y cuándo. Todavía no sabemos los detalles, pero les puedo adelantar que hay un lugar que sería ideal para comenzar con la implementación de STORM, debido a sus condiciones climáticas y su ubicación geográfica: estoy hablando de Alaska. En cuanto tengamos más información, la compartiremos. Si nos disculpan, vamos a seguir trabajando.

Al salir de la reunión, todos se congregaron alrededor de Alex. Había muchas preguntas y se podía sentir el entusiasmo flotando en el aire. Sam y Bruno fueron directo a felicitarlo.

—Has esperado este momento por mucho tiempo, Alex. Te lo mereces —dijo Bruno.

—Ya era tiempo de que te pusieran al frente de un proyecto así —dijo Sam.

—Felicitaciones, Alex —dije.

—Gracias a todos. Honestamente, no puedo creer que estemos tan cerca de implementar STORM. Será un placer trabajar con este equipo. Y no será nada fácil organizar una boda e implementar un proyecto en Alaska al mismo tiempo —dijo él.

—Te ayudaremos, como siempre —dijo Sam—. Trabajando juntos, será pan comido.

7

Durante el resto de la semana estuve en la universidad por largas horas, pero era justo lo que necesitaba para mantenerme despejada. El problema fue el efecto de comenzar a hablar inglés todos los días y por muchas horas, porque mi cabeza dolía por las noches. Había leído en alguna parte que el cerebro comienza a trabajar diferente cuando no lo hace en su lengua materna y, por los dolores de cabeza que tenía, podía darle crédito a eso.

El fin de semana llegó rápido. Sam había organizado una celebración en su casa en honor al nuevo proyecto que se había aprobado y, según dijo ella, en honor a mi llegada también. Llegué con una bandeja de cien empanadas caseras. Cuando era niña, mi abuela me enseñó a prepararlas. Había pasado mucho tiempo en mi pequeña cocina, pero me había sentido orgullosa de poder compartir algo de mi país y mi cultura con un grupo tan diverso como el equipo de climatología. El problema era esconderlas de Bruno, que apenas las vio se abalanzó sobre ellas sin pensar ni un segundo en los invitados que llegarían después.

El departamento de Sam no estaba lejos del mío. Era pequeño y luminoso, como probablemente todos los de la zona. El estilo y la decoración eran bien latinos, con influencia africana y europea, ya que Sam había vivido en varias partes del mundo con su familia; su padre era diplomático. Tenía un montón de adornos y *souvenirs* de países en los que había vivido, como Sudáfrica, México y Francia.

Mientras organizábamos todo, hablamos sobre el nuevo proyecto. No conocía demasiado sobre STORM, pero, mientras escuchaba a Sam y a Bruno, me iba familiarizando con algunas cosas que había leído. Al parecer nadie tenía mucha idea de cómo Alex iba a querer manejar la fase de implementación. En el fondo sabíamos que este proyecto sería un gran sacrificio personal para todos, en especial para los que tuvieran que viajar a Alaska, si es que era el destino elegido, pero todos coincidimos en que sería una experiencia única e inolvidable.

La gente seguía llegando a la fiesta. La zona del bar era la más concurrida. Ya comenzaba a reconocer a algunos de mis compañeros. Conocí a Paul y a Laura, que eran de Francia y de Canadá respectivamente. También trabajaban en el equipo, pero en el manejo de presupuesto y finanzas.

Alex y Kate llegaron en la parte más divertida de la reunión, cuando la gente estaba bailando. Todas las miradas se posaron en ellos. Ella se veía elegante en un vestido negro, tan corto que apenas le tapaba lo que tenía que tapar. Él se veía casual, con *jeans* y camisa blanca. Sus anteojos le daban un aire intelectual que sabía llevar con mucho estilo. Eran una pareja envidiable.

—No te preocupes, Mia. Sobran los candidatos en la universidad. Podrías tener uno para cada semana —dijo Sam susurrándome al oído.

Solté una carcajada. Sam me hacía reír con sus ocurrencias.

—Bueno, ¿esto es una fiesta o qué? ¡Vamos a bailar! —gritó en mi oído.

Bailamos unas cuantas canciones, de una amplia variedad, desde J-Lo hasta Guns N' Roses. Luego de unos minutos, Paul y Laura se sumaron al grupo de bailarines. Kate y Alex estaban en la zona del bar, un poco aislados del resto, pero parecían estar disfrutando de su propio mundo. Se los veía muy compenetrados en lo suyo y apenas prestaban atención a su alrededor. Se besaban y acariciaban como si estuvieran en su propia burbuja y nadie pudiera entrar. Me reproché a mí misma el tener que estar pendiente de ellos. Había venido a divertirme y pasarla bien. Luego de un rato, cuando volvía de una visita al baño, escuché voces que venían de una de las habitaciones.

—Me dijiste que ese trago no tenía alcohol. ¡¿O acaso olvidaste de que estás embarazada!?

—¡¿Cómo voy a olvidarlo si tengo náuseas todo el tiempo?! Además, no me di cuenta de lo que estaba tomando.

—No es posible. Apenas lo probé, el alcohol fue lo primero que sentí.

—No te enojes, Alex.

Qué mal momento para tener que lidiar con un ataque de hipo. Me vino tan fuerte que no solo parecía borracha, sino loca. Salí corriendo hacia donde había más ruido y mi hipo pudiera pasar desapercibido. Fui directa a tomar un vaso de agua y rogué no haber quedado expuesta. Me arrepentí de haberme quedado escuchando lo que no me correspondía escuchar. Mientras me ahogaba en agua, vi que Alex se acercaba.

—¿Puedo hablar contigo un minuto?

Antes de que pudiera contestar, me tomó de la mano y me llevó hacia la terraza.

—¿Tiene que ser en la terraza? Está un poco fresco.

—La música está muy fuerte aquí.

—Lo mismo le dije a Sam.

Hubo un silencio incómodo.

—Eras tú detrás de la puerta, ¿verdad?

Solo quise mantener silencio, pero el hipo me delató. Alex me miró tratando de mantener la seriedad de la conversación, pero no pudo lograrlo y comenzó a reír. Su risa era fuerte y contagiosa. Yo también me reí.

—Lo siento, Alex, no fue a propósito. Pasé por allí y simplemente escuché algo.

—¿Cuánto escuchaste?

—Lo suficiente.

Me miró dejando claro que quería que fuera más específica.

—Escuché «alcohol» y «embarazada». Felicitaciones, a propósito, por lo segundo, no lo primero.

Todavía tenía problemas para aprender a callarme cuando debía.

—Mia, todo lo que escucho de ti es «felicitaciones». Me felicitas por mi compromiso, por mi trabajo, porque voy a ser padre...

—¿Y eso te hace enojar?

—No lo sé. Algo de todo esto me enoja y me frustra, pero no sé qué es —dijo, suspirando—. No es un secreto que estamos esperando un hijo. Estamos felices, pero me preocupa Kate —dijo acercándose tanto que ahora podía sentir su perfume—. Quiero pedirte que seas discreta con respecto a lo que escuchaste ahí.

—Mis labios están sellados. ¿Ahora podemos entrar? ¡Hace tanto frío!

—Yo me quedo aquí un rato. Estoy mejor sin tanto ruido.

—Puedo quedarme haciéndote compañía, aunque me congelaría en el proceso.

—Acepto tu compañía si aceptas ponerte mi abrigo.

—Puedo buscar el mío.

—No hace falta —dijo, quitándose su chaqueta. Luego la puso sobre mis hombros, como solo un caballero de otro siglo lo haría.

Nos sentamos de manera que podíamos apreciar la vista de la ciudad. Sam vivía en un octavo piso y alcanzaba para contemplar la belleza de los alrededores. La vista era espléndida, aún en la oscuridad de la noche. Se veía el campus de Harvard y las luces de la ciudad en el horizonte. De fondo se escuchaba una canción de Van Halen.

—Amo esta canción —dije.

—Mia Palacios, no te imaginaba tan metalera.

—Me gusta todo tipo de música, desde metal hasta las baladas.

—¿Sabes? Hay un bar muy bueno por aquí y tiene reliquias del mundo de la música. Apuesto que te gustaría conocerlo.

—Me encantaría.

—Es un lugar muy especial para mí. Antes iba a tocar el piano algunas noches.

—¿De veras? ¿Tocabas el piano en un bar? ¿Y por qué ya no lo haces?

—Supongo que no tengo suficiente tiempo.

—Es una pena. Uno debería tener siempre tiempo para algo que se disfruta.

—Completamente de acuerdo. Entonces, ¿por qué elegiste estudiar ciencias ambientales?

—Bueno, supongo que todo comenzó porque mi padre trabajaba en una compañía petrolera. Hubo un par de incidentes en el sur de Argentina. Te imaginarás: derrame de petróleo, grandes desastres ecológicos. Hubo mucha gente afectada, también la fauna local. Todavía me acuerdo de los pingüinos y lobos marinos llenos de petróleo en su cuerpo, sin poder moverse. Fui voluntaria un par de veces y fue una experiencia horrible, aunque aprendí mucho. Creo que a partir de allí pensé en estudiar climatología y hacer algo que valiera la pena para mejorar la calidad de vida de las personas y animales. Algo que realmente importara. Creo que todos nosotros somos un poco soñadores si elegimos esta profesión.

—Creo que tienes mucha razón. Soñadores e idealistas.

Él miró hacia el horizonte con expresión seria.

—Mi abuela es mi razón. Ella fue una científica muy importante y, cuando era chico, pasaba mucho tiempo con ella. Recuerdo que los abuelos de mis amigos los llevaban a parques de diversiones, a tomar helado, al cine... En cambio, a mí me llevaba a reservas naturales o, si nos quedábamos en su casa, jugaba con sus microscopios. Ella me enseñaba todo lo que sabía, y lo mejor era que yo aprendí jugando. Todo esto comenzó como un juego para mí.

—Ella debe ser una persona fascinante.

—Lo era. Murió hace unos años. Estaba en una conferencia en Nueva York y...

—Recuerdo aquel día, cuando íbamos a encontrarnos. Yo volvía a Buenos Aires. Tuviste una urgencia. Sam me lo dijo.

Alex me miró perdidamente, como si sus pensamientos hubieran viajado en el tiempo. Luego volvió a mirar hacia horizonte.

—Lo recuerdo. Y siempre pienso que hubiera pasado si... No importa.

—Yo también me lo pregunto —dije tímidamente.

Sus ojos buscaron los míos. Él no dijo nada. Yo tampoco sabía qué decir.

—Supongo que todo pasa por una razón —dijo él.

—O no pasa por una razón —dije yo.

Nuestras miradas volvieron a cruzarse en silencio. Sentí su perfume invadiéndome. Era su chaqueta sobre mis hombros.

—¿Y cómo es que hablas tan bien español? —pregunté, tratando de desviarme del tema.

—Estudié en España por un tiempo. Todavía tengo buenos amigos que viven allí. Algún día te contaré con más detalle.

—Me gustaría que me cuentes esa historia también —dijo Kate, que apareció por detrás.

Ella tenía una copa de vino en la mano, algo que no era buena señal.

—Kate, ¿te acuerdas de Mia?

—Mi novio es un poco entusiasta cuando se pone a hablar de trabajo. Claro que la recuerdo. Era la chica que estaba con Thomas. Cariño, él es un poco viejo para ti.

Alex la fulminó con la mirada. Noté que respiró profundo antes de hablar:

—Es hora de irnos. Debes estar cansada —dijo.

—No seas aguafiestas, Alex. Déjame hablar un poco con tu amiga. Casi diría que te conoce mejor que yo. Eres de Buenos Aires, ¿verdad? —dijo provocativa.

Miré a Alex de reojo. No se lo veía feliz. Decidí ayudar a simplificar las cosas.

—Sí, de Buenos Aires. ¿Entramos? Me estoy congelando. Gracias —dije mientras le devolvía la chaqueta.

—Alex, seguro que estarás contento de poder practicar español con esta chica.

—Ya nos vamos. —Alex la tomó por el brazo y le sacó la copa de la mano—. Buenas noches, Mia —dijo con pena en sus ojos.

—Buenas noches.

«Bueno, ahí va una pareja que nunca voy a entender». Ya estaba decidida a irme, pero al mirar hacia la puerta vi a Thomas, con su gran sonrisa entrando al departamento.

—Su atención, por favor —dijo Thomas unos minutos después de llegar—. Quiero agradecer a mi querida Sam por ofrecer su casa para esta reunión. Estamos aquí, esta noche, no solo porque nos gusta pasarla bien, sino también para hacer un anuncio a todo el equipo. El proyecto ya tiene nombre oficial: STORM. El lugar elegido para la implementación es Alaska, probablemente cerca de Juneau. El lunes ampliaré la información. Por ahora disfruten de la fiesta y del fin de semana. Un gran agradecimiento para todos los que colaboraron con este emprendimiento. ¡Salud! —dijo con su copa en alto.

Había euforia generalizada en el departamento. Todos se abrazaban y gritaban de alegría. Alex saludó a todos con un gesto y se apresuró a salir con Kate. No sé cómo lo había hecho, pero ella todavía llevaba la copa de vino en su mano.

8

Me desperté a la mañana siguiente con un fuerte dolor de cabeza. El sol entraba por la ventana, lo que normalmente me hubiera encantado, pero ahora solo podía pensar en por qué no estaba lloviendo y con absoluta oscuridad. El día parecía primaveral desde mi cama, claro que era solo una ilusión. Cuando finalmente miré el celular, vi que había temperaturas bajo cero. Se acercaba una nevada. Hacía tanto tiempo que no sentía los copos de nieve cayendo sobre mi cara. Otra vez empezaron los ladridos fuertes. ¿Dónde estaría ese perrito?

Me levanté desesperada por café. Los ladridos habían parado. Pensé en ir a correr. En Buenos Aires iba a correr a los Bosques de Palermo, y el cuerpo ya me pedía que parase con el sedentarismo. Dudé unos minutos, pero me decidí y saqué fuerzas de algún rincón de mi ser. Salí a correr por Cambridge Commons, los jardines que rodeaban la universidad. Estaba muy abrigada, quizás demasiado, pero llena de energía. Volví una hora después, con las endorfinas al máximo. Subí por las escaleras y, como venía distraída, casi pisé a un perrito hermoso. Me ladró y lo reconocí. Era el ruidoso del edificio. Enseguida lo acaricié y nos hicimos amigos. Era un simpático cachorro de raza *beagle* que ladraba de contento y no paraba de mover su cola. Miré a ambos lados del pasillo, pero no vi a nadie.

—¿Dónde estará tu dueño?

—Claus, ven aquí.

Una señora de pelo gris, y muy elegante, asomaba por la puerta de su departamento. Miré a Claus, pero él no hacía caso. Ella lo llamó de nuevo. Claus no se movía.

—Claus, tengo helado.

Claus corrió a toda velocidad hacia su dueña. Comencé a reír, ya que nunca había visto un perrito tan motivado por un helado. Ella me miró seria.

—Debes ser la chica nueva. Te ofrecería helado también, pero tiene sabor a pollo. Me llamo Clara, mucho gusto.

—Mucho gusto, soy Mia. Trabajo en la universidad.

—Claro, ¿dónde más? ¿Y dónde trabajas exactamente? Perdona, solo estoy tratando de conversar. No interactúo mucho con la gente. Casi nunca salgo de mi apartamento. Lo siento si soy un poco ruda —dijo ella incómoda.

—No hay problema. Trabajo en el Departamento de Cambio Climático. Llegué hace pocos días.

Ella pareció ponerse pálida.

—Me tengo que ir, disculpa nuevamente. Gusto en conocerte. —Luego cerró la puerta.

Eso sí se sintió extraño. Parecía la vecina más amable del mundo y, cinco segundos después, la más antipática. Quizás eran costumbres locales que no terminaba de entender.

Luego de una ducha y un rápido almuerzo, me puse a trabajar a pesar de que era sábado. Trabajé toda la tarde y por la noche llamé a mis padres. Estaba feliz de hablar con ellos. Los extrañaba mucho, pero estaba más que convencida de que no habría en el mundo ningún otro lugar donde quisiera estar ahora. Como todas las personas, tenía mis momentos de alegría y tristeza, de sentirme positiva y también bastante negativa. Ahora me sentía invencible. Nada ni nadie podría interponerse en mi camino. Mi trabajo ayudaría al planeta. Aunque no pudiera hacer demasiado, no iba a parar hasta conseguir resultados, aunque fuera un grano de arena. Pequeños pasos o, como dicen en inglés, «*baby steps*». Poco a poco, lograríamos avanzar y así cambiaríamos el mundo. Para eso tendría que empezar en este momento, en este lugar.

Al día siguiente me desperté muy cansada, pero el ánimo me cambió cuando al mirar por la ventana de mi habitación descubrí que estaba nevando. Los copos de nieve parecían dibujados. Habían caído cerca de diez centímetros durante la noche, lo suficiente como para cubrir todo el paisaje con un hermoso manto blanco. Fue una linda sorpresa y, como no hacía tanto frío, decidí salir un rato a disfrutar del paisaje. Las calles se veían románticas. Afortunadamente, todavía quedaban luces de Navidad y decoraciones en las tiendas. La ciudad tenía mucha influencia inglesa. Me gustó ver algunas cúpulas faroles y detalles estilo anglosajón que le daban un aire encantador. Me perdí caminando entre las calles pintorescas de Cambridge. Entré a todas las tiendas que podía.

A tan solo un par de cuadras de mi casa, descubrí una librería con un café. Se convirtió en uno de mis lugares favoritos al instante. En el fondo había sillones alrededor de una chimenea. Había una chica tocando la guitarra. Tocaba canciones románticas, lo que me puso en un estado de melancolía total. Amaba esos lugares porque la gente que iba y venía, y sin saberlo me hacían compañía, porque me gustaba observarlos. Sus palabras, su andar, sus conversaciones me llenaban, y no me acordaba de mi soledad. Ese era el precio que estaba pagando por estar aquí, en este lugar privilegiado. Busqué un rincón acogedor, cerca de la chimenea, acompañada de un café y un libro. Los libros también me hacían compañía. Este libro en especial. Me había acompañado durante toda mi vida y me gustaba leerlo de una forma particular. Tan solo elegía capítulos al azar, producto de haber recorrido sus páginas tantas veces.

—Supongo que no me sorprende encontrarte aquí —dijo una voz familiar.

Cuando me di vuelta, lo reconocí por sus ojos, ya que estaba todo tapado con su gorro y un largo abrigo azul marino.

—Hola, Alex. Si tuviera que adivinar, tampoco es inusual verte por aquí —dije animada de encontrar a alguien conocido.

—Siempre vengo a este café. Me gusta la música —dijo señalando a la chica con la guitarra.

—¿Quieres sentarte un momento?

—Solo un momento porque tengo que volver. Vine a buscar un antojo que no sé cuánto podrá esperar —dijo levantando una pequeña bolsa de cartón—. *Muffin* de arándanos —agregó.

—¡Claro, los antojos no pueden ignorarse!

—¿Qué estás leyendo? —preguntó él.

—Nada, un clásico —dije cerrando el libro y tratando de cubrir la tapa con mi bufanda.

—Vamos, puedes confiar en mí. —Extendió su mano para tomar el libro. Se lo di bajo protesta. Cuando vio la tapa, comenzó a reír. En la tapa decía *Mujercitas*.

—No te burles, Alex. Es uno de mis libros favoritos. Si te ríes de Jo March, es como que te rías de mí.

—No me estoy burlando. Es un gran libro. Era uno de los favoritos de mi abuela.

—Tu abuela, la científica.

—Veo que eres buena escuchando a las personas.

—Trato de serlo, porque también me gusta ser escuchada.

—Muy bien. Ahora es mi turno de escucharte entonces. Me sentaré solo un minuto.

—Ya veo. Ahora tendré que decir algo, solo porque así funciona. Ida y vuelta.

—Exacto. Ida y vuelta —repitió él—. Estoy esperando, Palacios.

—Muy bien, si no hay más remedio... ¿Estás preparado? Porque no será fácil decir esto. —Él asintió—. Voy a decirte algo que pocas personas conocen de mí, así que considérate un privilegiado. Solo espero que no te rías. Cuando era pequeña, quería ser como Jo March.

—No tengo por qué reírme, es uno de los personajes favoritos de la literatura clásica. Y puedo ver por qué querías ser como ella —dijo levantando el libro.

—Alex, no creas que soy tan fácil de deducir.

—No dije eso, al contrario, creo que tienes una personalidad extraña.

—¿Extraña? ¿De todas las palabras que existen esa es la que eliges para describir mi personalidad?

—Solo buscaba una palabra que pudiera agrupar varias cosas al mismo tiempo, porque creo que eso eres, una persona extraña pero maravillosa.

—Me quedo con maravillosa —dije—. Lo acepto mientras no te burles de mi personaje favorito.

—Nunca haría eso, Jo March. Quiero decir, Mia Palacios. —Él me regaló la más hermosa de las sonrisas, que disfruté como si fuera la primera vez que la veía.

—Siento tener que irme, porque Jo March tiene mucho potencial como tema de conversación. Te veo mañana. Descansa —dijo él.

—Hasta mañana, Alex.

Volví a disfrutar de mi café y mi lectura. *Mujercitas* ya no me sorprendía como antes, pero de alguna forma siempre encontraba un nuevo sentido en sus palabras. Luego de leer un par de capítulos, volví a mi departamento. Al subir las escaleras vi a Sam leyendo un libro. Al parecer, todos éramos fans de la lectura.

—Podríamos haber leído juntas —dije, mostrándole mi libro.

—¡*Mujercitas*! Uno de mis favoritos. Te estaba esperando, Mia. La nieve me aburre un poco —dijo ella. Luego escuchamos al pequeño Claus ladrando—. Estuvo ladrando todo el tiempo. ¿Sabes quién es el dueño?

—Dueña, en realidad. La conocí esta mañana. Se llama Clara. Es una señora como de setenta años, algo extraña pero amable.

—¿Clara? Me pregunto si no será... Sería mucha casualidad.

—¿Quién?

—Clara Green. Era una científica muy reconocida en Harvard. Más que eso, era una eminencia. Ella trabajaba en el mismo departamento que nosotros. Antes de llegar a ser una experta en el tema de cambio climático, Clara trabajó con la abuela de Alex. Thomas también trabajaba con ellas.

—¡Clara Green! ¡Claro, es ella, Sam! ¡Susan Riverton y Clara Green! Leí sobre sus trabajos en la universidad. ¡¿Cómo no me di cuenta antes?!

—Apuesto por que esto no estaba en los libros. Luego de que Susan murió, Clara desapareció. De un día para otro, abandonó todos sus proyectos y se retiró. Nadie supo nada de ella luego de su retiro. Solo se rumoreaba que todavía vivía en la zona de Harvard, y algunos decían que se metía en la universidad por las noches para echar un vistazo a los trabajos, pero eso suena más como una leyenda —dijo Sam.

Eso no estaba en los libros. Dejamos el asunto de Clara y pedimos *pizza*. Hablamos de todo un poco. Nos reímos y conversamos hasta tarde.

—Ya no recuerdo cómo eran mis días antes de conocerte —bromeó Sam.

—¿Y qué hay de Alex, Kate y Bruno? Parecen formar un lindo grupo de amigos.

—¡No puedes comparar! Bruno es genial. Él lleva la diversión en la sangre, como buen carioca que es. Alex es una gran persona, solo que está demasiado ocupado. Antes éramos más unidos, casi como hermanos. Ahora no tiene mucho tiempo, y el poco que tiene se lo dedica a Kate y a organizar su boda. Ya no tiene tiempo para divertirse.

—O para tocar el piano.

—Veo que cada día se conocen más.

—Bueno, al menos me tienes a mí, tu nueva amiga argentina. ¡No te voy a decepcionar! —le dije, abrazándola—. Estoy disponible para divertirnos, para salir, para quedarnos adentro, lo que sea. Me hace falta compañía, Sam.

—¡Lo sé!, por eso mismo estoy aquí —dijo ella con una gran sonrisa.

9

La reunión del lunes por la mañana se estaba convirtiendo en una tradición. Estaba prevista para comenzar con los detalles de la implementación del prototipo STORM. Alex y Thomas entraron a la sala de reuniones, donde todos los participantes estábamos sentados alrededor de una gran mesa, como la semana anterior.

—Durante el fin de semana estuvimos trabajando sobre el cronograma de trabajo —dijo Alex. En la pantalla apareció un calendario con algunas fechas.

—Estaremos trabajando junto con mi colega de UCLA, el doctor Carlos Amar, para dividir algunas tareas y asignar responsabilidades. También estamos terminando de definir el cronograma de viajes. Tenemos varios candidatos, tanto de Harvard como de UCLA y de Stanford. La idea es establecer un campamento cerca de donde esté ubicado STORM. Hay una base militar que puede servirnos bien. Necesitamos gente de sistemas, de implementación del proyecto y monitoreo ambiental, así que será un equipo muy diverso e interdisciplinario —agregó.

—Creemos que habrá una fase inicial que estimamos que será aproximadamente uno o dos meses, y luego veremos, según cómo evoluciona el proyecto. Comenzaremos a finales de la primavera, de modo que no falta tanto —dijo Thomas, cerrando la idea principal.

—Tenemos mucho trabajo por delante. Los mantendremos informados al respecto. Estaré en reunión con el doctor Amar y con Alex por el resto del día. Si alguien me necesita urgente, por favor, le avisan a Stella, y ella me dará el mensaje. Eso es todo. —Luego se retiraron rápidamente hacia otra sala.

Durante la mañana me dediqué a leer todo lo que encontré relacionado con algunos de los proyectos que teníamos a cargo en el departamento. No dejaba de asombrarme el tipo de tecnología que se utilizaba en ese lugar. Definitivamente, los recursos disponibles eran muy distintos a los que se podía acceder en Argentina.

Al mediodía fui a buscar a Sam y a Bruno para almorzar, como habíamos quedado. No estaban en la cafetería, pero como era un bonito día pensé que estarían en la terraza. Compré un sándwich y fui a buscarlos. Mientras caminaba, vi un enorme pasillo que conducía a una galería de arte. Miré a ambos lados y no vi a nadie, solo había obras de arte y algunas esculturas. Terminaba en un jardín de invierno muy luminoso y desbordado de plantas. Caminé unos pasos hacia un rincón donde reinaba el silencio. Seguí caminando hasta llegar al jardín de invierno, donde encontré varios ejemplares de plantas y bonsáis. Me senté en un banco y respiré profundo. Aún no podía creer que estaba aquí. Me sentí privilegiada. Tenía que ser honesta conmigo misma: daría cualquier cosa por ser parte del equipo que iba a estar asignado a Alaska, pero era consciente de mis limitaciones. Era la nueva, la inexperta. Ni siquiera podía decir que mi «ventaja» era hablar dos idiomas, porque casi todos hablaban dos o más idiomas aquí. Me levanté para seguir mi camino a la cafetería. Había algo en el piso que me hizo tropezar. Me caí y me golpeé la rodilla. La torpeza era una característica que no había dejado atrás. Me reí de mí misma, ya que no podía hacer otra cosa, y al menos nadie me había visto desparramada en el piso. O eso pensé. Un instante después vi a alguien acercándose; alguien que conocía bien, aunque al principio no pude reconocer. Se veía algo más maduro. Su cabello se veía un poco menos dorado que antes. Su voz era tal cual la recordaba.

—Hola, Mia —dijo mientras extendía su mano para ayudarme.

Tomé su mano, pero aún no podía reaccionar. Seguí mirándolo. Por un segundo, pensé que estaría en alguna dimensión desconocida. Tal vez la galería me transportó a otro mundo. No, era claro que era él mismo, de carne y hueso.

—¿No vas a saludarme? ¡Estás pálida!

—¡James! Es que me sorprendiste —dije titubeando—. ¿Qué estás haciendo aquí?

—Vine a trabajar en un proyecto. Es algo temporal. ¿Estás bien?

—Sí, estoy bien. Solo me raspé la rodilla. No puedo creer que estés aquí —dije.

Él se sentó a mi lado sin dejar de mirarme.

—Te has puesto más hermosa con los años.

—¡Aquí estás! ¡Te buscamos por todas partes! —dijo Sam, que apareció caminando con Bruno.

—Oh, sí. Lo siento. Me encontré con...

—Un viejo amigo. Soy James —dijo él, completando mi oración.

—Yo soy Bruno y ella es Samantha. Gusto en conocerte, James. No sabía que Mia tenía más amigos por aquí.

—Nos conocimos en Argentina hace algunos años. Somos viejos amigos —dijo él, sonriente.

No sabía cómo podía continuar esa conversación tan inesperada. Sentí como si de repente tuviera que aprender a hablar nuevamente.

—¿Por qué no vamos a comer algo, Mia? Creo que te ha bajado el azúcar. Estás un poco pálida —dijo Sam.

—Espero que podamos encontrar un momento para conversar —dijo él, tomando mi mano. Luego me dio su tarjeta personal—. Llámame.

—Me tengo que ir —repetí—. No podía lidiar con esto en este momento. Sali de allí lo más rápido que pude, caminando en dirección a Bruno y Sam. Sentí que me seguía con su mirada. Me puse aún más nerviosa. Traté de concentrarme en mis pasos para no volver a caerme.

De todos los lugares del mundo...

No fue fácil caminar alejándome de él, como tampoco lo fue evadir los recuerdos que venían poco a poco a visitarme. Traté de reprimirlos sin éxito aparente. Las imágenes aparecían como *flashbacks*. Recordé cuándo nos conocimos. Fue en una charla sobre ballenas, en el Centro de Investigación Submarina de Península Valdés, en la Provincia del Chubut, en la Patagonia argentina. Él era una de las personas del panel de especialistas. Al finalizar el discurso, James se acercó y me preguntó si me había gustado.

—¿Si me gustaron las ballenas?

—¿Las ballenas, la charla y quizás algo o alguien más?

Así comenzó todo.

—Parecías un poco aburrida y pensé en acercarme. Si te interesan las ballenas, podemos hablar más sobre el tema. Tal vez podemos ir a tomar algo.

Recuerdo su sonrisa, que podía derretir glaciares. Su pelo dorado parecía pintado. Sus ojos eran del color de la miel.

—Me gustaría mucho —dije tratando de no parecer tan tímida.

—No suelo invitar a chicas sin conocerlas, con lo cual deberías decirme tu nombre, así no seremos más desconocidos.

—Buen punto. Me llamo Mia. Sí, imagino que nunca lo haces.

—Mucho gusto Mia. Soy James.

Entonces, ¿te puedo pasar a buscar mañana, Mia?

—Estaré cenando con mis padres por el centro de la ciudad. Nos podemos encontrar en la heladería de la calle principal.

Aquella noche tomamos helado y recorrimos las calles del centro de Puerto Madryn. Luego entramos en un bar y nos sentamos en una mesa cerca de la ventana. Recuerdo que había música en vivo. Hablamos sobre muchas cosas. Estar con él era realmente fácil. Era como si siempre hubiéramos sido amigos. Su personalidad me deslumbró. Me enamoré de su simpatía, su mirada, de la forma en que me trataba. Era dulce y divertido al mismo tiempo. James había nacido en Sacramento, California. Amaba la naturaleza. Era buzo certificado, hacía boxeo y entrenaba para triatlón. Había comenzado a estudiar en la Universidad de Pennsylvania, que tenía un excelente programa sobre cambio climático, de los mejores en Estados Unidos. Había viajado mucho con su familia porque su padre era diplomático. Había vivido en Europa, África y Australia. Su padre se estaba por retirar, y su última asignación era en Buenos Aires. James había pedido unos meses para ganar experiencia trabajando y estudiando biología marina en el sur de Argentina. Conocerlo y hablar con él me abrió una ventana al mundo, un mundo del que no conocía demasiado, excepto por internet y algunos programas de viajes que me gustaba ver. James me conquistó con todo su conocimiento de la naturaleza y del mundo. Esa noche la química entre ambos no tardó en aparecer. Las horas pasaron tan rápido como un rayo y, cuando miré mi reloj, era bien entrada la madrugada. James caminó conmigo hacia el hotel donde me hospedaba. Mientras caminábamos, él contaba chistes, que con su acento forzado argentino eran demasiado graciosos. No podía parar de reír. Al llegar a la puerta, él me tomó de las manos y se acercó. Me besó con ternura. Fue el primer beso del primer amor. Imposible de olvidar. Pasamos el resto de la temporada juntos.

Íbamos a la playa todos los días. Hicimos excursiones y largas caminatas juntos. Un día nos embarcamos para ver las ballenas. Estábamos en el barco, observando esos mamíferos tan fascinantes. Había dos o tres ballenas rodeándonos. Vimos la cola enorme de una de ellas casi sobre la embarcación. Comenzó a mojar a todas las personas a bordo. Todos reíamos, porque la experiencia no podía ser más divertida. James estaba serio, mirándome. Le pregunté qué le pasaba, pero no dijo nada. Solo me besó apasionadamente. Luego me susurró al oído algo que nunca olvidaré: «Te llevaría conmigo a cualquier rincón del mundo». Yo estaba completamente enamorada y no podía ocultarlo. Él era más reservado con sus sentimientos. Parecía pasarlo bien conmigo, pero luego de sus dulces palabras en el barco, nunca dijo más nada. Solo estaba segura de dos cosas: estaba loca por él y, cuando llegara el momento de despedirnos, estaría destrozada. ¿Pero de qué servía pensar en eso? Trataba de no pensar en el futuro. Solo quería vivir ese amor al máximo, cada día, hora y minuto.

—Mia, ¿dónde estás?
Una voz conocida me trajo de vuelta al presente.
—Perdona, Sam, estaba recordando algo que pasó hace mucho tiempo.
—¿Algo relacionado con James quizás? Mia, es un bombón.
—Algo así. Sabes que algunos bombones se ven muy ricos por fuera, pero una vez que los pruebas te pueden desilusionar.
—Así que eso es lo que ha pasado entre ustedes. Él te ha roto el corazón, lo puedo ver. Bueno, entonces olvídalo. En la vida hay muchos chocolates, no está mal probar hasta dar con el que más te gusta.
—Sam, me haces reír, como siempre. No te preocupes por mí. El pasado está en el pasado. Y estoy aquí para trabajar. No quiero involucrarme con nadie. ¿Estamos?

—Te entiendo. Y sé por experiencia que a veces los hombres traen más problemas que otra cosa.

—Hola... ¡Estoy aquí con ustedes! ¿Acaso soy invisible? —dijo Bruno.

—Bruno, tú no cuentas —dijo Sam.

—¡No digas eso, Sam!

—¡Déjame decirte que tienes toda la razón! ¡Los hombres sí que traen problemas! Lo sé muy bien, por propia experiencia, chicas.

10

Esa tarde traté de concentrarme en el trabajo, pero no pude lograr demasiado. No podía parar de pensar en James. Al parecer, el mundo era demasiado pequeño. ¿Y qué estaba haciendo James en Harvard realmente? Preguntas y más preguntas que traté de alejar de mi cabeza sin éxito. Solo salí de mi oficina para ir a tomar café, donde me crucé con Stella, que me comunicó que Thomas quería verme al final del día. Thomas estaba hablando con Alex cuando entré a su oficina.

—Adelante, Mia. Necesito hablar con ambos. Bien. Hemos tomado algunas decisiones con respecto a Alaska. Si bien Alex será el líder del proyecto, necesitará toda la ayuda posible, no solo por el trabajo en sí, sino porque en medio del proyecto tendrá que venir para su casamiento. Sabemos que recién llegas a Harvard y que estamos poniendo mucho sobre tus hombros, pero, debido a tu capacidad y experiencia, creemos que eres la persona indicada para tomar las riendas cuando él no esté en Alaska. Serías la cocapitana, por decirlo de otra forma. Alex tendrá que delegar mucho de su trabajo en una persona de confianza e igualmente capacitada. ¿Qué opinas? ¿Crees que estarás a la altura de las circunstancias?

Me costaba creer que pusieran tanta responsabilidad en mí, aunque Alex estaría liderando el proyecto en todo momento.

—¡Es increíble, claro! Cuenten conmigo.

—Excelente. Entonces, manos a la obra. Alex, ¿por qué no pones a Mia al tanto de todo?

Salimos de la oficina de Thomas y aún no podía creer la oportunidad y el desafío que se abría en mi camino. Alex me preguntó si estaba nerviosa. Sin saber qué contestar, espontáneamente lo abracé. Él se quedó inmóvil, creo que no esperaba tanto cariño y gratitud de mi parte.

—Nerviosa, entonces —dijo, mostrándose algo incómodo entre mis brazos.

—Un poco nerviosa y muy contenta. ¿Puedo preguntar por qué yo? Siento que hay mucha gente mucho más capacitada que yo para tomar esta responsabilidad.

—Porque creemos que tienes mucho para ofrecer, Mia. Tanto Thomas como yo estuvimos de acuerdo en este punto: eres una candidata fuerte para trabajar en el proyecto —dijo él.

Era el mejor cumplido que me habían dado en mi vida laboral.

Kate estaba sentada en las escaleras de la universidad, esperando a su prometido. Cuando me vio, me saludó con la mano. Le devolví la cortesía.

—Mia, ¿por qué no te sientas un rato?

Me senté a su lado. Kate me intimidaba tanto que me hacía sentir como una niña insegura.

—Escuché que irás a Alaska. Felicitaciones.

—Gracias, Kate. Estoy muy contenta.

—También estoy feliz. Seguramente escuchaste sobre el casamiento y la llegada del bebé.

—Sí, escuché las noticias. Felicitaciones para ti también.

—Gracias, Mia. Es increíble, cuando nos lo proponemos, las mujeres podemos conquistar el mundo. Una carrera, hijos, marido. Queremos todo, ¿no es así?

Había cierta ironía en su voz, pero decidí ignorarla.

—Sí, así somos las mujeres —dije.

—Exacto. Solo que a veces no podemos tenerlo todo. Y tú pareces una persona razonable. Supongo que no tengo que preocuparme por nada.

—¿Preocuparte por qué? ¿A qué te refieres?

—Aquí estoy —dijo Alex—. ¿Interrumpo algo?

—Nada importante —dijo Kate.

Él me miró y se alejó mientras Kate lo tomaba del brazo, caminando a su lado. Me quedé mirándolos. No podía adivinar qué pasaba por la cabeza de Kate, pero, fuera lo que fuere, no era nada amigable.

11

Al entrar a mi edificio vi a Claus tirado en el mismo lugar de siempre. Lo saludé y enseguida apareció Clara.

—Buenas tardes, querida. ¿Te apetece un té?

—Gracias, Clara, pero estoy exhausta. Me voy a descansar.

—Vamos, te hará bien la compañía. Para ser honesta, a mí también.

Sabía que ella tenía razón, así que saqué fuerzas de algún lado y acepté su invitación.

Su departamento era muy luminoso, y estaba lleno de plantas. A pesar de la existencia de Claus, olía a flores y estaba impecable. Todo estaba ordenado con un decorado *vintage*. Los muebles eran antiguos, pero en buenas condiciones. Nos sentamos en un sillón en el jardín de invierno. El lugar estaba rodeado de calas, orquídeas, rosas y azaleas. Era un pequeño oasis dentro de un diminuto departamento.

—Es un bonito jardín, Clara. Veo que te gustan las plantas. A mi abuela le encantaban, pero no pude aprender mucho de ellas. Las disfruto, pero no sé cómo cuidarlas.

—Si quieres, te puedo enseñar. Es bastante simple. Las flores son fáciles de cuidar, en cambio las personas son más complicadas —dejó escapar un suspiro y volvió a enfocarse en el té.

Me acerqué a una biblioteca y vi que entre los libros había fotos, trofeos y medallas. Varios diplomas asomaban en un rincón obscuro de su escritorio.

—Clara, tu casa es muy acogedora.

—El secreto está en las plantas, querida.

Ella me alcanzó una taza de té que olía a hierbas. Luego se quedó en silencio mientras me analizaba con la mirada. Yo le devolví la mirada y bebí un sorbo de té. El silencio era el protagonista de esta interacción.

—Bueno, ¿vas a preguntar o no? —dijo ella finalmente.

—¿Preguntar qué cosa?

—Querida, puedo oler tu curiosidad. Tienes dos minutos para hacer tus preguntas.

—¿Qué preguntas?

—Las que quieras.

Me tomó un par de segundos ordenar mis ideas, pero no podía desperdiciar esta oportunidad, así que tomé la iniciativa y me decidí a comenzar con el interrogatorio:

—¿Eres realmente Clara Green?

—Sí, lo soy.

—¿Por qué no sales del departamento?

—Porque tengo fobia.

—¿A qué?

—¿No es obvio, querida? A las personas.

—Yo soy una persona.

—No te tengo fobia a ti. Eres especial. Por eso te dejé entrar. Además, le agradas a Claus.

Así que Claus era el filtro.

—¿Algo más? Te queda un minuto.

—¿Quién pasea a Claus?

—¿De verdad vas a desperdiciar tiempo en esa pregunta?

Me detuve avergonzada de no poder pensar en mejores preguntas.

—Quince segundos.

Me gustaba este juego, solo que necesitaba más tiempo.

—¿Por qué te marchaste de la universidad?

—Creo que se acabó el tiempo.

Protesté porque no habíamos llegado a cumplir el tiempo, pero era evidente que Clara no estaba nada interesada en contestar esa pregunta.

—Querida, me divertí con este juego, pero hace tanto que no conversaba así con alguien que me temo que, así como mi mente está entusiasmada, mi cuerpo no está respondiendo. Me voy a descansar. Discúlpame, y espero que lo repitamos pronto. Además, debo pedirte disculpas porque hace tanto tiempo que no recibía a alguien en mi casa que no sabía cómo comportarme.

—No hay problema, Clara. Fue educativo. Gracias por el té.

—Un placer, querida.

Subí un piso hasta mi departamento tratando de procesar qué era lo que había pasado. Simplemente, no podía creer las casualidades que aparecían en mi vida.

12

—Mia, tengo algunas novedades —dijo Alex—. También estarán en el equipo de trabajo algunas personas que vienen de UCLA y Stanford. Thomas me informó que han invitado a más gente a participar de este proyecto. Gente importante. Tenemos que ir a una reunión en media hora con ellos, pero antes vamos por un café.

Caminamos juntos hacia la cafetería. Luego nos sentamos en una mesa cerca de la ventana. Alex parecía inquieto.

—¿Pasa algo? —Su mirada se perdía en el horizonte.

—Solo me preocupo por Kate. La veo tomando alcohol cada vez que salimos o en alguna reunión y me preocupa. Traté de hablar con ella muchas veces, pero no me escucha. No sé cómo ayudarla.

—Me gustaría poder ayudarte, pero tampoco sé cómo hacerlo.

—Ella no está precisamente contenta de que estés aquí.

—Pude notarlo, pero no entiendo la razón.

—Bueno, le dije que te había conocido hacía tiempo y que nos, bueno, que nos habíamos besado. Luego le aseguré que no había pasado nada entre nosotros, que prácticamente no te conocía.

—Alex, primero que nada, ¡no sabes nada de mujeres! ¡¿Cómo vas a decirle a tu novia, que encima está embarazada, que hace tiempo besaste a una compañera de trabajo?!

—Sí, no fue lo más inteligente. El punto es que estamos por casarnos, y ella se siente insegura.

—Bueno, no la culpo. Debes tener paciencia. Ella está sensible, y probablemente quiere sentirse cuidada y amada. Con respecto al alcohol, quizás deberías hablar con alguien que sepa cómo actuar y qué hacer. Tal vez necesite ayuda profesional.

—Tienes razón. Gracias por escucharme. Eres una excelente amiga. Ahora vamos, que va a comenzar la reunión.

Unos minutos después, estábamos todos presentes en la sala de reuniones. Allí estaba Thomas, el doctor Amar, Samantha y Bruno, además de dos personas más que no conocía. Thomas comenzó con las presentaciones.

—Ellos son Valerie Williams y Ken Walsh. Valerie es de la Universidad de UCLA y Ken, de MIT. Ellos estarán participando en el proyecto, pero nos apoyarán desde sus respectivas sedes universitarias. Nos está faltando... Aquí viene. Él es James Lent, de la Universidad de Stanford. Adelante, James.

Al escuchar su nombre, miré hacia la puerta. Él me miró confundido.

—¿James? —Aún sentada en mi silla, perdí el equilibrio y estuve a punto de caerme. En la maniobra para sostenerme, terminé tirando mi café encima de mi camisa, que para peor era blanca, además de salpicar a Valerie, que se encontraba a mi lado.

—¡Cómo lo siento! —le dije muy apenada.

Valerie me miró con mala cara al mismo tiempo que minimizaba el incidente.

Sali de allí para limpiarme. Lo más doloroso no era la camisa sucia, sino la repentina aparición de James y lo que eso significaba. Sentí tanta rabia que no podía ni caminar. ¡No puede ser! Por suerte pude taparme la camisa con una chalina que estaba usando como bufanda. Salían lágrimas de mis ojos, pero no podía distinguir si eran de frustración, sorpresa o enojo. No podía volver a la reunión en ese estado, pero tenía que hacerlo.

«Deja tus sentimientos de lado. Eres una profesional».

Esperé unos minutos mientras trataba de calmarme y volví a la sala. Todos se dieron cuenta de que estaba alterada, pero nadie hizo ningún comentario. Solo traté de evitar todo contacto visual con James. La reunión siguió con normalidad.

Una hora después todo había terminado, todo excepto mi rabia. Me quedé sentada esperando a que se vaciara la sala. Thomas se acercó a preguntarme si estaba bien. Le aseguré que sí solo para que se fuera tranquilo. Todos se habían ido, excepto James y yo. Él estaba sentado y miraba su celular. Alex salió y me observó intrigado. Le dije que iría a su oficina en unos minutos. Él miró a James y me volvió a mirar.

—*OK*, te veo luego.

Cuando se cerró la puerta, me levanté de la silla, lista para descargar mi ira.

—¡¿En qué momento pensabas decirme que íbamos a trabajar en el mismo proyecto?! —grité.

—No tenía idea de que estabas trabajando justamente en este proyecto. ¿Tienes idea de cuánta gente trabaja en la universidad?

—No podemos trabajar juntos. Simplemente no podemos.

—Mia, entiendo que estés dolida por lo que pasó entre nosotros, pero esta es una muy buena oportunidad laboral para ambos. Yo estaré trabajando en el monitoreo de los mamíferos de la zona y tú en la plataforma. No estaremos trabajando juntos todo el tiempo.

—James, me costó mucho superar que te hubieras ido. Pasé mucho tiempo tratando de olvidarte y ahora apareces de repente en mi vida. —Comencé a caminar por la sala, agitada, intranquila.

—Mia, te escucho, pero cálmate, por favor.

«¿Qué sentido tiene explicarle? ¿Qué voy a decirle?». No sé bien qué me pasó, pero luego de un par de segundos comencé a llorar. Me senté y me paré varias veces, solo buscando algo que me calmara. Él intentó acercarse, pero no lo dejé.

—No puedo verte así. Hablaré con Alex para que me saque del proyecto. Siento mucho haberte hecho pasar por esto —dijo antes de salir por la puerta.

Luego de que James se fuera, Sam entró a la sala y se sentó a mi lado. Todavía había lágrimas cayendo por mis mejillas. Mientras Sam fue a buscar un vaso con agua, Alex se acercó a mí. Él tomó mi mano y luego me abrazó. Nos quedamos unos segundos así, en silencio, abrazados.

—Gracias, ya estoy mejor —dije, buscando distanciarme de él, aunque me sentía segura y calmada en sus brazos.

Él suspiró y me miró fijo.

—Ojalá supiera cómo ayudarte, Mia.

—Estoy bien, solo necesito tiempo. —Tomé mis cosas y salí de la sala. Tenía que hacer algo para calmarme. Decidí ir a caminar por el campus. Hacía frío y era de noche, pero no me importó. Todo lo que quería era encontrar un poco de paz interior.

Una hora y media más tarde, alguien tocaba a mi puerta.

—Ah, eres tú —dije—. Tendrías que haber llamado antes. ¿Y cómo conseguiste mi dirección, James?

—Sabía que no ibas a atenderme. Samantha me dio tu dirección. No fue fácil convencerla —dijo él. Tenía una caja de *pizza* y unas flores en su mano—. No me llamaste.

—Eso debería decirte algo.

—Gracias por ser tan directa. ¿Crees que podemos comer *pizza* juntos? Sé que no tienes ganas de hablar conmigo, pero yo sí tengo que decirte algo. Y tienes que comer en algún momento. Estas flores son para ti. Si lo recuerdo bien, las gerberas son tus favoritas.

No tenía caso discutir. Lo dejé entrar aclarándole que era solo por la *pizza*, aunque las flores me encantaron. No podía creer que se acordara de cuáles eran mis favoritas.

James cruzó el umbral de mi puerta y examinó sin disimulo mi nuevo y modesto hogar.

—Si quieres, te puedo acompañar a comprar muebles o lo que necesites.

—No necesito nada. Estoy bien así. Gracias. —Saqué un par de cervezas de la heladera.

—Brindemos por los reencuentros —dijo él sin dejar de mirarme—. Me gustaría saber qué está pasando por tu cabeza ahora mismo.

—Pensaba en qué momento vas a decirme qué es lo que estás haciendo aquí y en la última vez que te vi en Argentina. No lo sé, James, tengo tantas preguntas en mi cabeza. Y pocas respuestas.

—Tengo respuestas si es eso lo que necesitas.

—Las necesito y las merezco, ¿no lo crees?

—Él no respondió. —Se sentó en el sillón dejando escapar un gran suspiro. Él no había cambiado mucho. Era el mismo chico rebelde con cabello dorado. Inquieto y atractivo. Amante del boxeo, del surf y de todo lo relacionado con la aventura. Cuando sonreía, podía conquistar el mundo. Los animales acuáticos eran su pasión, en especial las ballenas. Era uno de los biólogos más reconocidos del mundo. Y sabía que esa era probablemente la razón por la que estaba trabajando en este proyecto.

—Puedo manejar la verdad, James. Lo que no puedo manejar son más mentiras.

—Sé que tengo que pagar un precio por lo que pasó entre nosotros, así que adelante, ¿cuáles son tus preguntas? —Él se acomodó como alguien lo hace para recibir un golpe directo.

—¿Qué estás haciendo aquí?

—Me llamaron para trabajar...

—Ya lo dijiste.

—Eso es todo. Alex me llamó para que colaborara con STORM. No tenía idea de que estaríamos trabajando en el mismo proyecto.

—James, es imposible pensar en que trabajemos juntos. Las cosas entre nosotros no quedaron bien, por si no lo recuerdas.

—Lo recuerdo bien. Mia, solo déjame decirte algo y me iré de aquí. Ya hablé con Alex para que busque un reemplazo. Puedes quedarte tranquila, no trabajaremos juntos. Ya dije lo que quería decir. Ahora me voy.

Al llegar a la puerta, me dio la mano.

—Espero que algún día puedas perdonarme.

Estaba por cerrar la puerta cuando algo me detuvo. Ese interrogante que me había acechado durante años se escapó de mi boca.

—James, ¿por qué te fuiste tan repentinamente?

Su expresión cambió en un instante. Parecía confundido.

—Tuve que irme porque mi padre estaba enfermo. Teníamos que volver a California para que él comenzara el tratamiento. Todo eso estaba en la carta, ¿no lo recuerdas?

¡¿Qué?! Él no había dejado una carta. Era imposible. Yo no había recibido ninguna carta.

—Mia, recuerdas la carta, ¿verdad? —volvió a preguntar.

Un escalofrío recorrió mi espalda. Antes de que pudiera contestar, Clara apareció por el pasillo.

—Mia, ¿está todo bien? —dijo ella con Claus en brazos, que ladraba como un pequeño perro guardián. James se acercó y lo acarició. En un segundo, Claus pasó de ladrar a querer jugar con él.

—Es muy cariñoso. No sirve como perro guardián. Lo siento, amiguito, es cierto —dijo Clara, hablándole a su adorable mascota.

—Clara, él es James, un viejo amigo.

—Encantada de conocerte, James. Buenas noches a ambos —dijo Clara antes de desaparecer detrás de su puerta.

—Buenas noches, Clara. Mia, tengo que irme, pero debemos volver a hablar sobre esto —dijo él.

—Lo sé. Gracias por las flores.

Al cerrar la puerta, sentí el peso del mundo en mis hombros. Tuve que sentarme para procesar todo. De modo que había una carta. Nunca recibí una carta. ¿Pero de qué serviría tenerla? Nunca sabría lo que decía. Era demasiado tarde para que una carta sin llegar a destino cambiase algo entre nosotros. Lo mejor sería olvidar que alguna vez hubo una carta. El pasado no podía cambiar. James había desaparecido y con él se había ido el amor que alguna vez había sentido por él. Ahora solo podía sentir un gran vacío en su lugar. No quería hundirme en las aguas profundas de mis recuerdos y vivir con esa pena, pero tampoco estaba lista para salir a la superficie; de algún modo, me encontraba flotando a la deriva de este mar de pensamientos, donde sabía que algún día podría salir nadando por mi cuenta.

Me acerqué a la ventana y lo vi caminando. Él había sido mi primer amor y lo había amado demasiado. Pero luego el dolor de su partida había sido tremendamente difícil de superar. Y eso solo podía pertenecer a un solo lugar. Tenía que quedar en el mundo de los recuerdos, bien escondido, en el pasado.

13

Una mañana entré a la oficina de Alex. Kate estaba allí, sentada en su escritorio.

—Alex no está aquí. Lo estoy esperando. Mia, este viernes iremos a un bar con Samantha. Podrías acompañarnos si te gusta la idea.

—Claro, no veo por qué no —dije.

—Bien, vamos después del trabajo. —En eso entró Alex, muy apurado.

—Hola, Kate, Mia. Tengo una reunión en cinco minutos. ¿Algo en lo que las pueda ayudar?

—Tengo que hablarte de algo de trabajo, pero puede esperar—dije, saliendo de la oficina.

Al cerrar la puerta, vi como ella se colgaba de sus brazos. Después de unos minutos, Alex pasó por mi oficina.

—La reunión se postergó para más tarde. ¿De qué querías hablarme?

Me levanté y cerré la puerta.

—No es nada importante. Solo quería aclarar algo. Entre James y yo...

—Mia, no hace falta que digas nada —dijo él, levantando su mano.

—Alex, necesito explicarte, porque quiero que sepas que no hay nada entre nosotros, pero sí estuvimos juntos hace tiempo, mucho tiempo.

—Ya veo. ¿Puedo preguntarte algo? Si ya se acabó lo que sea que hubo entre ustedes, ¿por qué él me pidió que lo sacara del proyecto?

—Él te lo pidió porque yo se lo pedí. No podemos trabajar juntos.

Alex se acercó hacia mí. Luego se sacó sus lentes y me miró fijo. Su cercanía me ponía un poco nerviosa.

—Mia, no voy a meterme en tus asuntos, pero es evidente que si no quieres trabajar con él es porque algo pasa entre ustedes. James es un gran valor para todos nosotros. Es uno de los mejores biólogos del mundo. Necesitamos su experiencia en cuanto a monitoreo de fauna marina. La única razón por la que él no estará trabajando en el proyecto es porque se lo pediste.

—Eso no me hace sentir nada bien —dije, suspirando.

—El punto es que, si no hay realmente nada ustedes, como dices, no veo razón por la que no puedan trabajar juntos.

—Alex, no hay nada entre James y yo —dije enérgicamente.

—En ese caso, ¿podrías reconsiderar que James se reincorpore a trabajar para STORM? ¿Podrías, al menos, pensarlo?

—Alex, no hay mucho que pensar. Si el proyecto lo necesita, entonces yo no soy quién para impedirlo. Lo siento, a veces me cuesta comportarme como una profesional y créeme que no es fácil admitirlo.

—Mia, antes que profesionales, somos humanos. Tenemos miedos, inseguridades, deseos.

—Gracias por hacerme ver las cosas de otra manera. Eres un buen amigo —dije antes de cerrar la puerta.

—Escuché que van a salir con Sam y Kate. Me alegro. Diviértanse pero no tanto.

—Claro. Entiendo a lo que te refieres. Kate estará bien. No te preocupes.

—Gracias, Mia.

Me fui de allí con vergüenza. Había bajado la guardia y eso no estaba bien. «Ya basta, Mia», me reproché a mí misma. Tenía que poner freno a esta situación. Bastante complicado ya era tener a James de vuelta en mi vida como para encima tener que lidiar con el hecho de no poder quitar a Alex de mi cabeza.

El ritmo de trabajo era duro. Todas las mañanas comenzábamos a trabajar muy temprano y algunas veces eran las ocho de la noche y todavía estábamos trabajando. Luego de un tiempo escuché que nos llamaban «los Cuatro Fantásticos», lo cual me causó mucha gracia. Es cierto que estábamos siempre juntos y trabajábamos en equipo, pero supongo que también pasaba porque todos teníamos un poco de pasta de superhéroes en nuestro interior. Nos animaba pensar que podíamos llegar a lograr resultados concretos y así poder «salvar el planeta» de su propia destrucción. Thomas hablaba orgullosamente de todos y decía que, a los ojos de los demás, todos teníamos un superpoder. Bruno era el especialista en sistemas. Samantha era especialista en investigación y conocía demasiado bien todo sobre la contaminación ambiental. Alex era doctor en ciencias ambientales y había poco que no supiera sobre ese tema, en especial sobre los hielos continentales, y luego yo, que en comparación con el resto no podía destacarme mucho, pero había tenido un tipo de experiencia más heterogénea que el resto, de modo que, de alguna forma, me destacaba en resolver problemas y podía ayudar a cualquiera por igual. Entre todos hacíamos un buen equipo.

Todas las tardes llevaba trabajo a casa, ya que tenía mucho por leer y actualizarme.

Proyecto STORM XX

Fue desarrollado en conjunto por las Universidades de Harvard, MIT, UCLA y Stanford.

El prototipo se asemeja a un *freezer* pero de un tamaño más grande. Su diámetro es de 11,3 metros. Altura: 2,56 metros. Peso: 530 toneladas. Materiales: Titanio, acero y otros componentes.

Traslado e implementación: El prototipo se trasladará en forma integral por medio aéreo hasta el aeropuerto de Juneau y en transporte terrestre especializado desde el aeropuerto de Juneau al lugar en cuestión, en adelante el punto X.

Seguridad: El prototipo será monitoreado en forma remota desde su salida del aeropuerto de Boston hasta el aeropuerto de Juneau y continuará siendo monitoreado hasta llegar a su destino final en el punto X. No hay peligro visible de explosión, implosión, derrame, contaminación o incendio. El prototipo está asegurado por la CIA de Seguros Boston One Ltd. Se adjuntan detalles de la póliza.

Funcionamiento: El dispositivo se instala en un lugar remoto; al menos treinta kilómetros a la redonda. La zona debe estar libre de contaminación de cualquier tipo. La instalación es sobre una base, la cual queda directamente suspendida en agua.

Los insumos que utiliza el sistema son aire, agua, gases, presión ambiental.

El dispositivo toma información en vivo de las condiciones atmosféricas e inicia un programa (algoritmo) en su interior. Mediante este programa define cuál será el *óptimo* resultado. Inicia el proceso. Luego de unas horas comienza la actividad. El proceso está en marcha. Se estima finalización de la fase inicial en veinticuatro horas.

Había pasado muchas horas leyendo y, cuando estaba lista para acostarme, recibí un mensaje en mi celular.

Mia:
¿Podemos encontrarnos a tomar algo? Necesito hablar con alguien.
Alex

No tenía muchas ganas de salir y pensé en invitarlo a mi departamento, pero no quería que recibiera el mensaje incorrecto, así que le respondí:

OK. Dame media hora.

—Kate sigue tomando y ahora lo hace a escondidas —dijo él, preocupado. Normalmente sus ojos estaban claros y tranquilos, pero ahora se veían cansados e inquietos—. No sabía con quién hablar. Sam no me responde, y Bruno está fuera de la ciudad.

—Entonces no quedaban muchas opciones.

—Espero que no te ofendas. Te considero mi amiga.

—No me ofendo. Me gusta poder ayudarte —dije.

—Es que no sé qué hacer. Ella niega todo. ¿Crees que podrás hablar con ella? Sé que no se conocen tanto, pero, si esta semana van a salir, ¿tal vez podrías intentarlo? —Luego se llevó las manos a la cabeza—. Estoy muy mal. No puedo más de los nervios. Esto, más el viaje a Alaska, el casamiento.

—Parece mucho para cualquier persona —dije, poniendo mi mano sobre la suya—. No puedo prometer resultados, pero hablaré con ella.

—No sabes cuánto te lo agradezco, Mia.

—Mejor vamos, ya es tarde —dije inquieta.

Caminamos en silencio, bajo las luces de la ciudad. Algunos bares todavía estaban abiertos. La vida nocturna de Boston no era como la de Buenos Aires, pero mostraba su particular encanto. Podía ver la gente caminando y hablando animadamente. Se escuchaban risas y ruido de fondo, pero solo sentía sus pasos y los míos. *Él* me miraba de reojo, y yo a *él*, solo dando lugar al silencio entre ambos. A veces los silencios decían más que las palabras. Seguimos caminando hasta llegar a mi casa.

—Gracias por la compañía. Necesitaba hablar con alguien.

—También me hizo bien salir. Pensé que quería estar sola esta noche, pero no realmente.

Ahí estaba, otro silencio incómodo. Cultivábamos silencios, y al parecer era el fruto de la química entre nosotros. Química que no estaba segura de que realmente existiera o de que solo estuviera en mi cabeza. Química, real o ficticia, que no podía ser, que no tenía lugar en este mundo. Había tenido lugar en el pasado, pero ya no más. Nuestros caminos se habían cruzado en un punto minúsculo en el tiempo, y ahora corrían en paralelo. Sin intersecciones.

—Me refería a que me hizo bien salir, pero ahora estoy lista para ir a dormir. —No sé por qué dije eso. Creo que cuando traté de aclarar las cosas fue peor.

Él comenzó a reír.

—Tengo que confesarte algo: muchas veces trato de imaginarme qué hubiera pasado si no hubiera tenido que volar a Boston.

—Muchas veces me pregunto lo mismo —dije tímidamente.

—A veces las mejores cosas en la vida pasan sin esperarlas, sin buscarlas —dijo *él*.

Sus ojos se encontraron con los míos. Nos miramos en silencio. No sabía qué decir o cómo actuar. Me sentía una momia, y *él* parecía estar en la misma situación.

Luego sonó su celular.

—Es un mensaje. Kate. Tengo que irme. —Bajó las escaleras sin mirar atrás. Luego volteó—. Gracias por escucharme. Buenas noches —dijo alejándose.

—Buenas noches, Alex.

Lo seguí con la mirada hasta que lo vi desaparecer en la esquina. Definitivamente, me estaba metiendo en problemas.

14

Thomas me llamó urgente a su oficina. Me dijo que se iría de viaje y Alex se quedaría a cargo, pero que necesitaba mucha ayuda con las operaciones de STORM.

—Mia, sé que Alex está bajo mucho estrés, por eso te pido que lo ayudes.

—Cuenta conmigo, Thomas.

Luego entró el resto del equipo.

—Tenemos un problema. Un gran problema —dijo Thomas acomodándose en la silla—. STORM está teniendo problemas —aclaró—. Los niveles de eficiencia no son los esperados. Por alguna razón, las pruebas preliminares indican que está perdiendo mucha energía en el proceso de congelación de agua. Estuve hablando con mis colegas, y acordamos que lo mejor que podemos hacer en este punto es comenzar con las pruebas en el campo cuanto antes. En unos días tendríamos que partir para Juneau para comenzar, máximo en dos semanas. Como saben, STORM fue desarrollado en Toronto. Y me acaban de confirmar que lo estarán trasladando en un par de días directamente hacia Juneau.

Todos nos miramos preocupados.

—Thomas, no tenemos suficiente tiempo —dijo Alex, visiblemente estresado.

—Lo sé, pero corremos peligro de que nos quiten los fondos si no mostramos algún tipo de progreso. Estamos trabajando contra reloj. Sé que es mucha presión para todos, pero debemos tener confianza en el proceso. Sabemos lo que hacemos, y por eso mismo nos han confiado el manejo de STORM. Tenemos el mejor equipo. Todos ustedes y la gente especializada en fauna marina. Sigan con el trabajo, lo están haciendo muy bien —dijo Thomas.

Esa misma noche Clara me había invitado a cenar a su casa. Llegué un poco tarde, pero feliz de poder compartir una cena tranquila con ella. El trabajo cada vez era más duro y necesitaba sentirme relajada.

La noche fue muy entretenida. Clara era una gran conversadora y, lógicamente, sabía tanto de la vida como de ciencias. Y, aunque optamos por hablar más sobre lo primero, no faltó momento para conversar sobre lo segundo. Le conté que mi padre había trabajado en una empresa petrolera y que pensaba que el destino me había llevado a, cósmicamente, compensar los daños colaterales que venían de la contaminación ambiental provocados por este tipo de industrias.

—Aun así, no es tu culpa. El petróleo es tan necesario como mantener los hielos continentales. No culpes a tu padre ni a la empresa petrolera. Todos tenemos un rol en esta sociedad y debemos asumirlo con responsabilidad. Allí es donde las grandes empresas marcan la diferencia. Algunas toman ese rol muy seriamente y se preocupan por minimizar el impacto en el medioambiente; en cambio, otras toman el camino de la irresponsabilidad e ignorancia. Allí es donde deben ser fuertes las organizaciones de protección ambiental para ejercer presión sobre estas. Y, claro, estamos nosotros. El mundo cuenta con nosotros, Mia, los científicos. Los avances en la ciencia son gracias al desarrollo que podemos llevar a cabo. No tengo que mencionar que hace unos años fue la pandemia que azotó al mundo. Hubo millones de muertes que podrían haberse evitado, pero también podrían haber sido aún más, si es que no hubiera existido el avance científico-tecnológico.

Al finalizar la noche Clara se despidió con sabias palabras:

—Mia, te escuché toda la noche hablar de tu vida y, si me permites, quisiera darte un consejo: debes aprender a seguir tu corazón, y te lo digo en especial porque sé bien lo difícil que es para un científico. En tu día a día sigues fórmulas y buscas hechos concretos. Siempre prevalece la razón, lo cual está muy bien, pero a veces eso no sirve para tu vida personal. No quiero ser entrometida, solo quería darte mi humilde opinión. Y, además, tengo que decir que el chico de la *pizza* y las flores parecía más que interesado. ¿Cómo se llama?

—James. Pero eso no era interés. Solo era culpa.

—Ah, ya entiendo. Pero no parecía culpable, solo parecía, ¿cómo decirlo?, arrepentido.

—Sí, no lo creo, pero gracias por tu opinión, Clara.

Esa noche no podía dormir. El eco de esas palabras resonaba en mi cabeza como campanadas. Y luego los recuerdos.

Un día James desapareció de mi vida y a partir de ese momento sentí que se había nublado mi corazón. La razón tomó el control de mi vida y comenzó a interferir en todas las decisiones. La razón lo había dominado todo. Me sentí presa de mis propios pensamientos. Había construido una perfecta jaula para mi corazón, donde estuviera a salvo del peligro externo, pero, al mismo tiempo, ajeno a experiencias que pudieran llenarlo. Finalmente, me dormí. Esa noche tuve un sueño muy extraño. Soñé que estaba atrapada en una jaula bajo el agua. Alguien se acercaba nadando.

Sentí miedo. Y luego alivio. No podía ver su rostro, pero sí vi su mano dándome una llave. Era la llave que abría el candado de mi jaula. No pude distinguir el rostro de la persona, pero su cercanía me tranquilizaba. Tomé la llave y abrí el candado. Luego me desperté sintiéndome ahogada.

15

Como todas las mañanas, me dirigí a trabajar, pero esa mañana sentí que había algo diferente en el aire. Cuando entré a mi oficina, vi que alguien estaba sentado en mi silla, de espaldas a la puerta. Era imposible de confundir. Cuando volteó, vi que tenía un ojo morado.

—¡Por Dios, James! ¡Pareces un mapache! ¿Qué te pasó en el ojo?

—Buenos días para ti también. No es nada. Solo fui a boxear anoche. Te estaba esperando. ¿Vamos por una taza de café?

—Realmente no puedo ir ahora por café. Tengo mucho trabajo y una reunión en veinte minutos. ¿Todavía sigues practicando boxeo? Simplemente, nunca entenderé los deportes violentos —dije, mirando mi reloj.

—Ya sabes que siempre me ha gustado la adrenalina. Entreno en un club de boxeo cerca de mi casa, pero, cuando estoy aquí, voy a entrenar a un club local. Mia, el trabajo puede esperar, y la reunión la moví para las diez, así que tenemos un poco más de una hora.

—¿Que hiciste qué? ¿Moviste la reunión?

—No tenemos mucho tiempo.

Me quede mirándolo. Ahí estaba James, el chico relajado de California. Encantador, irresistible y arrogante como el demonio. Le gustaba ir siempre al límite. Sabía que el boxeo era su verdadero cable a tierra. Así era él, trabajaba entre la paz de la naturaleza y peleaba recreativamente.

—No, gracias, me quedo a trabajar. —Me senté en mi silla como una mula testaruda, exagerando el movimiento de mi cuerpo. «De aquí no me muevo».

Él me miró con picardía.

—Es una hermosa mañana. Podríamos caminar un poco por el campus. Solo será un café.

Dejé escapar un largo suspiro y tomé mi abrigo de mala gana.

—Vamos de una vez, antes de que me arrepienta.

James tenía razón en una cosa: era una hermosa mañana, de modo que fuimos a sentarnos en un banco, en medio del parque de la universidad, rodeados de hermosos árboles con brotes que asomaban tímidamente, anunciando que pronto llegaría la primavera. Los cafés de la zona era uno más bonito que el otro, pero nada se comparaba a tomar un poco de aire matutino en el campus. Se veían estudiantes yendo y viniendo, algunos corriendo apurados por llegar a clase. Se respiraba olor a libros y a sol; clima universitario, de estudiantes, de profesores. Yo me sentía como pez en el agua la mayor parte del tiempo.

Luego de conversar de cosas triviales, James se puso serio.

—Como dije el otro día, espero que algún día me perdones, Mia.

—¿Qué diferencia podría hacer en tu vida si yo te perdono o no? Estuvimos juntos hace más de diez años. Ya hemos vivido mucho separados y podríamos seguir así con nuestras vidas.

Se quitó sus lentes de sol y me miró fijamente.

—El problema es que yo «no quiero» que vivamos separados. Quiero que me perdones, porque quiero que estemos juntos. —Puso su mano sobre la mía, cosa que hizo que me estremeciera de tal manera que casi tiré mi café. Ya tenía un historial acerca de las bebidas calientes cuando él estaba cerca. La torpeza nunca me había abandonado.

—Mia, no puedo dejar de pensar en nosotros, en Puerto Madryn.

—El problema es que nosotros en Puerto Madryn está en el pasado, James.

—Mia, nunca estuviste en el pasado para mí.

—No puedo hacer esto ahora. Tengo que irme. Lo siento. —Me paré, pero él no me soltó la mano.

—Entiendo y espero que pienses en lo que dije. Estoy siendo sincero contigo, te debo eso al menos.

Mi corazón comenzó a agitarse, y la gente que pasaba ya no se veía tan nítida. Ya no podía escuchar sus palabras.

—¿Estás bien? —preguntó él.

—No, no estoy bien —suspiré profundamente antes de decir lo que tenía que decir—. James, acepto que estés aquí solo porque sé que eres importante para el equipo y el proyecto, pero nada más. Olvidarte fue lo más difícil que tuve que hacer en mi vida. Lo nuestro se acabó hace tiempo. Y no sé nada sobre una carta. Nunca recibí una carta. Por favor, no quiero volver a hablar contigo si no es estrictamente relacionado con el trabajo. —Sé que mis palabras fueron duras, pero eran necesarias.

La expresión en su rostro me hizo sentir cruel. Traté de evitar su mirada y, por poco lo consigo, solo al final, cuando estaba lista para irme, nuestras miradas se encontraron. Fue difícil evitar que se me escaparan un par de lágrimas.

—Supongo que me lo merezco. Yo te rompí el corazón y ahora tú rompes el mío.

—James, lo intento, pero no puedo. No puedo estar a tu lado sin pensar en cómo me lastimaste. Esto tiene que terminar. Solo dame espacio; necesito espacio.

—Nunca querría hacerte daño, Mia. Si te he lastimado, perdóname. Me mantendré lo más lejos posible y, con respecto a la carta, no tengo idea de lo que ha pasado. Alguien debía entregarte una carta, que ahora entiendo, nunca llegó a tus manos. Tengo que averiguar qué ha pasado.

—James, ya no importa.

—Es importante para mí. Si esa carta todavía existe, voy a recuperarla. —Luego besó mi mano y se perdió entre el paisaje universitario en cuestión de segundos.

Fui a casa temprano y me acosté. No podía dejar de pensar en él. Me quedé dormida, pero, cuando desperté, a la madrugada, me atravesó una extraña sensación de alivio. Tuve la certeza de que pronto me sentiría mejor, esperando que el tiempo lo curase todo.

16

Los recuerdos estaban resurgiendo de algún rincón de mi mente y me atormentaban cada día, pero sobre todo por las noches. Tenía que buscar algo para mantener mi mente ocupada con otras cosas. Comencé a salir a correr más seguido al parque. Me hacía bien sentir que descargaba mis energías y me ayudaba a no pensar tanto en James.

Ese viernes por la noche fuimos al bar con Kate y Sam. Cuando llegué, ambas estaban allí, jugando a los dardos y tomando cerveza. Luego de jugar por un rato, fuimos a sentarnos.

Sam pidió margaritas.

—Uno virgen —aclaré.

Kate frunció el ceño.

—Mia, espero que no estés aquí solo para hacer de niñera. Después de todo, te he invitado para que la pasemos bien y pasemos una noche divertida. Enseguida vuelvo, voy a hablar con el barman, que es amigo mío.

—Lo siento, olvidé que Kate no podía tomar —dijo Sam, susurrando—. Podríamos hablar con ella de este tema. Sé que Alex está muy preocupado.

—Lo sé. Me lo dijo, pero, Sam, ya viste su reacción.

—Mia, hablemos con ella. Kate necesita ayuda, y quizás la persona menos pensada pueda ser la más útil. No tenemos nada que perder. Además, ella te respeta.

—Tengo dificultades para creer eso.

Los margaritas llegaron a la mesa. Kate volvió, y rápidamente cambiamos el tema de conversación.

—Chicas, ¡quiero que brindemos por mi boda! ¿Cuándo hacemos la despedida de soltera?

Luego de un rato de sobrevivir a una conversación monotemática acerca de la boda, me di cuenta de que tendría que hacer un gran esfuerzo para poder ayudar a Kate. Naturalmente era egocéntrica y soberbia, dos de las cualidades menos atractivas que se pueden encontrar en una persona, pero le había prometido a Alex que hablaría con ella.

—En el fondo te cae bien —susurró Sam mientras Kate le mostraba su anillo de compromiso al camarero.

—Sin comentarios —dije, saboreando mi margarita. Miré a Sam, que me dio una señal para que sacara el tema que habíamos evitado toda la noche.

—Ya brindamos por la boda, ahora propongo un brindis por tu bebé en camino, Kate. Un niño es una bendición, y estoy segura de que los hará muy felices. —No sabía cómo suavizar mis palabras, así que decidí encarar el tema directamente—. Kate, creo que sabes que hay cosas que no le hacen bien a tu bebé o a ti.

—Ay, Mia, no creí que pudieras ser tan aburrida. Supongo que, a diferencia de lo que había pensado, no tengo que preocuparme demasiado por ti. Enseguida vuelvo, voy al baño. Cuando vuelva, les mostraré fotos de las opciones de pastel de boda. Son increíbles.

Otra vez su boda. Ya no soporto hablar de su boda. La idea de Alex y Kate casándose no me generaba lo mismo que a otras personas. No podían ser más opuestos. Ella era irritante. Él, encantador.

—Necesito un poco de aire —le dije a Sam.

Cuando estaba volviendo a la mesa, me sorprendí al ver a Kate en el pasillo, sacando una pequeña botella de licor, y luego otra, y otra más. Ella bebió las tres y las guardo rápidamente en su cartera.

—Kate, ¿qué estás haciendo? —dije.

—Mia, no te había visto allí. ¿Me estás siguiendo?

—Claro que no. ¿Qué tienes en el bolso?

—Mia, no seas metida. Te repito que no necesito una niñera.

—¿Sabes? Esto no vale la pena. Voy a decirle a Sam que me voy a mi casa.

—Te crees perfecta con tu vestido y tu acento latino. ¡Crees que puedes robarme a mi novio, pero estás muy equivocada! —dijo ella, gritando.

Me di vuelta para hacerla callar, pero noté que ya estaba en un completo estado de ebriedad. La tomé por el brazo y la llevé como pude a la mesa. Desde otra perspectiva pude imaginar esta escena bastante divertida, porque Kate se hacía la niña y gritaba mientras yo la empujaba hacia la mesa, reprochándole su comportamiento, pero ahora mismo simplemente quería que la Tierra se la tragara. Como la música estaba fuerte, sus gritos pasaron, de alguna manera, desapercibidos. Una persona de seguridad nos quiso ayudar y llamó un taxi. Mientras Sam cerraba la cuenta en el bar, llevé a Kate hacia la puerta para que tomara un poco de aire. Casi no podía caminar ni estar parada por sí misma. Me pregunté cuánto habría tomado realmente. Kate me abrazó.

—Eres tan buena, Mia. Y espero que sepas guardar un secreto porque bebí bastante esta noche. No le digas a Alex, por favor —dijo, tratando de emitir un susurro que salió como un grito.

—Creo que él se dará cuenta por sí mismo —dije.

—Ay, Mia, ¡si Alex no estuviera loco por ti, ya seríamos mejores amigas! —dijo ella.

—Kate, no digas tonterías.

—No soy tonta, ¿sabes? Sé que él te-te... Ay, espera, creo que voy a vomitar. —Le sostuve el pelo mientras vaciaba su estómago en la calle.

—Ningún taxi nos llevará. Tengo que llamar a Alex para que venga a buscarnos —dijo Sam.

—Sam, Alex va a matarnos.

—Como dijo Kate, no eres su niñera. Ni yo tampoco.

La cara de Alex reflejaba desilusión. Kate estaba casi inconsciente. Él la tomó en brazos y la sentó en el auto. Luego cerró la puerta y caminó hacia nosotras.

—Esperaba más de ustedes, sobre todo de ti, Mia.

—¿Qué significa eso? —dije.

—Que estaba tranquilo porque pensé que podían evitar que Kate tomara alcohol, pero veo que es muy difícil confiar en las personas últimamente.

—Alex, lo siento. Hicimos lo que pudimos —dijo Sam.

Él suspiró.

—Tienes razón. Lo siento. No debí cargarlas con tanta responsabilidad. Tengo que llevarla a casa.

—Alex, aquí está su bolso. Dentro encontrarás lo que tomó —dije.

Sam me miró sorprendida.

—No entiendo, estuvimos con ella toda la noche. No la vimos tomar ni un sorbo.

—No, Sam. Probablemente, el barman le dio algo, y tiene algunas botellas vacías en su bolso.

Había cinco botellas pequeñas de licor. Alex se agarró la cabeza con las manos. Había desesperación en sus ojos.

—No te preocupes por nosotras. Tomaremos un taxi —dijo Sam.

—Alex, lo siento —dije tristemente.

—Yo también. Creo que es tiempo de buscar otro tipo de ayuda —respondió.

17

Kate entró a mi oficina, escondiendo su mirada en un par de anteojos de sol. Se sentó con dificultad en una silla. La panza ya comenzaba a aparecer.

—Me da vergüenza venir aquí a hablar sobre lo que pasó hace un par de noches, pero tenía que hacerlo. —Estas palabras me obligaron a hacer contacto visual. Ella se quitó los lentes.

—Mia, quería pedirte dos cosas; la primera es pedirte disculpas. Sé que he sido un poco grosera contigo. No sé qué me está pasando, me desconozco, siento que no tengo control cuando estoy tomando.

—Kate, estás perdonada. Con respecto a lo otro, sí creo que sería una buena idea pedir ayuda. Podrías hablar con el psicólogo de la universidad. O con quien sea, pero prométeme que lo harás. —No es que ella fuera mi mejor amiga o algo similar, pero sentía que, si podía, debía ayudarla, aun cuando apenas nos conocíamos.

—Sí, lo sé. Le prometí a Alex que hablaría con alguien sobre mi problema, pero hay algo más que quería decirte: la próxima semana será su cumpleaños, y quería pedirte ayuda para organizar una fiesta sorpresa.

—Kate, yo no sé si soy la persona indicada para eso.

—Claro que sí. Bruno, Samantha y tú podrían organizar algo para distraerlo, y luego vienen a mi casa para darle la sorpresa. Allí estaré con algunos amigos. Por favor, tengo mucho en la cabeza ahora, solo necesitaré que lo distraigan mientras organizo la sorpresa en mi casa.

La idea no me convencía porque simplemente odiaba las sorpresas, pero a fin de cuentas no era para mí, así que accedí a ayudarla.

Esa tarde pronosticaban una tormenta de nieve que podría durar un par de días, pero todos parecían estar acostumbrados a eso. En Boston la vida seguía como siempre. Yo no podía dejar de sentirme algo ansiosa por el acontecimiento climatológico anunciado, así que, imitando la vida local, decidí salir a correr antes de que comenzara a nevar.

Di unas vueltas al parque con mis audífonos, escuchando música latina que me llenaba de energía. Seguía concentrada corriendo, ya muy cansada, hasta que vi un niño en bicicleta que venía hacia mí y parecía estar fuera de control. Cuando estaba a punto de reaccionar, sentí la mano de alguien que me empujaba por detrás. Me caí sobre unas piedras y me di un golpe en la rodilla. Ya en el suelo, me di cuenta de que el empujón había sido para «salvarme» de la bicicleta descontrolada. La persona que me había salvado era Alex. Me había empujado para evitar el choque con la bicicleta, y ahora estaba desparramado en el suelo con sangre cerca de su ojo. Afortunadamente, el niño estaba bien y ni siquiera se había caído.

—¿Estás bien? Lo siento, vi la bicicleta descontrolada y tenía que evitar que te golpeara. Te grité, pero con los audífonos creo que no me escuchaste.

—Estoy bien. —Miré su ojo y no se veía bien. Había mucha sangre. Me agaché a su lado y vi que se había cortado cerca de la ceja. Me sentí un poco mareada. No me gustaba ver sangre, en especial de otra persona. Respiré hondo varias veces y, luego de un par de minutos, me sentí mejor.

—Vamos a mi casa a curarte la herida. Estoy a una calle de aquí. Creo que es un corte pequeño y no muy profundo —dije una vez recuperada.

Al llegar a mi casa, busqué el kit de primeros auxilios, sorprendida de poder darle un buen uso. Comencé a curarle la herida, pero él se quejaba más que un niño.

—Mia, estás pálida.

—No es nada. A veces me siento mareada cuando veo sangre en una persona. Nunca me gustaron las bicicletas. Era cuestión de tiempo para que una tratara de matarme. ¿Estabas corriendo también?

—Sí. Te vi pasar y te llamé, pero no me escuchaste, así que decidí seguirte. ¡Ay, eso duele!

—Quédate quieto. Creo que tenía la música un poco fuerte. Me gusta poner música poderosa cuando salgo a correr.

—¿Y eso sería?

—Un poco de Shakira, Madonna, Lady Gaga, Pink.

—Ay, por favor, no me hagas reír, que me duele más. Eso no es música poderosa. ACDC, Megadeth. El metal es poderoso.

—Sí, claro. Me gusta todo tipo de música, solo que no la llamo poderosa. La llamo ruidosa —dije, burlándome.

Afortunadamente la sangre había parado. Lo ayudé a incorporarse.

—Gracias por la curación. Perdóname, no quería empujarte. Creo que lo empeoré.

—Está bien. Mi rodilla puede aguantarlo. Prefiero un empujón y no una bicicleta encima de mí.

—Déjame ver tu rodilla —dijo.

—Solo me duele un poco. Con un poco de hielo estará bien.

—Voy a buscarlo —dijo él.

—No hace falta.

—Tú me curaste, ahora déjame ayudarte —dijo él mientras se levantaba en dirección a mi refrigerador.

Él se sentó en el piso y me estiró la pierna. Puso el pack de hielo sobre la rodilla, suavemente. Su mano acariciaba mi pierna. Fueron unos segundos de extrañeza al sentir cómo me miraba y me tocaba. Sentía el extraño placer del contacto de su cuerpo con el mío.

—Ya estoy mejor, gracias —dije, sacando su mano.

Él me miró fijo, sin decir nada. Traté de esquivar su mirada, pero no pude. Me sentí atrapada en sus ojos. Él se acercó.

—Me gusta ver cómo te muerdes el labio cuando estás nerviosa —dijo, sonriendo.

—Yo no hago eso. Y no estoy nerviosa. Estoy... —Me sentía perdida en su mirada. Ya no podía decir nada. Estábamos muy cerca.

—No sé qué estamos haciendo —dijo él, acariciando mi rostro. Sus labios estaban muy cerca, casi rozando los míos. Podía sentir su respiración sincronizada con la mía. Su pelo rozando el mío. El tiempo pareció congelarse por unos segundos. Luego sonó su celular. Rogué para que no atendiera, pero sabía que mis ruegos eran en vano.

—Tengo que atender, es Kate.

«¿Quién más? —pensé. Siempre sería Kate. Estaba por casarse con ella y tendrían un hijo—. Mia, no sé qué pretendes».

Mientras él hablaba por teléfono, tuve tiempo de pensar en lo que estaba haciendo. Todo era una locura. Me sentía atraída por él de una manera que no recordaba que existiera. Escuché que él decía que estaba en camino. Cuando colgó, el momento ya había pasado. Me levanté con la rodilla dolorida y caminé hacia él.

—Tengo que irme. Hablaremos luego. Gracias por la curación —dijo él.

—Gracias por el salvataje.

Sin esperar respuesta, cerré la puerta, pero se sintió como si estuviera cerrando el paso a una oportunidad. Sabía que estaba tomando el camino correcto, el difícil, el que muchas veces nadie quiere tomar, porque es el camino complicado y el que tiene más obstáculos. Todos mis sentidos me decían que la abriera y que lo abrazara, que lo besara y que no me desprendiera de ese sentimiento, pero tenía que ser fuerte. En cambio, mi cabeza me decía que no lo hiciera. Él no estaba disponible. Y, además, era mi compañero de trabajo, mi jefe y mi amigo. No podría ser más complicado. En realidad, sí podía ser más complicado: también se iba a casar y tendría un hijo.

Después de que Alex partiera, me sentí sola y triste. Traté de distraerme leyendo sin éxito. Probé mirando una película, pero mi mente se desviaba y no podía dejar de pensar en él. Creo que necesitaba compañía. Toqué la puerta de Clara. Afortunadamente ella siempre estaba dispuesta a recibirme. Me preparó un té de bergamota porque dijo que tenía propiedades energéticas. Le creí y lo bebí con ganas. No sé si fue eso o la grata compañía, pero después de unos minutos ya me sentí mejor.

Clara era tan amable y dulce. Era como una abuela para mí, aunque, en realidad, parecía ser más joven que mis abuelas. Su pelo entre gris y blanco le daba un aire de gran sabiduría. Se la veía siempre elegante, bien vestida y erguida. Su maquillaje estaba siempre impecable.

—¿Te apetece más té, querida?

—Sí, por favor —dije. Me llamó la atención una pulsera que Clara usaba. Era de plata con un dije de forma extraña. Tenía un corazón, y algo más, pero no podía distinguir qué era.

—¿Te gusta mi pulsera?

—¡Sí, me encanta! ¿Pero qué es exactamente?

—Hace tiempo la usaba con una cadena sobre mi cuello. Así estaba más cerca de mi corazón. Verás, es un dije de una brújula. Los científicos nos guiamos siempre por la razón y dejamos de cuestionar muchas cosas importantes. En mi vida aprendí que a veces hay que guiarnos por nuestros sentimientos y nuestros instintos.

—Es hermosa y me encanta el significado —dije.

—Gracias, Mia. Nunca me la quito y siempre me ha servido.

—¿Siempre seguiste tu corazón?

—No exactamente, querida, pero al menos al mirarla recuerdo que tengo uno —dijo riendo—. Solo recuerda que aprendemos de nuestros errores y, si no nos equivocamos, no aprendemos nada. Debes salir al mundo, experimentar y equivocarte, es la única forma en la que realmente aprendemos.

Creo que me vendría muy bien tener una, aunque no sea de plata y tan hermosa como esta.

18

La nieve se veía majestuosa. Había caído más de medio metro durante la noche, lo cual para Boston sería probablemente normal, pero para mí era especial y único. Me vestí con todo el abrigo que pude encontrar y, casi disfrazada, me dispuse a salir a disfrutarla.

El paisaje había cambiado. Todo se veía increíble. La nieve tapaba las calles, gran parte de los autos y árboles. Todo se veía majestuoso. Era un invierno muy diferente a los que estaba acostumbrada a vivir en Buenos Aires. Con el entusiasmo propio de una recién llegada, salí a caminar y enterrar mis pies en las calles. Dejé que los copos cayeran sobre mi cara y enfriaran mis mejillas. ¿Cómo había pasado tanto tiempo de mi vida sin sentir un copo de nieve en mi cara? Se sintió suave como una caricia.

Al volver, vi a Claus en mi puerta con un pequeño paquetito atado a su cuello. Lo abrí llena de curiosidad y, para mi sorpresa, encontré un collar con el mismo dije que tenía Clara: una brújula y un corazón. Había también una nota que decía: «Todo científico necesita una para vivir. Esta es la tuya».

Tomé a Claus en brazos tan rápido que se asustó. Golpeé la puerta de Clara y, cuando abrió, no le di tiempo a decir ni una palabra. Solo le di un abrazo tan grande que casi pude sentir sus frágiles costillas.

—¡Clara! Gracias, muchas gracias.

—Veo que te gusta de verdad.

—¡Me encanta!, pero no debería aceptarlo. Parece valiosa y...

—Es valiosa, y claro que deberías aceptarla. La necesitas. Yo tengo la mía aquí, y ahora ambas podremos seguir nuestros rumbos con un poco de ayuda —dijo ella alegremente.

Me fui a trabajar contenta y un poco más animada que de costumbre. Quizás la brújula me ayudaría a encontrar mi norte, por así decirlo.

Afortunadamente no me crucé con Alex, pero sí me crucé con Kate en el ascensor. Ella me saludó, y pude sentir su mirada sobre mi espalda. Finalmente dijo que quería hablar conmigo; cuanto antes, mejor. Le dije que sí, naturalmente. Ella apretó el botón de emergencia y el ascensor se paró.

—¿Qué estás haciendo, Kate?

—Vamos a hablar ahora.

—¿No podemos ir a la cafetería como gente normal?

—Mia, si fuésemos normales, yo no sería una alcohólica embarazada, Alex no se iría a Alaska en medio de los preparativos de la boda, y tú no estarías aquí, porque sabes que estás coqueteando con la persona equivocada. ¿No te parece?

—Kate, por favor, esto me hace mal. —Me sentía claustrofóbica y mareada.

—No hace falta que hablemos, solo que me escuches. Y esto te sonara extraño, pero de verdad me caes bien. Solo quiero saber una cosa: ¿estás enamorada de Alex?

—¿Qué te hace pensar eso?

—Tengo mis razones, Mia. ¿Y bien? Estoy esperando una respuesta, honesta en lo posible —dijo ella ansiosamente.

No iba a contestar esa pregunta porque no sabía la respuesta. Y, si no iba a dar un rotundo no, era mejor no contestar. La cosa no podía estar más retorcida. Tenía que salir de allí ahora mismo. Me abalancé hacia el interruptor e hice mover el ascensor.

Salí como pude de allí. Ahora me quedaba claro que Kate está loca. Fui a ver a Sam.

—Buenos días. Te esperaba para tomar un café —dijo Sam, sonriente como cada mañana.

—¡Tu amiga está loca!

—¿Estás hablando de ti? —dijo sin dejar de tipear y sin dejar de mirar su monitor.

—Gracias por el cumplido, pero me refería a Kate.

Eso hizo que me prestara atención y dejara de jugar con el teclado.

—¿Hablaste con Kate?

—Bueno, no se sintió como una conversación normal. Básicamente, me acorraló en el ascensor —dije, dejándome caer en una silla—. Creo que me bajó la presión.

—Ella tiene ese efecto en las personas. ¿Quieres agua?

—No, gracias. Creo que quiere que seamos amigas, pero al mismo tiempo me acusa de coquetear con Alex.

—Son las hormonas, no le hagas caso. Aunque tiene razón. Tú le caes bien, pero eso no la hace una tonta. Yo recuerdo la química que había entre ustedes hacía cinco años y ahora no es muy diferente.

—Sam, ¿qué estás diciendo?

Unos segundos después, Alex entró a la oficina.

—¿Interrumpo algo? Solo quería darle esto a Sam —dijo sonriendo mientras le daba una carpeta—. Mia, ¿cómo estás esta mañana? ¿Tienes tiempo? Ven a verme cuando puedas. —Luego desapareció por el pasillo.

Quería evitar la mirada de Sam, pero fue imposible. Al menos se mantuvo en silencio, aunque parecía que sus ojos hablaban. Y que estuvieran diciendo: «¿Lo ves? Pura química».

19

Sam se encargó de organizar la coartada para la fiesta sorpresa de Alex. La idea era llevarlo a su bar favorito, como para que él no pudiera negarse a la invitación. Kate se quedaría organizando el gran evento con ayuda de algunas amigas. Tendríamos que llevar a Alex de vuelta cerca de las nueve de la noche a su casa, y allí estarían todos los invitados esperándolo para sorprenderlo.

El bar estaba ambientado en la década de los ochenta y noventa. En sus paredes se podían apreciar imágenes de diferentes bandas de *rock*, como los Guns N' Roses, Aerosmith, Bon Jovi, Madonna, Michael Jackson, entre otros. Y, por supuesto, la música acompañaba la decoración. Todos saludaron a Alex. Él parecía ser la estrella de la noche. Un par de chicas muy llamativas se acercaron a abrazarlo. Nos llevaron hasta una mesa cerca de un rincón, donde se podían ver reliquias de diferentes bandas.

—Ven, quiero mostrarte algo.

Alex me llevó cerca del mural. Era una gran pared de ladrillos con una imagen imponente en el medio. Tenía un grafiti que tenía más detalles que un óleo del Louvre. Representaba a un músico tocando la guitarra y de la misma salían colores, estrellas, fuegos artificiales. Nunca había visto una obra de arte tan divertida.

—¿Y? ¿Qué te parece?

—Con solo ver este mural tengo ganas de tomar una guitarra y sacarle notas.

—Esa misma fue mi idea cuanto lo pinté —dijo él.

—Alex, ¿tú pintaste esto? ¿Cómo puedes pintar esto, dedicarte a la ciencia y, además, tocar el piano? Tienes mucho talento.

—Solía venir seguido aquí. Tocaba ese piano que ves en el rincón del escenario.

—Se nota que es importante para ti. ¿Por qué no vas ahora mismo y tocas una canción? Me encantaría escucharte.

—Hace mucho tiempo que no toco. Estoy fuera de práctica, pero te diré algo: algún día prepararé una canción especial y la tocaré para ti. Lo prometo.

Alex era un hombre de múltiples talentos y en ese instante descubrí que eso me encantaba de él.

—Este lugar es especial para mí porque mi padre fue uno de los primeros en tocar aquí. Mis padres eran de Londres y llegaron en los sesenta para cumplir un sueño. Él tocaba el saxofón y mi madre cantaba, aunque solo lo hacía en sus ratos libres mientras estudiaba medicina. Tocaba *jazz*, aunque su verdadera pasión siempre fue el *rock*. Aquí le propuso casamiento a mi madre, poco después de que llegaran de Londres. Y yo seguí esa tradición.

—¿Aquí es donde le propusiste casamiento a Kate?

—Sí, pero no tenemos que hablar de eso. Es raro hablar de eso contigo.

—¿Raro? ¿Por qué raro?

—No puedo creer que todavía no puedas ver lo que yo veo —dijo, acercándose.

—No soy buena para ver cosas —dije mientras me daba cuenta de que podría ser probablemente la frase más tonta que había dicho en mi vida.

—Hay mucho de mí por conocer, pero quisiera conocerte más a ti —dijo, tomándome de la mano.

—Necesito un minuto —dije, escapándome. Fui corriendo al único lugar donde él no podía seguirme: el baño de mujeres.

—Mia, ¿qué estás haciendo? Esto tiene que parar. Vas a terminar lastimada jugando a este juego —dijo Sam, que me había seguido hasta allí.

—Lo sé. Soy una tonta, pero créeme que es un juego que no quiero jugar, Sam.

—Entonces no lo juegues.

—Como si fuera tan simple.

—Muy bien, sé que es difícil, pero debes esforzarte más. O simplemente tomar el otro camino.

—¿Y se puede saber qué camino sería ese?

—Solo deben ser sinceros con ustedes mismos y con Kate.

Sam tenía razón, pero no sabía realmente qué camino quería tomar.

—¡Ahora vamos a divertirnos mientras podamos! Debemos estar listos para llevar a Alex a su fiesta sorpresa —dijo mientras sonaba la música de Shakira.

Sam me arrastró al centro del bar. Luego nos dejamos llevar por el ritmo. Sam movía sus caderas exageradamente, y yo la acompañaba moviendo mi cabeza y dejándome llevar por el ritmo de la música. No parábamos de reír y bailar. Bailamos unas cuantas canciones. Hacía tiempo que no me divertía tanto. Miré a Sam y me alegré de tenerla en mi vida. Cuando sonó Madonna, empezamos a bailar imitando a la diva, lo que destapó una ronda de risas descontroladas entre Alex y Bruno. Sam invitó a los chicos a la pista. Bruno era natural. Su ascendencia latina se hacía notar en la pista. Alex estaba mucho más duro en sus movimientos, pero en el baile tipo robot era imbatible. Sus movimientos me hicieron reír tanto que me dolió la panza. Bailamos sin parar por un largo rato, mezclándonos entre los cuatro, como si fuésemos un grupo perfectamente sincronizado. Después de unos minutos, la música rápida paró. Sam y Bruno se abrazaron y comenzaron a bailar lento. Alex me miró y extendió su mano hacia mí. No había escapatoria.

—Sé que estás evitándome, pero al menos bailemos esta canción —dijo.

Dejé escapar un suspiro, porque necesitaba coraje para acercarme a él. Puse mi mano sobre su hombro. Me dieron escalofríos al sentir su cuerpo tan cerca del mío. Se escuchaba música lenta, que no podía ser más romántica. Apoyé mi cabeza sobre su pecho. Podía sentir los latidos de su corazón. Él me rodeó con sus brazos. Seguimos bailando. No podía ni quería hablar. En sus brazos me sentía como si flotara en las nubes. Bailamos en silencio, dejando que la música llenase el vacío que las palabras no podían llenar, aunque quisieran.

—Me encanta estar a tu lado —dijo él—. Me gusta todo de ti, Mia.

—Alex, no podemos...

—Solo bailemos. Déjame disfrutar de este momento. A tu lado me siento en paz. —Luego me abrazó.

Me dejé llevar por la música y por el momento. Estar en sus brazos se sentía como un sueño, lejos de la realidad. La canción terminó, pero seguimos abrazados por un par de minutos, como si estuviéramos en otra dimensión.

—Estoy un poco cansada —dijo Sam—. ¿Por qué no vamos?

—Yo también. Muy cansado —dijo Bruno, bostezando.

Me reí por dentro. Sam y Bruno eran actores innatos.

—Ustedes vayan. Mia y yo podemos quedarnos aquí —dijo Alex.

Sam me miró con desesperación.

—No, Alex, también me gustaría irme. Estoy cansada.

—¡Ustedes son los latinos más aburridos que conozco! —dijo Alex

Cuando llegamos a la casa de Alex y Kate, Sam me hizo un gesto, que por suerte entendí perfectamente.

—Alex, ¿puedo subir contigo? Tengo que ir al baño. —Él me miró con extrañeza—. Solo será un minuto —agregué.

Se suponía que tenía que acompañarlo hasta la puerta de su casa y ahí esperar hasta que Sam y Bruno pudieran subir por la escalera de emergencia. Luego entraríamos y lo sorprenderíamos. Subimos las escaleras en silencio. Él iba delante de mí, llevándome de la mano. Disfruté de cada segundo, subiendo cada peldaño, lentamente, a su lado. Eran solo tres pisos, pero se sintieron como diez. En el descanso del segundo piso, él se paró y volteó para mirarme. Nuestros ojos se enfrentaron. Su mirada era diferente. Se quitó sus lentes y se acercó.

—Me encantó bailar contigo. Hacía tiempo que no me sentía así.

—¿Así cómo?

—No quería dejar de bailar. No quería soltarte. Mia, sé que tú también sientes algo. No lo niegues.

Sus ojos brillaban como dos estrellas en la noche. Él puso mis manos entre las suyas y las acarició suavemente. No podía pensar en nada y solo quería perderme entre los límites de sus brazos.

—No hagamos esto ahora, Alex.

—¿Cuándo entonces? Tenemos que enfrentar esta situación. Sé que tienes miedo, porque yo siento lo mismo. ¿Piensas que es fácil para mí sentirme así cuando estoy a tu lado? ¡Estoy por casarme, Mia! ¡Y estás aquí y complicas toda mi vida!

—No fue mi intención, Alex.

—¿No fue tu intención? No importan las intenciones. —Se sentó en el escalón. Me senté a su lado en silencio.

—Mia, si no sientes una pizca de atracción por mí, solo dímelo, y esto se termina antes de que comience, pero necesito escucharlo. ¿Realmente me lo estoy imaginando? Siento que somos como imanes que no pueden estar separados —dijo él.

—Alex, no podemos...

Él tomó mi mano y la besó. Luego recorrió lentamente mi brazo hasta llegar a mi hombro y me atrajo hacia él. Estábamos muy cerca, tan cerca que podía sentir el aroma de su piel, de su pelo, de su cuerpo. Apoyó su frente en la mía y así nos quedamos por unos segundos, sin saber qué hacer, sin poder encontrar el valor para dar el siguiente paso.

—Alex, tengo algo que decirte: ahí adentro hay unas cuantas personas escondidas, que están esperando para darte una sorpresa por tu cumpleaños. Es muy tarde para escapar, así que debes actuar sorprendido. —No sabía cómo reaccionaría, pero tenía que ser honesta, al menos con eso.

—¡No! Kate debería saber que no me gustan las sorpresas.

—Ella estaba convencida de que te gustaría.

—A veces siento que no me conoce en realidad. Supongo que ya no hay tiempo para fugarse.

Con un gesto le di a entender que no. Y me sentí aliviada. Prefería enfrentarme al momento incómodo de la sorpresa antes que permanecer unos minutos más a solas con él.

—Esto no queda así entre nosotros, Mia. No podemos escaparnos de la fiesta, pero tampoco de nosotros mismos —dijo antes de poner la llave en la cerradura—. Aquí vamos.

Unos segundos después, se escuchó un fuerte grito. Una multitud gritaba: «¡Sorpresa!».

Al igual que Sam y Bruno, no tenía idea de que Alex podía ser tan buen actor. Su expresión de sorpresa fingida fue un poco tosca pero indudablemente creíble. Entre los invitados sobresalía Kate, muy sonriente y rebosando de alegría. Había cerca de veinte personas en el departamento. Y, aunque traté de esquivarlo, nuestros ojos se encontraron algunas veces. Necesitaba distraerme y evitarlo. Me escondí en la cocina. Sam estaba allí y parecía no querer mi ayuda. Era claro que mi presencia entorpecía la dinámica de bocadillos y bebidas que fluía maravillosamente desde allí hacia los invitados. Luego de un rato, Sam se acercó con una copa de vino.

—No creas que te será gratis. Tengo una pregunta para ti —dijo ella.

—Pagaré el precio. Lo que sea —dije, sacándole la copa de la mano.

—¿Estás enamorada?

—No lo sé, pero tampoco importa. No voy a destruir una familia, porque eso me destruirá a mí misma.

—Te entiendo.

—¡¿Qué voy a hacer, Sam?! —dije con desesperación.

—Mia, no te pongas así. Las cosas encontrarán su rumbo y todo se solucionará —dijo ella tratando de consolarme.

—Yo me encargo, Sam —dijo una voz conocida.

Cuando levanté la mirada, vi a James con su ojo todavía morado mirándonos con seriedad.

—Yo la cuido. No te preocupes. Sé cómo hacerlo —dijo él.

James se veía relajado y atractivo. Llevaba una camisa negra y *jeans*. Tenía una cerveza en su mano, que iba muy bien con su mirada serena. Sam me miró, buscando algún tipo de aprobación, que llegó con una señal de mi cabeza. Me preocupé al pensar cuánto habría escuchado de nuestra conversación.

—Es toda tuya —dijo Sam. Luego intercambiaron lugares con James.

—Pensé que ya estarías en California —dije.

—Me voy mañana. Estaré allí por un par de días. Luego viajaré a Juneau. Me alegra estar aquí, veo que me necesitas. Vine a buscar un poco de diversión. Ahora sé que no me perdí demasiado.

Eso forzó una sonrisa en mí, que luego se transformó en lágrimas. Y luego no pude parar de llorar. Lloraba en silencio pero consistentemente.

—Confieso que estoy un poco celoso, porque sé que esas lágrimas no son por mí —dijo, dándome la mano—. Vamos. Te llevo a tu casa.

No entendía qué estaba haciendo aquí, pero me sentí agradecida de poder contar con él a mi lado.

—¿Te ibas sin despedirte, Mia? —dijo Alex, que bloqueaba la puerta como si fuera un defensor de fútbol americano.

—No me siento bien, y James se ofreció a llevarme —respondí.

—Mia está cansada y quiere irse. No compliques más las cosas —dijo James, haciéndose lugar para pasar.

Alex lo miró con resignación y luego retrocedió. James me tomó del brazo, y finalmente salimos de allí. Caminamos unas cuadras, mayormente en silencio, hasta llegar a mi casa.

—¿Te sientes mejor? —preguntó él.

—No creas que te será tan fácil ser mi amigo.

—Creo que sabes bien que no quiero ser tu amigo precisamente.

Lo miré y comencé a reír. Había tomado bastante y me sentía desinhibida. Recordé cómo se sentía estar entre sus brazos, mucho tiempo atrás. Sin pensar mucho lo abracé, o traté de hacerlo, porque no podía mantenerme de pie fácilmente con los tacos que tenía. Busqué sus labios. Él se distanció justo antes de que pudiera besarlo. Puso sus manos sobre mis hombros y me forzó a tomar distancia. Lo miré sin entender.

—No hagas esto, Mia. Estás triste.

—Eso no importa. Solo quiero besarte.

—Créeme que yo también quisiera besarte, pero no así.

—¿Y cómo entonces? ¿Acaso pretendes que vuelva a enamorarme de ti? ¿Que deje todo en el pasado? Eso sería muy fácil para ti y muy, pero muy difícil para mí —dije, tratando de darle sentido a mis palabras.

—Tienes razón. No puedo pretender eso. Creo que deberías ir a descansar ahora. Buenas noches, Mia. —Luego se alejó mientras lo seguía con la mirada.

Al llegar a mi departamento estaba agotada. Me sentía triste, enojada, furiosa, pero por sobre todo me sentía dolida. Estaba claro que James no quería aprovecharse de la situación, pero él no entendía que yo solo quería sentirme querida, al menos por un rato. Tomé un largo baño. Cuando salí vi un mensaje en mi celular:

> Quiero que seas feliz y sé que enroscándote con él no lo conseguirás. Podría haberte besado durante toda la noche, pero no puedo aprovecharme, porque sé que te sientes vulnerable. Espero que entiendas que quiero lo mejor para ti. Nos vemos en Alaska.
>
> J.

Tenía ganas de odiarlo, solo odiarlo.

> Gracias por tu preocupación. De ahora en más, no tendrás oportunidad de aprovecharte. Creo que no sabes nada sobre lo que puede hacerme feliz. Nos vemos en Alaska.
>
> M.

20

Esa fiesta había sido más intensa de lo que hubiera imaginado. Quería despejarme y no pensar en nada de lo que había pasado en los últimos días, pero sonaba como una misión imposible. Necesitaba distracción y, aún mejor, una amiga con la que distraerme. Llamé a Sam. Quería aprovechar esos regalos que nos da la naturaleza de vez en cuando: parecía un día primaveral de invierno. Salimos a caminar por la zona del Distrito de los Teatros y por el Jardín Público de Boston. Almorzamos algo en un simpático restaurante. Era un hermoso día y me hizo bien estar en compañía de una amiga. Claro que no iba a ser tan ilusa. Sabía que Sam iba a mencionar algo sobre anoche. Finalmente, esperó a que nos sentaran en la mesa para sacar el tema.

—¿Vas a contarme qué está pasando con Alex? ¿O vas a seguir evitando mis preguntas?

—Sería un buen plan seguir evitándolas. No es que no quiera hablar de eso contigo, es que no quiero hablar de eso con nadie, ni conmigo misma.

Ella esperó en silencio. Y escuchaba atentamente a mis palabras, solo como las buenas amigas saben hacerlo.

—No sé qué es lo que siento, no sé qué me pasa con él —dije.

Bebió un sorbo de su limonada. Estaba esperando que dijera algo, pero no tuve suerte. Suspiré.

—Quizás tengas razón, y me haga bien hablarlo. ¡Ay, Samantha! ¿Y si me estoy enamorando? ¿Qué puedo hacer?

—Mia, para ser honesta, no tengo idea de qué haría en tu lugar. No puedo ayudarte. Nunca estuve enamorada. No tengo experiencia en esa área.

—¿Nunca? ¿Ni siquiera en el colegio?

—Nunca. Me gustaba un chico, pero luego me di cuenta de que era un descerebrado, y eso fue todo.

—Sam, creo que tiene que haber una razón. Probablemente, cuando llegue el amor, será para siempre.

—¡Eres una romántica!

—Lo sé. No puedo evitarlo.

—Volviendo a tu problema, creo que deberías considerar la posibilidad de irte al fin del mundo. Al menos sería difícil encontrarte.

Nos reímos. No había mucho más que hacer, considerando que a China no me iba a ir. Al menos, no había perdido el sentido del humor.

—Nunca pensé en que podría ser la persona que se interpusiera entre una familia. Y el punto era que no quería ser esa persona. Tendría que renunciar y volver a Argentina. ¡Eso es lo que debería hacer!

—Mejor nos calmamos un poco —sugirió ella—. Alex no podría trabajar sin tu ayuda. Lo conozco desde hace mucho tiempo y veo como se complementan y trabajan mucho mejor juntos. Es evidente que tu llegada fue beneficiosa para el equipo. Has traído nuevas ideas y perspectivas. Además, no creo que volver a Argentina sea la solución.

—Sam, no creo ser todo lo que dices, ¡pero si eres un genio! Eso es lo que necesito: perspectiva. Necesito alejarme y tener mi espacio para pensar. Solo un par de días. ¿A dónde puedo escaparme? ¿Tal vez Nueva York?

—¡Ahí tienes! ¡Eso tiene que ayudar! —dijo ella.

—Por favor, no digas nada. No quiero que nadie sepa dónde estaré.

—No te preocupes, mis labios están sellados. Suena como un buen plan —dijo Sam—. Me alegra haber ayudado con mis ideas, aunque de manera involuntaria.

Al volver a mi departamento, comencé a empacar algunas cosas para mi escapada. Lo más importante era llevar esperanza, pero para eso no necesitaba una valija. Saldría mañana temprano, rumbo a la Gran Manzana.

—Ojalá me ayude a encontrar mi rumbo, porque me siento perdida —dije mientras mis dedos jugaban con la brújula que me había dado Clara.

21

Esa mañana tomé un micro con destino a Nueva York. Eran aproximadamente cuatro horas de viaje, que parecieron muchas más porque no pude evitar pensar en Alex. Por lo visto, la teoría en la que se basaba mi plan no estaba funcionando, tomar distancia no era fácil. Miraba mi celular a cada minuto y me di cuenta de que lo buscaba en todos lados. Ni los libros ni las revistas que había llevado para hacerme compañía durante el viaje estaban haciendo efecto. Alex seguía en mi mente, inalterable.

Luego de unas horas, llegué a Nueva York. El micro paró en la zona del centro de Manhattan. Me bastaron solo unos segundos para sentir la vibra maravillosa de esa ciudad. Los edificios interminables dibujaban un paisaje urbano increíble. Todo se veía imponente, tal como la recordaba. La gente caminaba y corría demasiado rápido. El olor a comida inundaba las calles. Los monopatines eran una invasión. El ruido era insoportable. La basura en algunas esquinas también. Era una gran ciudad, entretenida, rápida e inalcanzable. Era mítica y terrenal. Sucia y encantadora. Nueva York estaba llena de contradicciones, y eso era por lo que probablemente terminaba siendo tan atractiva para todos. Llena de vida y de cemento, de ricos y de pobres, de bohemios y ejecutivos. Incluso algunos ejecutivos parecían ser bohemios. Nueva York era única por donde se la observara.

Caminé hasta el hotel, que estaba ubicado en la calle Cincuenta West. Dejé el equipaje en la habitación y salí a perderme entre sus calles. Disfruté vagar sin rumbo fijo, algo definitivamente nuevo para mí. Tomé la avenida Broadway y llegué a Times Square. Las luces, los colores de los carteles luminosos, todo era imponente. Caminé hacia Rockefeller Center. Luego entré a la Catedral de San Patricio. Siempre me había gustado el silencio que había en las iglesias. Podía escuchar mis pensamientos sin distracciones, y hasta los latidos del corazón. Me senté y traté de escucharme, pero no lo logré. Luego seguí mi recorrido hacia el Central Park. Me senté bajo un árbol a mirar a los transeúntes y entonces me di cuenta de que este plan no iba a funcionar si lo buscaba a mi lado a cada momento. Con él había visitado este lugar por primera vez, y ahora daría cualquier cosa por tenerlo a mi lado. Creo que finalmente podía admitir que estaba enamorándome de él. Con esta nueva información, el propósito de mi viaje ya había cobrado otro sentido, aunque no supiera cuál exactamente. Había venido para no pensar en él, y mi plan no había funcionado. No podía dejar de sentirme como un fracaso. Vaya manera de avanzar en la vida, Mia.

Volví al hotel, agotada, pero no de la caminata, sino de tanto pensar en él. Me acosté en la cama a mirar el techo con un pensamiento muy claro: tenía que sacarlo de mi cabeza. La pregunta era cómo hacerlo. Me quedé dormida, y ese pensamiento no cesó ni en sueños.

Desperté a la mañana siguiente un poco más animada. Supuse que solo era por el hecho de que había dormido unas cuantas horas. El sol que entraba por la ventana de la habitación del hotel prometía un día casi primaveral, lo que ayudó a mejorar mi humor. Necesitaba estar cerca de la naturaleza, así que volví al Central Park. No pasó mucho tiempo hasta que él apareciera en mi cabeza nuevamente. Era frustrante, pero Alex volvía como un fantasma al acecho. Traté de poner la mente en blanco y dejarme llevar por los colores que me rodeaban en ese lugar tan hermoso. Era el final del invierno y, dentro de pocos días, el comienzo de la primavera. Seguí caminando y vi, a lo lejos, la pista de patinaje sobre hielo Wollman Rink. Patinar sobre hielo era algo que me encantaba hacer cuando era niña. No patinaba tan mal, podría intentarlo nuevamente. Dudé por un momento, pero me convencieron las palabras de un padre, que le hablaba a su hijo y le decía que era como andar en bicicleta: nunca se olvidaba.

Me puse los patines y me lancé sobre el hielo. Primero, di unos pasos desconfiada, luego comencé a soltarme un poco más. Al cabo de unos minutos, la soltura le había ganado la pulseada al miedo, como debía ser. Me sentí libre y contenta de poder patinar decentemente, sin caerme, durante varias vueltas. ¡Era verdad, no se olvidaba! En la pista sonaba a todo volumen una hermosa canción, que luego descubrí que se llamaba *Perfect*, de Ed Sheeran. Desearía que esta canción no me recordara tanto a él. Comenzaba a atardecer en el Central Park. El cielo se veía multicolor y parecía pintado en varias tonalidades: celeste, azul, rosa, violeta. Se veía como una pintura del Museo Metropolitano. La suave brisa que sentía en mi pelo y mi cara me llenaba de energía. «Tan solo desearía que estuvieras a mi lado, Alex. Eres parte de mi búsqueda».

Daría cualquier cosa por estar con él ahora, pero él estaba con otra mujer, con quien se casaría.

«Mia, ¿qué estás haciendo?».

Había perdido la batalla. Hacía tiempo que no me sentía tan desdichada por amor. James me había congelado el corazón. Ahora, con solo pensar en Alex y Kate juntos, estaba hecho pedazos.

Decidí continuar mi *tour* por la ciudad e ir a un lugar tan romántico como doloroso, pero ¿qué importancia tenía? Ya tenía el corazón roto, porque no era fácil convivir con el dolor de un amor del pasado que volvía y pensar en un amor imposible que asomaba en mi futuro. Me dirigí al edificio Empire State. Fue difícil ir sola a, posiblemente, el lugar más romántico de la ciudad. No me importaba. Quería rebelarme. Iría sola al Empire State para probarle a todo el mundo, o a mí misma, que no necesitaba estar acompañada para hacerlo. Subí al mirador del piso ciento dos. Me perdí en los colores del atardecer que caían desde el cielo sobre la ciudad, como un arco iris derritiéndose lentamente. Y de la nada, sin previo aviso, comencé a llorar. Bueno, había algo claro en todo esto. No había pasado la prueba.

Me quedé un rato allí, contemplando la belleza que me rodeaba. Sentí como si Alex estuviera a mi lado. Miré a mi alrededor, pero él no estaba. En cambio, vi a una pareja de adultos mayores de la mano, a una mujer abrazada a su bebé, dos amigas contándose secretos, una pareja besándose. Alex no estaba allí, pero el amor estaba presente en ese lugar. Y de pronto sentí un destello de tibieza en mi corazón helado. ¿Y si me arriesgaba? ¿Y si el realmente él quería arriesgarse conmigo? ¿Y si no amaba realmente a Kate? ¡No debía casarse si no estaba enamorado! No habíamos tenido oportunidad de hablar, solo de evitarnos. Esto había sido un error. Tenía que volver a Boston y enfrentarlo. Era la única manera de saber si podía funcionar entre nosotros. Me despedí rápidamente del Empire State y me dispuse a esperar el ascensor para bajar al vestíbulo. Había mucha gente esperando. Fui la última en entrar al elevador. Un momento antes de que se cerraran las puertas, alguien se acercó corriendo y trató de detenerlas, pero fue demasiado tarde. Antes de que ambas puertas se juntaran en el medio, pude verlo. Parecía una ilusión, de esas que me habían acompañado tanto durante el viaje. Él estaba allí después de todo.

—¡Mia! —gritó desesperado.

Dios mío, creí que iba a darme un ataque al corazón cuando me di cuenta de que era él.

—¡Alex! —grité. El ascensor ya se había cerrado, pero el ascensorista apretó rápidamente el botón para que el ascensor se detuviera en el piso cien, donde había un pequeño museo. Allí me bajé, no sin antes agradecerle por su ayuda. ¿Sería que la gente que trabajaba en ese lugar estaba entrenada para ayudar en los encuentros románticos? Busqué las escaleras que llevaban al piso ciento dos y las subí rápidamente, esquivando gente de la manera más rápida posible. Cuando llegué al mirador, me dirigí a los ascensores y lo vi allí a punto de ingresar en uno.

—¡Alex! —grité con todas mis fuerzas. Corrí hacia él y, antes de abrazarlo, me detuve, emocionada y agitada.

—¿Qué haces aquí?

—¿Qué crees que hago aquí, Mia? —dijo él con una sonrisa—. Te busqué por todas partes, en el hotel, en el parque. La gente viene aquí a buscar solo una cosa... —dijo tomando mis manos—. Mia, vine a buscarte, porque no podía esperar más para decirte que estoy loco por ti, desde el momento en que te conocí. ¿Por qué viniste a Nueva York?

—Quería escaparme.

—Creo que deberías entender que no puedes escaparte de esto que sentimos —dijo él, acercándose.

—Ahora lo sé bien. No puedo ni quiero escaparme de ti.

Él dejó escapar un suspiro. Luego tiró suavemente de mi bufanda para acercarme a su cuerpo.

—Tenemos algo pendiente. —Me tomó suavemente por el cuello y me besó. Su nariz estaba fría y sus labios, cálidos. Fue un beso suave, que me hizo sentir que estaba flotando en las nubes.

Sentí que por fin los planetas se alineaban. Ahora todo tenía sentido. La música, los colores del cielo, estar juntos en este lugar.

Nos quedamos abrazados por un largo tiempo. Todavía no podía creer que viniera a buscarme a Nueva York. Todo parecía imposible, pero era real. Y esta ciudad tenía algo mágico, definitivamente mágico.

—¿Cómo supiste que estaba aquí?

—Bruno escuchó a Sam decir algo sobre Nueva York y, como fui a buscarte y no estabas en tu casa, solo tuve que atar cabos sueltos. Hasta que Sam tuvo que confesar. Te busqué por todos lados sin suerte. Y finalmente pensé que podías estar aquí.

—Bueno, a pesar de la traición de Samantha, me alegra que me encontraras. Vine con toda la intención de olvidarte, pero ese plan no estaba funcionando —dije.

—Me alegro de que algunos de tus planes no funcionen, Palacios.

Nos quedamos apreciando la vista de la ciudad, que ahora se veía diferente. El aire estaba frío, pero al permanecer juntos solo podía sentir el calor de sus brazos. Me apoyé en él y miré hacia el horizonte. Él se quedó esperando a que dijera algo.

—A veces tengo la sensación de estar mirando mi vida desde lejos, como si estuviera flotando. Y, al mirar hacia abajo, me veo un poco perdida.

—Yo no diría que estás perdida. Diría más que estás como cualquiera de nosotros, buscando tu destino, tu lugar en el mundo. Cuando pienses así, deberías preguntarte qué es lo que haría Jo March en tu lugar. Y no me estoy burlando —dijo él, sonriendo.

—Creo que ella no resistiría tanto romance. Yo sí puedo —dije, colgándome de sus brazos.

—Mia, creo que piensas demasiado las cosas. Estamos aquí, juntos en la ciudad donde nos conocimos. Quiero disfrutar de este momento contigo, sin pensar en nada más.

—Lo sé. Estar aquí contigo se siente mágico, pero corriendo el riesgo de ser aguafiestas, tengo que decir que cuando volvamos a Boston todo se va a complicar.

—Mia, mírame. ¿Eso te preocupa? Quiero que entiendas que ya no hay nada entre Kate y yo. La boda se canceló. Creo que ella no se sorprendió tanto después de todo. Quiero aferrarme a esto que siento ahora. A tu lado me siento feliz —dijo él.

Quise creerle, pero una parte de mí sabía que no era tan simple. No sé cómo habían quedado las cosas entre ellos, pero siempre habría algo. Después de todo, en poco tiempo serían padres y, gracias a eso, estarían siempre conectados por un hijo.

Nos quedamos apreciando la vista por unos minutos más y luego volvimos a la Nueva York terrenal. A pesar de que casi lo había arruinado todo con mi análisis, fueron los minutos más románticos que me habían tocado vivir en mi vida. Al salir de allí, fuimos caminando de la mano hacia un pintoresco restaurante italiano. En cada esquina yo buscaba sus besos, que me transportaban a otra realidad. Había olvidado lo que se sentía al estar enamorada. No solo mariposas en el estómago, sino también caramelo en la boca, calor en las mejillas y agua en los ojos. No podía realmente describirlo, solo buscar sensaciones que pudieran explicar de alguna forma cómo me sentía a su lado.

Comimos algo rápido y nos reservamos todo el tiempo del mundo para hablar, con poca distancia entre nosotros. Entre palabras, risas y besos, disfrutamos de nuestra primera cita. Como era de esperarse, fue maravillosa. Cuando salimos del restaurante, sonó el celular de Alex. Era Sam. Mientras hablaba, su mirada parecía perdida. Su expresión había cambiado de repente. Algo andaba mal. Su lenguaje corporal lo transmitía con la claridad de una radio de alta frecuencia. Cuando terminó la llamada, se quedó en silencio, mirando el teléfono. Hasta que por fin dijo unas palabras:

—Kate está en el hospital.

—¿Qué pasó?

—Luego de que habláramos, tomó un vuelo a Chicago a la casa de sus padres. Ella dijo que iría a dormir, pero no fue así. Más tarde, sus padres la encontraron en el baño con varias botellas vacías. Estaba inconsciente. Llegó en coma alcohólico al hospital. No reaccionaba. Los médicos dijeron que llegó casi sin pulso. La revivieron de milagro. El bebé está a salvo afortunadamente.

Alex dejó de hablar y comenzó a llorar. Puso sus manos sobre su cara y se quedó inmóvil.

—¿Cómo pudo pasar esto? Es mi culpa. Solo traté de ser sincero con ella, pero casi termino matándola —dijo, desesperado.

—Alex, no fue tu culpa. No hiciste nada malo. Kate tiene un problema grave.

—Claro que es mi culpa. Kate nunca pudo controlarlo. Y yo no supe cómo ayudarla. Aún no sé cómo ayudarla. No la cuidé lo suficiente —dijo, afligido.

Lo abracé con fuerza, y él se dejó abrazar como un niño. Me destrozó el corazón verlo sufrir de esa manera.

—Tengo que ir a Chicago. Perdóname, Mia, no quiero dejarte así, pero tengo que estar con ella.

—Entiendo, no te preocupes. Yo puedo acompañarte.

—Creo que será mejor si vuelves a Boston. Necesitarán a alguien allí para cubrirme unos días. Creo que eres la persona indicada para eso.

—Lo que necesites, Alex —dije, abrazándolo.

Antes de subir al taxi, me dedicó una mirada melancólica. Me tomó de la mano y la besó. Nunca olvidaré ese gesto, que marcó el fin de este romance fugaz que me tocó vivir con él, en esa ciudad tan imperfecta. Lo vi partir en un taxi hacia el aeropuerto. Ahora yo me sentía como una niña abandonada.

A la mañana siguiente desperté triste y sola, en una habitación del hotel, a unos pasos de Times Square, en el corazón de una ciudad que ya no me parecía tan encantadora como apenas unas horas atrás. Nueva York ya no era lo mismo para mí; el viaje tenía un sabor amargo. Cuando estaba saliendo del hotel, vi un mensaje de Alex.

> Kate está estable. El bebé también, gracias a Dios. Voy a quedarme aquí unos días. En cuanto todo mejore, volveré a Boston. Te extraño.

Sentí un gran alivio al saber que ambos estaban bien, pero tuve la sensación de estar dentro de un agujero negro. Todo lo que había pasado en las últimas horas estaría atrapado en tiempo y espacio, en esa mágica ciudad, donde el tiempo parecía detenerse.

22

Cuando llegué a Boston, después de ese fin de semana intenso, todo lo que quería hacer era dormir profundamente, pero en el fondo sabía que ni mis pensamientos ni mi teléfono me dejarían. En mi teléfono vi un mensaje:

> Mia:
>
> ¿Qué pasa con tu celular? Estuve llamándote todo el fin de semana. ¿Llegarás esta tarde? Por favor, llámame en cuanto puedas.
>
> Sam

Me sentía tan deprimida que no quería hablar con nadie. Ni siquiera con ella. Luego de unos minutos, alguien llamó a mi puerta. Era Sam. Apenas nos vimos, me abrió sus brazos. Me entregué a esos cálidos brazos, de mi nueva amiga, derramando lágrimas de impotencia, de tristeza y de dolor. Todo mi cuerpo dolía. Solo quería llorar.

—Vamos, que te preparo algo rico para comer.

—No tengo hambre. Solo quiero dormir. Gracias por venir, pero quiero estar sola.

—¡Olvídalo! No te voy a dejar sola. ¡Estás triste y deprimida!

Me dejé caer en el sillón. Sam se sentó a mi lado.

—Nos encontramos en el Empire State. Después cenamos en un lugar romántico, juntos, cerca, hasta que llegó la noticia sobre Kate.

—Ay, Mia, no en el Empire State. ¿Cómo se supone que te recuperarás de eso? ¡Es demasiado romántico! —Sam se dejó caer en mi sillón como si estuviera sufriendo de un desamor en carne propia.

—¡Exactamente! ¡Me alegra que lo entiendas, Sam!

—¡Claro que lo entiendo! Todas entendemos el significado de estar en ese lugar, aun las que nunca hemos experimentado con el amor.

—Estoy perdida. Él está salvando a su ex y a su futuro hijo. ¿En qué parte de esa ecuación me ves a mí, Sam?

—Tu problema es que quieres analizar todo. Yo no tengo idea de cómo terminará esta historia, pero ¿sabes qué? Eres mi amiga y tengo que decirte que tienes que entender que tiene que estar con Kate ahora.

—Claro que lo entiendo. Estoy triste porque sé que no podremos estar juntos por mucho tiempo. Y no sé si podremos luchar contra eso. Y no dejo de pensar en Kate. No puedo dejar de pensar que podríamos haber hecho algo más para ayudarla.

Para mi sorpresa, Sam se quedó en silencio. Supe interpretar eso como que estaba de acuerdo. Luego se acercó y me abrazó.

—Ya no quiero llorar más. No hay nada más que pueda hacer —dije.

—Entonces, déjame que te prepare un té.

—Lo único que podría comer ahora es helado.

—¡Hecho!

—Gracias por estar aquí, Sam.

—¡No me agradezcas! ¿Para qué son las amigas si no para compartir una noche de helado?

Luego de que Sam se fuera, solo tuve fuerzas para llegar a mi cama, donde dormí al menos unas horas. Cuando desperté, miré por la ventana. La lluvia había transformado el paisaje en una versión más triste y gris de Boston. Me sentía vacía por dentro, sin ganas de hacer nada, sin voluntad de cambiar nada. Quería volver a dormir y olvidar que alguna vez estuve en Nueva York con él. Vi una película. Nada romántico, por favor. Para mi sorpresa, hasta la película menos romántica siempre tiene una historia de amor camuflada. Seguía sin poder sacar a Alex de mi cabeza. Pensé en mandarle un mensaje, pero me contuve. Cinco minutos después, sonó el teléfono, como si lo hubiera llamado con mi pensamiento.

—Mia, tengo buenas noticias: Kate despertó y está mejor. —Su voz sonaba aliviada.

—No sabes cuánto me alegro. Son muy buenas noticias. ¿Y cómo está el bebé?

—Ambos están muy bien. Kate está muy débil pero están fuera de peligro.

—Alex, qué buena noticia. De verdad, me alegro por ella y por ti. —Luego sentí un sabor amargo en mi boca que no me dejó hablar.

—¿Mia? ¿Estás ahí?

—Por favor, dale mis saludos a Kate.

—Se los daré. Te extraño —dijo él.

—Y yo a ti —dije.

Luego de que Alex se despidiera, comencé a llorar. Ahí estaba de nuevo, el vacío dentro de mi pecho. Irremediable. Constante. Inmanejable. Ni siquiera el helado podía ayudar en estas circunstancias.

23

Faltaban tan solo dos días para el viaje a Juneau y notaba que mi ansiedad iba en aumento. Y sabía la razón. No había hablado con Alex desde hacía varios días. Sabía que Kate y el bebé se estaban recuperando, pero no sabía, o quería saber, nada más. Sam y Bruno me mantenían mínimamente informada al respecto y solo así podía seguir día a día. Queriéndolo y evitándolo. Él me llamaba, pero yo no lo atendía. Inventaba reuniones para no hablar con él. Luego me mandaba mensajes: «Te extraño. Te necesito. No puedo seguir así». Una tarde me llamó. Lo atendí sin prestar atención al número y ya no pude escapar de la conversación.

—Mia, qué alivio escuchar tu voz. Tengo tanto para decirte: Kate se está recuperando, pero vamos a quedarnos en Chicago por un tiempo. Comenzó terapia grupal y sesiones con un psiquiatra. El bebé también está bien. Le hicieron unos exámenes y nos enteramos de que es un niño —dijo. Luego hizo una pausa—. Mia, siento tanto todo lo que pasó, pero tienes que saber que nada cambió para mí desde Nueva York. Desde hace un tiempo sentía que las cosas no estaban funcionando entre Kate y yo, pero con la noticia del embarazo, de repente, sentí nuevas esperanzas. Luego tú apareciste en mi vida. Y ahora...

—Y ahora estás confundido —dije.

—No es eso. Tengo que viajar a Boston. Prefiero que hablemos personalmente. Quiero verte.

—La verdad es que cuento los minutos para tenerte entre mis brazos, pero esta situación me está matando. Tenerte lejos y saber que estás a su lado. Sé que te necesita, pero mi corazón es egoísta —dije.

—Alex, ¿viste dónde están mis botas? —escuché la voz de Kate de fondo. Me sentí mareada.

—No tengo idea. Mia, ¿estás ahí? —preguntó él luego de unos segundos de silencio.

—Aquí estoy. Me siento como una tonta, Alex.

—Por favor, no saques conclusiones apresuradas.

—Alex, no puedo seguir así. Estoy sufriendo demasiado.

—Mia, ella y el bebé me necesitan.

—Créeme que lo sé. Y también sé que no podemos seguir así. Esto se tiene que terminar —dije con pesar.

No sé lo que dijo él a continuación. Yo ya había terminado la conversación.

A la mañana siguiente me desperté melancólica. Busqué el mate en el fondo de un estante de la cocina. Nunca me había gustado demasiado, pero lo tenía para casos de emergencia. Llamé a mi mamá y hablamos un largo rato. Prendimos la cámara. Fue lindo ver su cara y conversar, pero al terminar la llamada me sentí un poco triste. La distancia no era fácil de llevar. ¿Y si volvía a Argentina? ¿Pero qué sentido tenía realmente? «Tengo que ser fuerte —me repetía a mí misma—. Estoy aquí, donde se supone que debo estar».

Faltaban pocos días para el viaje, así que fui a comprar algunas cosas que necesitaba para llevar a Alaska. Sam me había dado una lista con sugerencias, desde comidas hasta medias térmicas.

Cuando volví con algunas bolsas y paquetes en las manos, vi a alguien sentado en las escaleras de mi edificio. Lo reconocí de inmediato.

—¡Alex! —Los paquetes volaron de mis manos de la emoción que me provocó verlo.

Corrí hacia él. Me tomó por la cintura y me rodeó con sus brazos. Había extrañado sus ojos, su sonrisa, sus abrazos. Había extrañado todo de él.

—¡No sabía que vendrías tan pronto! —dije sin poder quitar mis manos de su cara.

—Necesitaba verte y tenía que venir para la última reunión antes del viaje. En ese orden de importancia.

Le creí porque sabía que podría haber participado de la reunión en forma virtual. Me colgué de su cuello y lo miré fijo. No podía despegarme de sus ojos. Luego apoyó sus labios en los míos y nos besamos suavemente.

—Te extrañé demasiado —dije, abrazándolo.

—Tenemos que hablar, Mia.

—Lo sé, pero que sea después de la reunión. Tenemos mucho que preparar y estoy un poco nerviosa.

—Por eso mismo quería venir a verte. No te preocupes. Todo saldrá bien.

—Miren lo que trajo la primavera —dijo Thomas entusiasmado al ver a Alex.

—Sé que me extrañaste. Aunque no lo creas, yo te extrañé a ti —dijo Alex.

—¿Cómo siguen Kate y el bebé? Espero que estén mejorando.

—Está recuperándose bien. Nos quedaremos en Chicago por un tiempo. Órdenes del médico —aclaró Alex.

—Esas son buenas noticias. Estábamos todos muy preocupados. Y me alegra que estés aquí, pero ahora vamos a trabajar.

Todo debe estar listo en un par de días. Mia, me alegro de que estés dispuesta a reemplazar a Alex. Eres nuestra salvadora.

—Gracias, pero, en realidad, nunca podría reemplazarlo del todo. Es una gran oportunidad para mí y un honor ser de ayuda.

Sam, Bruno, Alex y yo nos acomodamos alrededor de la mesa. Paul y Laura, de operaciones, también estaban allí. Thomas se acomodó en su sillón. Arregló su pelo con sus manos y se aclaró la garganta. Luego observó detenidamente al equipo y bebió un poco de agua.

—Antes de pasar a contarles el plan, debo decir que estoy personalmente orgulloso de haber formado un equipo tan sólido. Tenemos una gran tarea por delante, pero no tengo dudas de que todos estarán a la altura de las circunstancias. Ahora vamos al plan: según lo que me informaron, está todo listo para la partida del prototipo mañana, con destino al aeropuerto de Juneau. Será trasladado en un avión militar, con estrictos controles de seguridad, desde la base militar más cercana a Boston, MEPS. Mia y Bruno volarán en un avión comercial. Alex, tú los estarás apoyando desde Chicago, y Sam desde aquí, conmigo. Hay algo más que quisiera discutir con ustedes. Como ya saben, todos tienen mucha confianza en este proyecto, a pesar de que las pruebas preliminares que arrojaron los resultados no fueron muy prometedoras. El porcentaje de masa de hielo que STORM pudo constituir fue inferior al planificado. Por lo que me gustaría que estuviéramos seguros cuando lleven a cabo las pruebas —dijo Thomas.

—Dalo por hecho, no vamos a tomar nada a la ligera —dijo Alex.

—Además, debemos cotejar la información constantemente con la estación de monitoreo ambiental, donde James y su equipo estarán trabajando para chequear el comportamiento de la fauna del lugar. No quisiera tener problemas con las organizaciones ambientales. Tengan presente que STORM no puede representar una amenaza para el hábitat de estos animales. Mia, quiero me envíes todos los días un pequeño reporte del progreso del proyecto. Nuevamente, estoy muy orgulloso por todo el trabajo que están haciendo. Mia, Bruno: les deseo un buen viaje y que la fuerza los acompañe.

Todos nos reímos del chiste referente a *La guerra de las galaxias*. Thomas no parecía tener mucho sentido del humor, pero cada tanto sorprendía con algunas frases que entretenían.

Al salir de la universidad, Alex me acompañó hasta mi casa. Hablamos mayormente de trabajo porque ambos estábamos evitando hablar de lo que parecía inevitable. Finalmente, él se animó a dar el primer paso.

—Mia, ¿podemos hablar?

—Alex, ya sé lo que vas a decir. Sé que Kate tiene que recuperarse y que eres el único que puede estar ahí para ayudarla. Sé que es así, pero me duele escucharte. No digas nada, por favor —dije.

Alex me abrazó y luego me obligó a mirarlo.

—Gracias por entenderlo. Tampoco es fácil para mí. Sabes que tengo que hacer esto porque necesito que hacer lo correcto, está en mi ADN. No puedo abandonarla ahora. Ella es la madre de mi hijo y siempre estará en mi vida.

—Lo sé, pero tienes que entender que esto es muy difícil para mí. No quiero parecer egoísta, pero no sé si pueda. Ni siquiera estoy segura de si hay un «nosotros».

—¿Por qué no nos sentamos un momento aquí? —Él caminó hacia un banco, al costado de una plazoleta. Lo seguí y me senté a su lado. Él tomó mi mano y comenzó a acariciarla.

—¿Sabes lo que siempre recuerdo de ti? Cuando nos dimos el primer beso, en Nueva York, y luego dijiste que lo querías todo.

—Me sorprende que lo recuerdes.

—Mia, recuerdo cada detalle cuando estamos juntos.

—Nunca hubiera llegado hasta aquí si no fuera por ti. ¿Recuerdas cuando me dijiste que necesitaban más científicos haciendo trabajo de campo? Fue la primera vez que pude imaginarme haciendo ese tipo de trabajo. Y aquí voy, camino a Alaska.

—Estoy orgulloso de ti —dijo dulcemente.

Luego nos miramos en silencio.

—Sé que quieres todo y que no tengo derecho a pedirte que me esperes.

—Y yo no puedo pedirte que seas menos de lo que eres. Reemplazarte como líder del proyecto es una gran responsabilidad y, si bien me siento preparada, necesito estar totalmente enfocada en eso. Estos días estuve sufriendo mucho, pensando en ti y en Kate, juntos. Yo no puedo permitirme distracciones o, aún peor, sufrimiento.

—Mia, sabes que Kate y yo no estamos juntos en realidad.

—Lo sé, pero, aun así, pienso que lo mejor será tomar distancia.

—No hagas esto, podemos luchar por nosotros. Estaremos separados por un tiempo, pero luego podremos estar juntos —dijo poniendo sus manos sobre mis hombros—. Mia, no quiero perderte.

—Yo tampoco quiero perderte, pero estoy convencida de que estamos haciendo lo correcto.

Nada podía hacerme cambiar de opinión. Ya había tomado la decisión. Alex tomó mi mano una vez más y la besó con ternura.

—Entiendo lo que quieres y voy a respetarlo, pero quiero asegurarte que encontraremos la forma de salir adelante y estar juntos.

Todo lo que dijo sonaba bonito. Creer en sus palabras o no era otra cuestión.

Nos quedamos abrazados, sin decir nada. No hacían falta más palabras porque algo, o todo, sonaba a despedida. Y, en algún nivel, ambos lo sabíamos.

24

Estábamos embarcando. Bruno se acomodó a mi lado. Íbamos en clase turista del avión que iba con destino a un lugar que nunca imaginé conocer: Alaska. «Supongo que la universidad no se puede dar el lujo de pagar ejecutiva para una prueba piloto de un proyecto ambiental». Bruno sugirió que, si esto funcionaba, tendríamos que no solo pedir, sino exigir clase ejecutiva para el vuelo de regreso hacia Boston. La auxiliar de vuelo era simpática y nos trajo unas bebidas antes de despegar. Cuando estaba a punto de apagar el celular para el despegue, recibí un mensaje:

> Buen viaje. Te extrañaré.
> A.

No contesté. Tenía demasiado en la cabeza. Bruno sacó un libro de su mochila y se puso sus auriculares sin dejar de aclarar que no era por ser antisocial, sino que los aviones le daban un poco de miedo y prefería distraerse para pasarlo mejor. Era solo un mecanismo de defensa para él. Si tan solo pudiera tener algún mecanismo de defensa para sentir que nada podía lastimarme, todo hubiera sido más fácil de llevar. Yo ya estaba dañada. Mi corazón ya había sufrido demasiado, cortesía de James Lent.

Recliné el asiento y cerré los ojos. Mis pensamientos fueron directos a un lugar: Puerto Madryn. James pasó a buscarme en su camioneta. Era un hermoso atardecer. Pasábamos los días embebiéndonos el uno del otro, aprendiendo nuestros gustos y cultivando el comienzo de algo que parecía ser especial, porque tenía claro que, si era por lo que sentía, podía dejarlo todo por él. Y por todo me refiero a mi familia, mi país, mi trabajo. Él había preparado un pícnic, y nos dirigíamos a la playa más linda y azul de la zona: Puerto Pirámides. Las estrellas y la luna iluminaban toda la bahía. Bajamos a la playa y nos instalamos sobre la arena. La brisa salada nos envolvía. James había preparado unos langostinos, pan, quesos y vino. Su piel estaba bronceada por el sol, que con sus últimos rayos iluminaba su pelo claro y sus ojos. Su mirada tenía un brillo especial. Llevaba una camisa que dejaba ver parte de su torso, unas bermudas claras y una sonrisa en su cara. Recuerdo que yo usé un vestido con flores. Lo recuerdo porque el viento revoloteaba con los volados, dejando ver un poco más de lo que hubiera querido.

Caminamos de la mano por la playa. Pasamos horas hablando y besándonos. Parecía que el tiempo se había detenido en ese lugar. Hablamos de sus sueños, de los míos, de todo y de nada al mismo tiempo. A pesar de que mis conocimientos del inglés eran básicos y su español, muy rústico, sentí que nunca me había conectado con nadie de esa forma. Una conexión que iba más allá de las palabras y el idioma.

—Mira hacia allí —dijo él.

Al darme vuelta, pude ver, en el mar, no muy lejos de la orilla, la cola de una hermosa ballena franca austral. Era un espectáculo impresionante. La ballena saltaba y caía con toda su fuerza sobre el mar.

—Es increíble. —La emoción no me permitió decir mucho más. Solo nos quedamos en silencio, admirándola. Yo quería ser como esa ballena: libre y feliz. Era un animal maravilloso.

La ballena se alejó, y James se acercó a mí. Me tomó de las manos y me dijo que me deseaba con locura. Yo lo abracé y le dije que también me sentía así. Volvimos caminando a su auto y de ahí a su departamento.

James fue todo lo que esperé que fuera mi primera vez. Yo me sentía torpe, y él me ayudó a que no se notara. Yo estaba desorientada, y él me guiaba. Me acariciaba y me cuidaba todo el tiempo. Esa noche fue imperfecta, porque los miedos y la inexperiencia estaban allí, pero él fue perfecto. Al día siguiente pasó a buscarme para ir nuevamente a nuestro lugar favorito: la playa. Caminamos durante rato y luego nos sentamos sobre una piedra. Las estrellas comenzaban a aparecer. Entonces él me dijo que tenía que irse en un par de semanas a la universidad. Lo habían aceptado en un programa de biología marina en la Universidad de Stanford. Sentí que me faltaba la respiración. No me tomó por sorpresa, porque sabía que lo nuestro no sería para siempre, pero pensé que teníamos más tiempo. Entonces él dijo lo que nunca hubiera imaginado: que quería que siguiéramos juntos y que fuera a visitarlo a California. Dijo que estaba convencido de que, más allá de la distancia, lo nuestro podía funcionar y que eso no tenía por qué detenernos. Luego se despidió con un beso. Esa noche me acosté con muchas dudas en mi cabeza. ¿Hasta dónde estaría dispuesta a seguirlo por amor? Además, recién lo conocía. ¿Y qué haría con mis estudios? Tal vez podría estudiar allí. Era una locura que solo consideraba porque estaba indudablemente enamorada de él.

Al día siguiente me desperté sintiéndome en las nubes y sabía que era todo gracias a la idea de ir a visitarlo a California. Estaba ansiosa por decirle cuánto lo amaba y que estaba dispuesta a viajar las veces que fuera necesario. Quería hacerlo funcionar.

Lo llamé por teléfono, pero no contestaba. Fui a su trabajo y tampoco estaba allí. Fui a su departamento y no había nadie. El encargado del edificio me llamó al entrar:

—¿Es usted Mia?

Tenía ganas de decir que no lo era porque presentía que algo malo estaría por venir, pero no había escapatoria.

—James se la pasaba hablando de usted. Me temo que se han ido.

—¿Se han ido? Entonces los espero. Seguro que no tardan en volver.

—Señorita, toda la familia se ha ido de vuelta a su país. Partieron esta mañana para los Estados Unidos. Lo siento, pensé que usted estaba al tanto —dijo con extrañeza.

Me senté en el piso, buscando un lugar para pensar porque no podía entender.

—Tenían pensado quedarse un par de semanas más, pero se fueron de repente. No dejaron ningún mensaje. Lo siento, señorita.

Me desperté agitada y nerviosa. Intenté volver a dormir, pero no sirvió de nada. Cambié mil veces de posición y seguía sin poder dormir. James se había metido en mi cabeza y me quitaba el sueño. Todo fue en vano, aunque luego de ese sueño pude ver algunas cosas con más claridad. Me había enamorado de James y estuve dispuesta a arriesgarme por él. Todo se había terminado demasiado rápido. Lo que sentía por Alex era diferente, pero diferente no era fácil. Ahí estaba de nuevo peleando conmigo misma, tratando de proteger mi corazón y, al mismo tiempo, tratando de abrirlo. Solo que no podía. En ese momento supe que tenía que resolver mis miedos para poder seguir adelante. Nunca había podido perdonar a James por haberse ido de esa manera. Y ahora siento que debía enfrentarme a él de la misma forma que me enfrenté a Alex. Tenía que buscar la manera de darle un cierre a lo que había pasado entre nosotros.

Bruno dormía profundamente a mi lado. Me sentí celosa de su vida, de su paz. Todos teníamos problemas, pero Bruno se me hacía del tipo que era tan relajado que la vida no le causaba mayores dificultades. Probablemente, no sería así, pero me aferré a esa pequeña mentira porque parecía, de algún modo, más fácil lidiar con mis problemas.

Bruno hizo el vuelo más entretenido. Habló bastante sobre sí mismo, lo cual fue un alivio, porque no estaba lista para hablar de mis asuntos. Él había estado con algunas chicas durante su adolescencia, hasta que llegó a la universidad, donde finalmente se dio cuenta de que las chicas no eran lo suyo. Le había costado mucho asumirlo, pero lo más gracioso fue cuando llegó el momento de contarles «la noticia» a sus padres. No se sorprendieron en absoluto. Ellos dijeron que ya sabían desde hacía unos cuantos años, solo estaban esperando a que él mismo se diera cuenta de lo que ellos sabían hacía mucho tiempo.

—¡Increíble! ¿Cómo es que tus padres nunca te dijeron algo al respecto?

—Supongo que querían que yo mismo lo descubriera. Es una forma de crecer y aprender, ¿no lo crees? Y lo mejor de todo es que realmente soy feliz. Estoy solo, pero algún día encontraré al indicado. Al igual que tú, Mia.

—En este momento todo suena como una historia de ciencia ficción para ser honesta —

él comenzó a reír—. Creo que podrías haber sido actriz, porque eres tan dramática.

—Me alegra que mis desamores te resulten entretenidos —dije.

—Para nada. Solo creo que es adorable que no te hayas rendido. No creas que mi vida amorosa ha sido fácil. Ya es bastante difícil asumirse como gay en una sociedad donde todavía existe mucha homofobia, aunque también tengo que reconocer que mucha gente nos adora —dijo con una gran sonrisa—, pero basta de hablar de mis cosas. ¿Cuándo me contarás qué pasa con Alex?

—¿Qué puedo decir? Creo que estoy enamorada de él, pero en este momento no importa. Él tiene que pensar en Kate y en su bebé, y yo, en mi trabajo. No puedo pensar en él en este momento. Todo este proyecto es un verdadero desafío y no puedo permitirme otra cosa. ¿No ves que todo es demasiado complicado?

—Si fuera fácil, la vida sería muy aburrida, Mia. Creo que estás haciendo lo correcto, siempre que puedas manejarlo. Un poco de distancia no estará mal para ambos. Todo se solucionará. ¡No te desanimes! —dijo Bruno.

—Puede que tenga un poco de aptitudes para ser actriz, pero tú, definitivamente, serías un fantástico animador.

25

Llegamos a la ciudad de Juneau a media mañana, luego de un largo vuelo de casi diez horas y una escala en Seattle. Al salir del aeropuerto, James nos estaba esperando. Sentí que había pasado mucho tiempo sin verlo, aunque, en realidad, habían sido algunos días. Me alegré mucho al verlo y, dejándome llevar por los impulsos, corrí hacia él y lo abracé con fuerza.

—¡También te extrañé, Mia! —dijo James, sorprendido y mostrando un poco más de distancia de la que hubiera esperado—. Bienvenidos a Alaska. Es un placer tenerlos por aquí finalmente —dijo él, sonriente.

James me ayudó con mi pequeña maleta. Lo seguimos hasta una camioneta, donde había una mujer al volante. Ella se bajó para saludarnos.

—Mia, Bruno, les presento a Juliette Dalton —dijo él sin poder dejar de sonreír.

Juliette era muy llamativa. Era atlética y tenía ojos claros y cabello rubio. Era difícil que pasara desapercibida, no solo por su belleza, sino por su altura.

—Juliette y yo trabajamos juntos en la reserva de animales de Glacier Bay. Ella es bióloga y la encargada del lugar —aclaró James.

—Es un placer conocerlos. Escuché mucho sobre los dos, especialmente sobre ti, Mia —dijo ella amablemente—. Ahora los llevaremos a comer algo y de ahí iremos directos hacia el pueblo de Gustavus. Allí pasaremos la noche y luego los llevaremos directo a la base de Glaciar Bay. ¿Qué tal estuvo el vuelo?

—Estuvo bien pero muy cansador —respondí.

James no podía dejar de mirarla. Luego de las presentaciones y los correspondientes saludos, noté que era recíproco.

—Linda chica Juliette —dijo una voz susurrando en mis oídos.

—¡Cállate, Bruno! —No había por qué comentar sobre lo evidente. Juliette era visiblemente atractiva y seguramente muy inteligente. Todos lo habíamos notado, en especial James.

—Vamos, Mia. No te enojes. ¿No estarás celosa?

—Deja de molestar.

No es que estuviera celosa, pero hacía tan solo un par de semanas que él mostraba otros intereses. Me sentía un poco irritada, pero preferí culpar al cansancio del viaje.

Juneau era una ciudad que parecía más un puerto pequeño y pintoresco. La gente parecía ser amable. El cielo era claro, casi transparente. El paisaje, imponente. Las montañas eran maravillosas. Se podían ver con claridad las nieves eternas en sus picos. El viento azotaba fuertemente. Juneau olía distinto, a naturaleza, a hielo. Llené mis pulmones de ese olor porque era algo nuevo y excitante. Me gustó sentirme parte de ese paisaje, de ese hermoso lugar, rodeado de vida natural.

Nuestro destino estaba a unas horas y no había mucho en el camino, así que fuimos a comer algo antes de emprender el viaje. Entramos a un pequeño café. La decoración era en madera y se veía en armonía con el lugar. Un hombre en la barra saludó a Juliette. Ella le sonrió y movió su cabellera coqueteando o algo parecido. Ella y James estaban definitivamente en sintonía. Él estaba atento con ella, y ella le devolvía la cortesía con muchas sonrisas.

—¿Cómo está todo en la reserva, James? —pregunté.

—Hemos progresado mucho en la reserva marina. Me gustaría hacerles un pequeño *tour* uno de estos días. Juliette me ha permitido trabajar con algunos animales para realizar las pruebas con el prototipo. STORM llegó ayer, y hoy escuché que estaban evaluando si estaba en condiciones para comenzar las pruebas lo antes posible.

—Cuanto antes, mejor. Y me encantaría conocer la reserva marina. —No podía esperar para comenzar con las operaciones sobre ese prototipo. Algo comenzaba a aparecer dentro de mí que luego de un tiempo reconocí. Era adrenalina pura corriendo por mis venas.

Luego del almuerzo, nos dirigimos a la camioneta. James estaba al volante, y Juliette seguía sonriéndole cada vez que podía, lo que me molestaba terriblemente. Bruno no esperó demasiado para acomodarse y dormir un poco. Juliette conversó amablemente, pero luego se disculpó porque tenía que ponerse al día con la lectura de una propuesta que le había llegado y no tenía suficiente tiempo para leer. Sacó unos auriculares y unos papeles, y se puso a trabajar. Juliette parecía ser muy eficiente. Estuvo así, aislada por un buen rato, mientras trabajaba, y solo levantaba la vista cuando sentía que James hacía una maniobra un poco brusca con el volante, que era a menudo. El camino era lógicamente sinuoso, pero sus curvas no me afectaron porque miraba concentrada cada detalle del recorrido. Noté que él no estaba muy conversador, pero en el fondo agradecí porque no quería hablar con él. Todavía sentía enojo y también vergüenza de la última noche en Boston, cuando prácticamente le rogué que me besara, y él se negó. James no tenía idea de lo grave que eso era para el ego de una mujer. Nuestras miradas se cruzaron un par de veces por el espejo retrovisor, pero eso fue toda la interacción que tuvimos, porque el sueño me venció y me desperté un par de horas después, al llegar al pueblo de Gustavus.

Eran las tres de la tarde y el sol estaba en lo alto del cielo. Tomé un espejo de mi bolso para encontrarme ojerosa y despeinada. Todo en el lugar incorrecto. Me arreglé lo mejor que pude con algo de maquillaje, pero tampoco podía hacer milagros.

El pequeño pueblo de Gustavus parecía el hermano menor de Juneau. Todo el pueblo se componía de un grupo de casas y un centro comunitario, donde se recibían a los turistas. Las fachadas eran muy parecidas en su arquitectura. Diferentes colores de viviendas asomaban por las calles. Los pinos perfumaban el lugar, y algunos capullos amarillos, rosados y morados asomaban tímidamente en algunas zonas verdes.

Llegamos a una modesta hostería, que se veía encantadora. Nos acomodamos en algunas habitaciones, y al atardecer salí a hacer reconocimiento del lugar. Necesitaba estirar las piernas. Estaba agotada, pero el aire frío me calmaba y me hacía sentir en paz. Vi las montañas iluminadas por los tenues rayos de sol, que caían sobre las montañas de una manera especial, como acariciando las laderas. La calle estaba casi desierta y sentí pasos por detrás.

—Mia, ¿qué haces aquí sola?

—¡James! Me asustaste. Estaba contemplando la naturaleza.

—Lo siento, no quería asustarte. Solo quería avisarte que mañana salimos a las siete para la base. Te envié un mensaje, pero no contestaste.

—Creo que olvidé el teléfono en la habitación.

Caminamos unas cuadras cuesta abajo. El paisaje crecía en hermosura a medida que nos acercábamos a la costa.

—¿Dónde está Juliette?

—Está en la habitación, estaba muy cansada —dijo, sonriendo.

—Es muy atractiva, y se nota que está interesada.

Luego de mirarme de una forma extraña, bajó la mirada. Y comenzó a reír, cada vez más fuerte.

—¿Qué es lo que te sucede? ¿Hay algo que te parezca gracioso?

—Más que gracioso, hay algo irónico en todo esto. No puede ser. ¿Acaso Mia Palacios está celosa?

Hice silencio.

—Tomaré eso como un sí —dijo manteniendo una sonrisa triunfadora—. Lo siento, no quiero reírme. En realidad, no creo que estés celosa porque, si lo estuvieras, tendría que pensar que todavía sientes algo por mí cuando sé perfectamente que lo único que podrías sentir hacia mí es rencor. Lo dejaste muy claro la última vez.

—No es rencor, solo hay otra cosa. No sé. La verdad es que estoy cansada como para ponerme a hablar de esto. —Fue mi maniobra de escape, que, por cierto, no fue nada discreta.

Sabía que no estaba conforme con mi respuesta porque lo pude ver en su rostro, pero no me importó y se ve que a él tampoco, porque no dijo nada al respecto y volvimos caminando hacia el hotel en silencio. No quedaban dudas, tenía que enfrentarlo de una vez por todas. Pero ¿cómo? ¿Cómo podría hablar con él? ¿Qué iba a decirle? Tenía tanto para decirle que no sabía por dónde comenzar. «Nunca imaginé que iba a quererte de esa manera, y todo se esfumó de un día para el otro. ¿Cómo pudiste hacerlo? ¿Cómo pudiste dejarme sin una explicación?». Sería un comienzo, aunque un poco dramático, como diría Bruno.

Llegamos a la puerta del hotel. Él me miraba atento. Cuando finalmente me animé a decir algo, James apuntó con su dedo al cielo. Había una gran estrella fugaz.

—Pide un deseo, Mia —dijo él.

Levanté la mirada y pedí un deseo. Cuando bajé la mirada, él me estaba observado en silencio.

—Espero que tu deseo se cumpla. Mañana será un largo día. Buenas noches, Mia.

—Buenas noches, James.

Pedí algo para comer en la habitación y luego miré algo en la televisión. Solo podía pensar en James y Juliette juntos, y me dolía el pecho. Estaba a punto de ir a dormir, con mi pijama puesto, cuando golpearon a mi puerta. Vi por el cerrojo. Era James.

—¿Pasó algo?

—No pasó nada. ¿Podemos hablar aquí, en el pasillo? Solo será un minuto.

Cerré la puerta y salí de la habitación.

—De hecho, también tengo algo para decirte.

—Tú primero —dijo él.

—James, no sé cómo comenzar, así que solo lo diré ¿Por qué te fuiste sin decir adiós? ¿Pensaste que dejar una carta sería suficiente?

Él suspiró y se acercó a mí. Me tomó de las manos y me miró a los ojos.

—Mia, no sabes cómo me arrepiento de haberme ido de esa manera. Seguí adelante con mi vida, pero nunca me perdoné haber hecho eso. Si pudiera volver el tiempo atrás, haría todo diferente.

Era bueno que James siguiera hablando porque el nudo que tenía atravesado en mi garganta no me hubiera permitido decir ni una palabra.

—Mi padre estaba enfermo y tuvimos que tomar una decisión urgente. Mi madre quería que mi padre comenzara el tratamiento lo antes posible, en California. Nos fuimos de Argentina de un día para el otro, sin planearlo. No tuve tiempo de despedirme, y tampoco sabía cómo hacerlo. No quería llamarte y no había tiempo de ir a verte. Por eso escribí la carta. —La luz del pasillo era tenue y suavizaba sus facciones. Él seguía sosteniendo mis manos. Luego bajaba la mirada y las acariciaba suavemente.

—James, no entiendo. ¿Qué pasó con la carta?

—Mi madre la tomó y la escondió en un cajón. Ella pensó, equivocadamente, que mi vida sería más fácil olvidándote. ¿Qué puedo decir? Todos nos equivocamos. Yo era muy joven, y supongo que ella no quería verme sufrir por amor. —Luego sacó algo del bolsillo de su chaqueta.

—Al menos la guardó y me la dio cuando estuve en California hace unos días. Me prometí a mí mismo dártela en el momento apropiado. Siento que haya tardado tanto en llegar a tus manos —dijo, dándome el sobre.

Creo que fue demasiado para mí. Con una mano sostuve el sobre y con la otra me sequé las lágrimas que brotaban de mis ojos. Él puso su mano sobre mi mejilla.

—¿Por qué me la das ahora, James?

—¿Por qué? Por muchas razones. Porque cuando la escribí estaba loco por ti, porque lo que pasó no fue justo para ninguno, porque es tuya y debes leerla. Porque es la primera vez que me demuestras que te importo, aunque sea un poco.

—James, siempre me importaste. Tú eres el que se fue sin despedirse. Yo fui la que pensó que no te importaba —dije, sollozando.

—Lo sé. Y lo siento mucho. No hay nada que pueda hacer ahora, más que darte la carta que escribí para ti. Sé que llega tarde a tus manos, pero eso es mejor que nunca.

—No estoy tan segura de eso.

James se acercó y me tomó por los hombros. Me estremecí al contacto con sus manos.

—No eres la única que necesita cerrar esa etapa. Yo cambié y estoy seguro de que tú cambiaste también. Nuestros caminos tomaron diferentes direcciones. Mia, ambos merecemos ser felices. Toma la carta y léela. Cerremos de una vez este capítulo de nuestras vidas —dijo él.

Su mirada posada en mis ojos no me dejaba otra alternativa, quería decirle tantas cosas, pero los impulsos no tenían lugar aquí. Él quería ser feliz, y yo también. ¿Podía ser así de simple? Ve y sé feliz. Probablemente no podríamos lograrlo juntos, pero era una oportunidad para ambos de lograrlo separados. Ya habíamos tenido una oportunidad para estar juntos y la habíamos desperdiciado. Ambos teníamos que dejar nuestro pasado, lo bueno y lo malo, en el pasado. Era la única forma de buscar felicidad. Yo lo quería, y por eso quería que fuera feliz, pero siempre tendría que convivir con esa duda que llevaría conmigo a cualquier lugar. ¿Qué hubiera pasado si él no se hubiera ido?

Se despidió con un gesto y lo vi alejarse lentamente. Me quedé unos segundos con mi carta en la mano, en mi pijama, en medio del pasillo del hotel, mirando cómo se alejaba, bajo la luz tenue casi ámbar. Algunas cosas ya no tenían sentido, pensé mientras miraba el sobre color amarillento que tenía entre mis dedos. Esas palabras ya no servían: pertenecían al pasado. Él lo había dicho. Habíamos cambiado. Esta carta fue escrita por otra persona. Otro James distinto al de hoy, al James del presente. ¿Qué sentido tenía leerla entonces? No necesitaba leer una carta de despedida que ya había expirado. La guardé en mi bolsillo. No podía lidiar con esto ahora o tal vez no podría hacerlo nunca.

26

Partimos muy temprano en la mañana, con rumbo al parque nacional Glacier Bay. Teníamos cerca de doscientos kilómetros por recorrer hasta llegar a destino. Aumentaba la desolación y la belleza a medida que nos alejábamos del pueblo de Gustavus. Nunca imaginé que este lugar sería tan hermoso. La vegetación adornaba las montañas, que se veían como dibujadas, y servían de antesala a los glaciares, que aparecían eternos en el horizonte. James manejaba concentrado en el camino y casi no dijo palabra en todo el trayecto. Yo pensaba en la carta que me había dado, que mantenía guardada en el bolsillo de mi mochila, como un secreto al que solo yo podía acceder. Había decidido no leerla, al menos por ahora.

Al llegar a la base militar de Glacier Bay, me sorprendí al ver la seguridad del lugar. Había guardias y cámaras resguardando el perímetro del lugar. El campamento «científico», donde estaríamos trabajando, estaba ubicado dentro de la base militar, y esta se ubicaba en la zona de glaciares, al oeste de Juneau. Luego de identificarnos en la cabina de seguridad, seguimos por un camino rodeado de bosque virgen. James estacionó la camioneta cerca de un gran edificio, que parecía un hotel más que un centro de desarrollo. Vi que dos hombres se acercaban hacia nosotros.

—Buenos días, señor Black. Le presento a Mia Palacios y a Bruno Rojas. Ellos son los científicos de la Universidad de Harvard. Mia será la líder del proyecto en reemplazo del doctor Alex Riverton —dijo James.

—Buenos días. Es un placer conocerlos. Mi nombre es Roger Black. Soy el jefe de la base militar y les doy la bienvenida. No quisiera aburrirlos con todas las reglas de este lugar porque estoy al tanto de que esta es una misión civil, pero al estar dentro de la base deberán seguir al menos algunas —dijo con tono algo intimidante.

Lo interrumpió el hombre que estaba a su lado, que llevaba un sombrero similar al de Indiana Jones.

—Ya, dejémonos de tanta regla, Roger. Yo me encargaré de ellos. Bienvenidos. Soy el encargado del campamento científico. Mi nombre es Martin Greystone.

—¡Doctor Greystone! Es una placer —dije—. Leí muchos de sus trabajos en la universidad.

—Apuesto que sí, pero, por favor, pueden decirme Martin. Si escucho doctor Greystone, pienso que están llamando a mi padre —dijo, sonriendo.

Martin era un hombre de unos sesenta y tantos años, de esos que resulta agradable desde el primer momento. Nos recibió amablemente y nos llevó hasta la zona de las cabañas. Él dijo que allí podíamos instalarnos y descansar un poco. Más tarde, nos encontraríamos para recorrer la base. Las cabañas estaban cerca del edificio principal. Eran pequeñas y simples pero muy acogedoras.

Una hora más tarde, todos subíamos a la camioneta. Juliette tenía que trabajar en algo y no nos pudo acompañar.

La base era grande y moderna. Estaba dividida en varios sectores, pero solo recorrimos el campo de entrenamiento, los laboratorios y oficinas, donde nos habían asignado un lugar para trabajar. James nos explicó que la reserva de animales estaba a nueve kilómetros de allí, en el centro de investigación. Allí tenían varios animales locales en observación, pero más que nada ballenas de la zona. Allí es donde trabajaban James y Juliette, monitoreando el ecosistema local.

Martin dijo que Thomas le había pedido que él estuviera a cargo del mantenimiento y la seguridad de STORM hasta que llegáramos. Si seguíamos por este sendero nos encontraríamos con un lugar especialmente diseñado para alojar al prototipo, hasta ser llevado al océano. Llegamos a un estacionamiento gigante, rodeado de bosque. Bajamos de la camioneta y continuamos a pie. Mis pasos se sentían cada vez más pesados. Asumí que eran los nervios. De pronto fui consciente de que nunca había visto a STORM en persona y, aun así, sería la directora interina del proyecto. Mi corazón comenzó a acelerarse. Era adrenalina, miedo, excitación. Todo junto. Finalmente, el momento que tanto había esperado había llegado.

En un claro del bosque pude distinguir una estructura de titanio de color azul marino, brillante e imponente. Estaba rodeada por vallas de seguridad. STORM era de aproximadamente cuatro metros de alto y era algo ovalada en la parte ancha. Bruno dijo que se parecía al androide R2-D2 de *La guerra de las galaxias*, pero diez veces más grande. Casi como viendo un fantasma, me sentí hipnotizada por su presencia.

—Mia, ¿estás bien? —preguntó James.

—Solo estoy emocionada —dije, mirando esa gran estructura frente a mí.

—Yo también —dijo Bruno casi llorando—. ¿Podemos acercarnos?

—Claro que sí —dijo Martin. En ese momento él hizo un gesto a uno de los guardias que estaban allí. Este puso una combinación en una cerradura electrónica que tenía la puerta, y luego se abrió.

—Todos ellos están autorizados para entrar aquí —dijo Martin.

—Muy bien, doctor Greystone —respondió el guardia.

Me acerqué lentamente, luego puse mi mano sobre el titanio. Se sintió frío y áspero. Si bien no había estado en este proyecto desde el comienzo, lo sentía muy personal.

—¿Cuándo podemos comenzar, Martin? Tenemos tanto por hacer.

—Tiene un par de ajustes pendientes. Debemos seguir con el protocolo de seguridad. Supongo que en un par de días estaremos listos.

—¿No podrá ser antes? —pregunté desilusionada

—Mia, necesitamos tiempo para terminar de preparar las pruebas de interacción con la fauna —dijo James—. Un par de días suena razonable.

—Supongo que no tengo otra alternativa más que esperar —dije.

Martin me miraba divertido.

—Señorita Palacios, si me permite, le puedo preparar un informe para que se vaya familiarizando con la situación. Lo tendré listo a primera hora de la mañana.

—Gracias, Martin. Y puedes llamarme Mia.

—Bien, Mia. Me recuerdas a mí mismo hace unos cuantos años. Yo tampoco podía esperar demasiado. Les recomiendo que vayan a descansar y mañana comenzaremos hablando sobre cómo podemos encarar las pruebas a las que debemos someter a STORM.

—Lo siento si parezco un poco ansiosa —me disculpé.

—No te preocupes. Así estamos todos. Tú solo lo exteriorizas más —dijo Bruno, dándome la mano.

Martin nos observaba y sonreía. Entonces dijo algo que nunca olvidaré:

—Si me permiten una pequeña observación, sé que este proyecto no fracasará, y no es precisamente por STORM, sino porque veo como han construido un excelente equipo para encarar el trabajo. Seguramente, tendrán que ayudarse y apoyarse entre ustedes porque solo pueden lograrlo trabajando en equipo. Y esa es la clave del éxito.

27

Al día siguiente me desperté sobresaltada. Creo que por un momento había olvidado dónde estaba. Al asomarme por la ventana de mi cabaña, vi algo tan especial como majestuoso. El horizonte estaba dibujado con una nitidez asombrosa. Las montañas parecían ser tridimensionales. Esa imagen llenó mi corazón de felicidad, como hacía tiempo que no lo sentía. Esa mañana Martin me esperaba en su oficina. Me recibió con café y galletas. Me pidió que se sentara y se acomodó en su silla. Parecía preocupado.

—Mia, aquí están los informes que te prometí. Como ya sabes, estuve a cargo de supervisar el mantenimiento del prototipo y, al parecer, estaríamos listos para comenzar mañana mismo.

—¡Esas son excelentes noticias! ¿Cómo hicieron para acelerar con el mantenimiento?

—Bueno, algunas personas se ofrecieron como voluntarios para trabajar y acelerar los tiempos.

—¿Personas? ¿Qué personas?

—No te preocupes, Mia, todas personas bien capacitadas.

—Pero, Martin, no entiendo, ¿quiénes? Se supone que solo pocas personas tienen acceso a STORM. Solo James, Bruno...

Él se levantó de su silla y me entregó una carpeta.

—Ahí está toda la información.

Cuando la abrí, vi que estaba la información de acceso a STORM. Estaban los nombres de James y Bruno en las rotaciones. Habían estado trabajando largas horas durante la noche.

—¿Por qué? ¿Por qué no me lo dijeron? Yo también podría haber ayudado.

—Mia, discúlpame, pero, cuando James me comentó esta idea de acelerar los tiempos, dijo que había ido a buscarte a tu cabaña y te encontró dormida. «Mia está aniquilada», fueron sus palabras. De modo que entre todos decidimos dejarte dormir. Bruno fue a dormir temprano y se reportó a trabajar temprano en la madrugada. James estuvo trabajando casi toda la noche.

—No sé qué decir. No esperaba tanto trabajo y esfuerzo. ¿Dónde están ahora?

—Están durmiendo. El resto de mi equipo continúa con el mantenimiento. Gracias a ellos, terminaremos antes. Bruno es fantástico con la tecnología. Nos ayudó mucho con los drones. James y yo hemos trabajado mucho tiempo juntos. Él es un gran biólogo y un excelente recurso para este tipo de misiones, lo que me parece que nos brinda la oportunidad perfecta para mostrarte los avances sobre STORM en persona.

—Me parece una excelente idea —dije.

No esperaba tanto sacrificio por parte de Bruno y de James. Me hizo sentir privilegiada al poder contar con ambos y un poco frustrada también. Me hubiera gustado estar allí, trabajando codo a codo con ellos.

—Mia, deberías estar orgullosa de tu equipo.

—Lo estoy, Martin. Honestamente, nunca me sentí tan orgullosa como ahora.

Nos dirigimos hacia donde estaba ubicada la estructura. Bajamos y caminamos unos cien metros hasta llegar al descampado. Había algunas personas trabajando. Con el sol brillante de la mañana, STORM se veía majestuosa. Pasamos los controles de seguridad, mostrando las credenciales correspondientes. Apenas puse un pie en la plataforma, se me puso la piel de gallina, tal como dijo Alex que pasaría. Subimos unas escaleras por donde se accedía al panel de control. STORM tenía tres pisos. En el inferior estaba el sistema de flotación y la maquinaria que obtenía el flujo de agua. Las mangueras que llegaban hasta el sistema de refrigeración también se encontraban allí. En el siguiente nivel se encontraba el panel de control y la conexión de este sistema con el refrigerante. Por último, había una especie de arcada, con sistemas alternativos, por si alguno fallaba.

—Es increíble. Estuve estudiando los manuales de construcción y operaciones con mi equipo, pero nunca imaginé estar parada en medio de este sistema —dije, tocando las estructuras de titanio que me rodeaban.

—Justamente ahí se encuentra la belleza del sistema. En su simpleza. No es tan sofisticado como parece. Lo sé, porque participé en su diseño y desarrollo, solo que no era exactamente el mismo prototipo que nos sostiene en este momento —dijo Martin.

Más que pensar en lo que dijo, me quedé pensando un momento en lo que no dijo.

—Por último, tenemos los tanques de gasolina —dijo Martin señalando hacia los costados—. Este prototipo es tradicional, ya estamos bien entrados en la década del 2020 y aún seguimos atados a derivados del petróleo, pero supongo que pronto conseguiremos dar el siguiente paso.

«Ya veo. Eso es lo que no apruebo de todo esto», pensé.

—¿Y cuál sería el siguiente paso, Martin?

—Bueno, ya sabes, hemos llegado a Marte. Hay civiles dando vuelta por el espacio. Por otro lado, la pandemia... Casi destruimos nuestro propio planeta. No solo eso, todavía existen guerras que podrían evitarse.

—Entiendo. La humanidad progresa yendo dos pasos para delante y uno para atrás.

—No podría estar más de acuerdo —dijo, acomodándose el sombrero—. En realidad, me refería a algo más específico, pero dejémoslo para otro momento.

—Martin, fui nombrada en reemplazo de mi colega Alex Riverton. Él tuvo problemas personales, problemas que le impidieron hacer este primer viaje a Alaska, pero no significa que yo no esté capacitada para que me digan las cosas sin dar vueltas. Como diríamos en mi país, vamos al grano. Me gustaría escuchar tu opinión. Es evidente que hay algo que no termina de convencerte acerca de STORM.

—Mejor busquemos otro lugar para conversar —dijo. Lo seguí hasta un claro en el bosque alejado de STORM. Martin se sentó sobre una piedra, se acomodó el sombrero y sonrió.

—De verdad que nos parecemos, Mia. Y seré muy sincero, no tengo otros intereses que el que este proyecto sea un éxito. Toda mi vida he sido un luchador. Trabajé muchos años en educación para difundir algunos conceptos como las tres c, que constituyen los problemas del planeta Tierra: contaminación, cambio climático, calentamiento global. Y un día encontré mi lugar. Es aquí donde quiero estar. Día a día, sigo luchando y no he bajado los brazos a pesar de que ya no soy tan joven. Creo que algo que me hubiera gustado tener hubiera sido una familia. He resignado mucho de mi vida personal por mi carrera. Si tuviera que dar un consejo a alguien más joven, como tú, diría que es mejor encontrar un balance entre todas las cosas que nos rodean.

—No esperaba escuchar estas palabras.

—Lo siento. Ya me siento un viejo gruñón, repartiendo lecciones de vida a gente que no la necesita.

—No, Martin. Me refería a que me siento agradecida por tus palabras. No las esperaba, pero las recibo con humildad y cariño.

Él me miró sorprendido.

—Mia, es precisamente eso lo que me genera estar con una joven tan prometedora como tú. Humildad y cariño —dijo él, poniendo su mano sobre la mía en un gesto paternal.

—¿Por qué no caminamos un poco? —sugirió—. Hay un lindo sendero hacia la cascada.

Caminamos por unos minutos entre el bosque y su flora. El perfume a flor se sentía en el aire. Cada rincón de ese camino parecía más bonito que el anterior.

—Mia, hace mucho tiempo participé en el desarrollo de un proyecto. La dirección de ese proyecto estaba a cargo de Susan Riverton, la abuela Alex, y era muy parecido a lo que ves hoy ante tus ojos, solo que no utilizaba petróleo o sus derivados. En ese entonces no contábamos con el apoyo suficiente como para seguir adelante con un proyecto tan poco confiable. No tienes idea de lo frustrante que fue ver como una gran oportunidad se nos escapaba de las manos, y no me refiero a una oportunidad para mí, o para el equipo, sino a una oportunidad para el planeta. Claro que era muy avanzada para la época.

Yo escuchaba atentamente y hasta podía sentir su frustración como propia.

—Entonces, ¿qué pasó con ese proyecto?

—Se descartó tal como estaba planteado y se terminó creando un modelo adaptado. El resultado es lo que acabamos de ver: STORM.

—¿Por qué se descartó?

—Es una larga historia. Solo digamos que el mundo no estaba listo para probar con energías alternativas, pero no quiere decir que STORM sea malo o que no sirva. Si estoy aquí es porque creo en este proyecto, así que adelante. Tienes mi confianza. Se nota que eres capaz de subirte allí y hacerlo funcionar, o al menos intentarlo.

—Bueno, gracias por contarme todo esto. Me ayuda a entender un poco más toda la situación, que entiendo como muy compleja —observé.

Seguimos caminando por un sendero boscoso hasta llegar a la cascada. No era muy grande, pero era hermosa. Paramos en un mirador y observamos el paisaje. Los pinos cubrían todos los alrededores, y lo que más disfruté es que luego de unos minutos de observarlos parecía que cambiaban de color. Pude diferenciar las diferentes tonalidades de verde en un mismo árbol.

—Ahora lo recuerdo, Martin Greystone, ¡el creador de las tres c!

—Me alegra que mis trabajos todavía sean de utilidad —dijo con una sonrisa en su rostro.

De pronto recordé algo más, algo que me dejó sin palabras. Había dos autores en esos textos. Un hombre y una mujer. Martin Greystone y Clara Green.

—¡Los textos eran de Greystone-Green! ¡Martin y Clara!

—Clara Green. Trabajamos mucho tiempo juntos en la universidad. Luego de perder a Susan, ella desapareció del ambiente científico. Mucha gente decía que sufría de fobia y no salía de su casa. ¿Por qué lo preguntas?

—Martin, no vas a creerlo, pero Clara Green es mi vecina.

28

Esa tarde nos juntamos para organizar las etapas del plan para probar a STORM. Corrí a abrazar a Bruno en cuanto lo vi, porque quería agradecerle por el trabajo que había hecho la noche anterior. James entró de la mano de Juliette. Le agradecí por la misma razón. Él me sonrió sin soltarle la mano a ella.

Al caer la noche, me sentía inquieta y ansiosa. Habíamos repasado el plan muchas veces entre todos, pero la paciencia no era una de mis virtudes, por lo que preferí ir a caminar por los alrededores. Cerca de las cabañas, vi una fogata y un grupo de personas alrededor. Tomé una cerveza y me senté al lado de Bruno. Eran algunos hombres y un par de mujeres, todos contando chistes y relajándose un poco. Alguien mencionó que solo por un festejo de cumpleaños les dejaban hacer una fogata de vez en cuando. Luego de un rato, le sugerí a Bruno volver a las cabañas, porque tendríamos que madrugar para estar listos para las pruebas. Cuando nos levantamos de nuestro pequeño tronco compartido, uno de los hombres dijo que estaban festejando su cumpleaños y que sería una pena que nos fuéramos temprano. Nos despedimos, agradecidos por la invitación, pero el hombre insistió con que nos quedáramos, tomándome bruscamente del brazo. Me solté y le volví a decir que teníamos que irnos, pero esta vez lo enfrenté con mi mirada.

—¡Suéltala! —dijo Bruno.

—Y, si no la suelto, ¿qué pasa? ¡¿Qué vas a hacer al respecto, marica?! —gritó el hombre sin disimular su borrachera.

—¡Déjame ir! ¡Me estás lastimando! —le grité mientras trataba de soltarme.

—¡Ya basta! Déjala ir. Este marica hizo kárate mucho tiempo y no me vendría mal practicar un poco —dijo Bruno, poniéndose en alguna posición que desconocía, pero se veía muy creíble.

El efecto fue instantáneo. El hombre me soltó el brazo y nos alejamos corriendo hacia la zona de cabañas. Nos detuvimos solo para ver que nadie nos seguía y recién ahí nos calmamos un poco. Luego comenzamos a reír sin poder parar.

—¡Bruno, estás loco! ¿De verdad sabes kárate?

—No mucho. Solo hice un par de años cuando era pequeño. Nunca me gustó demasiado, pero al menos alcanzó para defender a una amiga.

—¡Gracias, Bruno!

—Esta noche dormiré en tu cabaña. Creo que ambos estaremos más tranquilos.

—Estaba por pedirte justamente eso. No sé qué hubiera hecho si no hubiese estado ahí para ayudarme.

—Estoy seguro de que le hubieras podido pegar un buen rodillazo y escapar. Mia, eres más fuerte de lo que piensas.

Bruno estaba equivocado, pero no quería contradecirlo. Seguía siendo la misma chica insegura y torpe de siempre. No era fuerte ni audaz. En todo caso, impulsiva e imprudente, pero al menos me animaba a querer cambiar el mundo.

Esa noche no pude dormir bien. Bruno roncaba y, tratando de ver el lado positivo, al menos eso evitaba que me sintiera sola.

Como seguía sin poder dormir, repasé una vez más el plan en mi cabeza: teníamos que trasladar el prototipo hasta una plataforma a unos cuarenta kilómetros de distancia de la base, sobre la zona de cabo Spencer del parque nacional Glacier Bay. Desde allí se podrían divisar algunos icebergs, y podríamos trabajar con eso como punto de partida. Lo bajaríamos hasta la orilla con ayuda de una grúa, que ya estaba en el sitio, y de allí lo subiríamos a la plataforma, donde podríamos ejecutar las pruebas de funcionalidad y de impacto ambiental. Martin y yo estábamos encargados de lo primero, mientras que James y Juliette se encargarían de lo segundo. Bruno estaría encargado de las comunicaciones, apoyándonos desde la costa.

Según lo que habíamos investigado, la zona del océano Pacífico era óptima para este tipo de pruebas por su excelente visibilidad desde la costa, de manera que permitía trabajar muy bien desde grandes distancias, además de la presencia de una diversa fauna marina. Por último, los icebergs que esperábamos encontrar allí eran del tamaño ideal para comenzar con las pruebas.

Creo que finalmente me dormí porque me despertó un trueno tan fuerte que me hizo saltar de la cama. Bruno estaba despierto, mirando por la ventana el espectáculo meteorológico.

—Tendremos que esperar un día más. Es muy peligroso hacer las pruebas con tormenta.

Efectivamente, Martin había suspendido las pruebas preliminares por el resto del día. Cuando fuimos al comedor a pasar el tiempo, se parecía más a un club social que a una base científica-militar. Había cerca de unas cincuenta personas distribuidas en todo el lugar. Se escuchaba música de fondo. Algunos jugaban al *pool* y al tenis de mesa en el fondo del salón, otros a juegos de mesa. En el centro de la gran sala, había un juego de sillones con una mesa llena de libros. Un hogar calentaba todo el ambiente.

Toda la escena me recordaba al sur de mi país. Siempre había un hogar en algún rincón de los hoteles, refugios y tantos otros lugares del sur de Argentina.

Bruno se unió al grupo de las cartas, mientras que yo me acomodé en un sillón que parecía algo viejo y muy cómodo. Sobre una mesa había un libro que había leído varias veces, pero lo tomé dispuesta leerlo, una vez más. El ruido a mi alrededor, lejos de molestarme, me hacía sentir acompañada. Mientras Bruno ayudaba a una mujer con su conexión a internet, yo alternaba mi atención entre el libro y la ventana. La naturaleza se había pronunciado y, probablemente, hoy no sería el día en que comenzaríamos con las pruebas. Abrí el libro y me dediqué a leer, ahora con la adecuada atención. Pasaron un par de horas tan rápido como los rayos que se veían afuera. De pronto levanté la vista y vi a James cargando unas cajas, completamente mojado.

—Veo que has encontrado en qué ocupar el tiempo.

—Algo así. ¿Necesitas una toalla?

—No, estoy bien. —Se sacó el abrigo y se acercó a la chimenea. Noté que tenía una mano vendada.

—James, ¿qué le pasó a tu mano?

—No es nada. Ayer por la tarde fui a escalar con mi amigo Clark y me corté con el filo de una piedra.

Dejé el libro a un costado para ver su mano.

—James, tienes que cuidarte. No puedes estar siempre persiguiendo la adrenalina en tu vida —dije, tomando su mano entre las mías.

—No puedo evitarlo. Me hace sentir vivo. Me gustan las cosas que me hacen sentir así —dijo él, posando su mirada en mí.

A veces parecía un niño rebelde, siempre buscando los riesgos y la aventura.

—Al menos tu ojo está mejor —dije, poniendo mi mano sobre su cara. Lo hice sin pensar y, cuando me di cuenta, la quite rápidamente—. Voy a servirme un café. ¿Te traigo uno?

—No, estoy bien —dijo él.

Cuando volví con mi café, vi a Juliette acercándose a él. Ella se sacó el abrigo y su gorro de lana, y dejó caer su larga cabellera rubia. Movió su cabellera y su cuerpo de manera que todos se percataran de su presencia. Vi como atrajo todas las miradas del salón, la de hombres y mujeres por igual. Luego se acercó a James y lo besó. Supongo que todos entendieron el mensaje y no hacía falta aclarar que estaban juntos. Luego caminó hacia mí con una sonrisa.

—Hola, Mia. Está terrible allí afuera. Nos vemos luego. No damos abasto en la reserva.

—Gusto en saludarte, Juliette.

Debería sentirme feliz por James. Juliette parecía ser una buena chica. Me obligué a buscar alguna versión de ese sentimiento, ese lugar que se alcanza cuando ves a tu exnovio feliz con otra persona y no puedes hacer otra cosa que desearle lo mejor, pero tuve que recorrer un laberinto hasta llegar a ese lugar y luego aferrarme a eso.

—Mia, creo que todo aquí estará muy aburrido. Yo tengo que volver a la reserva. ¿Por qué no me acompañas? Me gustaría mostrarte todo el lugar y los animales que tenemos —dijo James.

Bruno seguía muy entretenido, ahora con los cables y conexiones de las computadoras del lugar. Ya había tenido mi cuota de lectura, así que no era una decisión muy difícil de tomar.

—Me encantaría acompañarte, James.

—Bien, busca un abrigo y botas de lluvia. Te espero en la camioneta en cinco minutos —dijo él.

Corrimos hacia la camioneta y llegamos riéndonos porque había tanta lluvia que de nada servía correr, ni usar esos abrigos impermeables. Mientras James manejaba en dirección a la reserva, lo observé y me di cuenta de lo feliz que se veía cada vez que tenía una aventura por delante.

—Puedo ver que estás feliz. Me pregunto si es solo el lugar o hay algo más.

Él me miró y sonrió.

—Juliette es una buena persona y es agradable, ¿no lo crees?

—¡Entonces tenemos una ganadora! —dije, riendo.

James no dijo nada. «Pero el que calla otorga», pensé. Había mucha niebla, y su mirada estaba fija en el horizonte. Miré por la ventana. La lluvia estaba cediendo a unos nubarrones grises y unas fuertes ráfagas de viento. La primavera se hacía esperar en este rincón del planeta, pensé.

—¡Este paisaje es increíble! No me extraña que vengas seguido por aquí.

—Es uno de mis lugares favoritos en el mundo —dijo él.

—¿Y qué otros lugares son favoritos para James Lent? —pregunté curiosa.

—Bueno, me gusta donde vivo, cerca de San Francisco, y Puerto Madryn.

Cuando él dijo eso, se me paró el corazón. Él me miró y sonrió.

La niebla iba cediendo lugar a las montañas, que se veían cada vez mejor, en el horizonte. Los pinos formaban un camino tupido entre el bosque, y algunas flores asomaban por el costado del camino. De pronto, James clavó los frenos. Mis ojos no podían dar crédito a lo que veía: un osezno y su mamá osa caminaban al costado del camino. Afortunadamente habíamos parado justo para verlos, pero aun manteniendo bastante distancia. Esperamos a que siguieran su camino para avanzar con el vehículo. Comencé a reír de la felicidad. Nunca había visto un oso y mucho menos uno con su madre.

—¡Eso fue increíble, James! Puedo entender perfectamente lo que te gusta de este lugar.

—Es un sueño trabajar aquí, rodeado de tanta naturaleza. Trabajar con animales es lo que más me gusta hacer en el mundo. Me siento muy afortunado de poder trabajar aquí todos los veranos. Solo extraño surfear en California. Deberías ir algún día; sé que te gustaría.

—No estoy segura acerca del surf, pero amo la playa y los viñedos. Estoy segura de que es un hermoso lugar.

—Sí, es un gran lugar —dijo él. Luego se puso un poco más serio—. Mia, ¿puedo hacerte una pregunta?

—Claro.

—¿Leíste la carta?

Suspiré y con un movimiento de mi cabeza le indiqué que no lo había hecho.

—Estás en tu derecho si no quieres hacerlo.

Solo nos acompañó el silencio por el resto del camino.

La reserva de animales no tenía tanta seguridad como la base militar. Así que la bienvenida fue mucho más cálida de lo que esperaba. Allí trabajaban varias personas, alrededor de veinte, me confirmó James después. Había cabañas y un lugar recreativo, similar al de la base. James me explicó que todos eran especialistas en climatología o en biología marina y, como era un trabajo muy exigente y en un lugar remoto, las personas que trabajaban allí tenían que hacer rotaciones de tres a seis meses. También tenían estudiantes haciendo intercambios y pasantías.

—Ven, quiero mostrarte el lugar —dijo James, tomándome de la mano.

Comenzamos con el recorrido. Había muchos animales. Vimos dos osos polares y varios pingüinos, algunos de ellos estaban en recuperación. Los habían rescatado enredados en redes o con petróleo en sus aletas.

—Lo mejor para el final —dijo él, y yo ya sabía de lo que estaba hablando. Esos animales eran su pasión, así como la mía era estudiar los glaciares.

Al acercarme al estanque con las maravillosas ballenas, no podía creer lo majestuosas que se veían. Tenían tres mamíferos en cautiverio. Dos orcas y una ballena jorobada, que se encontraba allí porque había quedado encallada en la costa. James me dijo que planeaban liberarla durante el verano para que tuviera tiempo de adaptarse antes de entrar en el periodo de apareamiento.

—No sabía que las ballenas tenían tantos fans —dijo una voz.

—Hola, Clark. Ven, te presento a Mia Palacios. Ella está a cargo del proyecto STORM.

—Es un gusto conocerte, Mia. Eres famosa por aquí. Si tienes problemas con él, ya sabes a quién pedirle ayuda. O si alguna vez quieres que te lleve a escalar. Este niño todavía no puede alcanzarme. Mira cómo quedó su mano.

—Muy gracioso. ¡Ahora vete de aquí! —dijo James riendo. Clark se alejó gritando:

—¡Sabes que me quieres, James!

—Se ve que son buenos amigos.

—Él es el mejor. Es especialista en biología marina, y me ayuda en casi todas mis tareas. Y es uno de los más antiguos aquí a pesar de ser tan joven. Clark prepara a las ballenas para que sobrevivan al salir del cautiverio. Sin él no podría hacer mi trabajo de monitoreo e investigación. Ellas me conocen, pero confían mucho más en Clark.

—Interesante. Me gusta que hables de las ballenas como si fueran personas.

James sonrió.

—No son personas, pero tienen personalidad. —Luego miró su reloj—. ¿Por qué no vamos a comer algo? Preparé unos bocadillos, pero está todo escondido porque Clark siempre está al acecho, buscando comida.

—Bueno, podemos invitarlo a comer con nosotros.

—Solo si no queda más remedio.

Fuimos a una de las salas de recreación. Había sillones, una chimenea y una canasta de pícnic sobre una pequeña mesa ratona. La sala era luminosa. Había grandes ventanales al lado de la chimenea, que miraban al estanque de las ballenas. La tormenta estaba alejándose y dejaba asomar el atardecer sobre el mar. Me quede atónita mirando ese paisaje. En el cielo se veía morado, rosa, celeste. Era un atardecer majestuoso y multicolor.

—¡Qué vista maravillosa! Imagino que Juliette y tú vienen seguido. Es un lugar muy romántico.

Él no respondió. Se lo veía concentrado en destapar una botella de vino.

—James, déjame ayudarte. No puedes con una mano lastimada —dije, acercándome.

—Estaba planeando traerte aquí desde hace tiempo. No me malinterpretes, solo quería que estuviésemos tranquilos para que hablemos —dijo mientras me daba la botella

Nos sentamos en el sillón y nos deleitamos comiendo y bebiendo. Conversamos mucho sobre muchas cosas, sobre nuestros sueños y sobre el trabajo. Me sentí cómoda y relajada. Era fácil estar a su lado, y él siempre se las ingeniaba para hacerme reír.

—Hace tiempo que quiero preguntarte. ¿Eres feliz? Juliette te hace feliz, ¿verdad?

Él bebió un sorbo de su copa.

—Estás esquivándome —dije.

—Realmente, no quiero hablar de Juliette. Ella es genial, pero quiero que hablemos de nosotros.

—James, no hay un nosotros —dije.

—Mia, ¿por qué no leíste la carta?

—No lo sé —dije. Ahora yo lo esquivaba a él.

Luego se acercó y tomó mi copa de vino para ponerla sobre la mesa. Los nervios comenzaron a sentirse en mi cuerpo. Su cercanía tenía ese efecto en mí.

—Mírame a los ojos, Mia —dijo suavemente. No quería mirarlo porque no quería enfrentarme a él, pero estábamos muy cerca. No tuve alternativa.

—¿Te digo lo que creo? No la puedes leer, porque no estás preparada para dejar atrás todo lo nuestro. Tienes celos de Juliette porque todavía sientes algo por mí y por eso tampoco puedes estar con Alex.

—Eso no es cierto —dije.

—Entonces, ¿por qué no leíste la carta?

Había intentado abrir esa carta, pero no quería, no podía. ¿Por qué no lo había hecho?, me pregunté a mí misma sin poder encontrar una buena respuesta. Me di cuenta de que estaba en un lugar incómodo y extraño, donde no quería estar. ¿Era posible que todavía sintiera algo por James? ¿Luego de que me lastimara y despareciera de mi vida tan repentinamente? ¿Sería posible que no hubiera aprendido nada? Me sentí frustrada. Tanto tiempo tratando de convencerme de que lo había olvidado y ahora las dudas volvían a aparecer. Esas palabras sonaban en mi cabeza mientras él esperaba una respuesta, un gesto, una señal. Volví a mirarlo.

—Mia, no sé lo que estará pasando por tu cabeza ahora, pero te diré lo que voy a hacer: voy a contar hasta cinco y luego te besaré, porque quiero hacerlo desde hace tiempo, y creo que también quieres que te bese. Puedes detenerme cuando quieras —susurró.

Con cada segundo, mi corazón se aceleraba. James se acercaba lentamente.

—Uno...

Él contaba y yo contaba. Los números eran lentos, y el aire se sentía pesado. No eran segundos, eran más lentos, y eso me daba más tiempo. Necesitaba más tiempo. Me estaba volviendo loca. No sabía qué hacer o qué pensar. Apenas podía respirar. No quería que avanzara, pero tampoco que se detuviera. La cuenta llegó a su fin. Él no se detuvo. Yo tampoco lo detuve. James se acercó más. Sus labios rozaron los míos y se fundieron en un beso lento y dulce como la miel. Sentí el calor de sus labios sobre los míos. Sentí que el pasado volvía al presente.

—James, ¿por qué haces esto?

—Porque tampoco puedo olvidarte, Mia.

De pronto pensé en Alex. No sabía cómo sentirme con respecto a él o a James. Entonces me di cuenta: no estaba engañando a nadie más que a mí misma.

—Lo siento. No puedo hacer esto ahora. Solo llévame a la base de regreso, por favor.

—No te llevaré hasta que me digas qué sientes por mí. Necesito saberlo.

—¡Basta, James! No lo sé.

Su expresión cambió en un segundo. Se alejó y tomó su copa de vino.

—¿Sabes qué? Voy a pedirle a Clark que te lleve. Estoy demasiado cansado.

—¿En serio? Muy maduro de tu parte. Eres el mismo arrogante de siempre. No te molestes. Yo buscaré a Clark. —Me levanté y tomé mi abrigo. James me hacía enojar. Era toda mi culpa. Eso me pasaba por dejarme llevar por su jueguito de seducción. ¡Nunca iba a aprender!

—¡Mia! No voy a volver a besarte. No hasta que seas sincera conmigo —dijo él.

—¡Bien! ¡Qué suerte la mía! —grité.

Me alejé de él, dolida y enojada. No podía dejar de sentir un sabor amargo en mi boca.

Clark me llevó de vuelta a la base. No fui la mejor acompañante para el viaje de vuelta. Estaba furiosa con él.

—Mia, no quiero meterme, pero sabes que está loco por ti, ¿no?

—¿Sabes qué creo? Que está loco, no por mí. Simplemente, está loco. Gracias por traerme, Clark.

—Lo que tú digas, pero créeme que paso mucho tiempo con él. Lo conozco muy bien —agregó—. Buenas noches, Mia.

Mientras me dirigía a mi cabaña, solo podía repetir unas palabras en mi cabeza: «Mia, no pierdas el foco. La única razón por la que estás aquí es STORM».

29

Me desperté ansiosa. Y aliviada de haber podido dormir algunas horas. Miré por la ventana. Todavía no había amanecido. Instintivamente, puse mi mano sobre el dije con la brújula que Clara me había dado. No estaba funcionando. Necesitaba un poco de dirección en mi vida, pero ahora todo lo que me importaba era que pudiéramos lograr algo con STORM.

Martin me había enviado un mensaje muy tarde: «Tenemos luz verde. Mañana comenzamos a la madrugada», lo que significa que estábamos en condiciones de efectuar la primera prueba. El prototipo estaría suspendido sobre una plataforma, que a su vez estaría ubicada muy cerca de un pequeño iceberg, que ya teníamos ubicado en la zona. STORM ya estaba en el campamento, en la costa, custodiado por personal de la base. Todo estaba listo para las pruebas.

Abrí la puerta de mi cabaña lista para salir. Volví a cerrarla. No estaba lista. Necesitaba hacer algo más. Una sola cosa antes de salir. Fui directo a mi libro y entre sus hojas encontré lo que estaba buscando. La había guardado allí para tenerla en un lugar seguro. Tenía que leer la carta de James, justo ahora, o no podría dar un paso más en este mundo.

Tomé el sobre entre mis manos. Estaba algo amarillento. La carta tenía cerca de diez años de antigüedad. Estaba cerrada y tenía mi nombre. La abrí ansiosamente y me dispuse a leerla.

18 de enero de 2012
Mia:

Estos días que pasamos juntos en Puerto Madryn fueron inolvidables. Conocerte fue una aventura que me sorprendió cada día, cada hora, cada minuto.

Me temo que tengo que irme de vuelta a California. Mi padre está muy mal y tiene que comenzar un tratamiento lo antes posible. Necesito estar con él y mi familia en estos momentos tan difíciles.

Mia, no sé cómo poner esto en papel, pero trataré. Lo que siento por ti no merece ser enjaulado en palabras, porque es demasiado grande para contenerlo. Pensé que solo serías un amor de verano, pero eres mucho más que eso para mí. Nunca sentí algo así por nadie y sé que no será fácil olvidarte, sobre todo porque no quiero hacerlo. Sé que somos muy jóvenes, pero me atrevo a pensar que esto podría superar cualquier distancia. Podría pasar el resto de mi vida a tu lado, sin importar cuánto tenga que esperar para eso.

Conocerte fue lo mejor que me ha pasado en la vida.

Te amo,

James

P. D.: Más abajo está mi información de contacto. Escríbeme, por favor.

Sentí que mi corazón se había detenido por un momento. Creo que con cada palabra derramé una lágrima, hasta el final, donde ya era un mar de lágrimas. ¿Por qué diablos me había entregado a leer la carta? ¿Para qué? ¿Para sufrir por un amor que ya se había terminado? Del llanto pasé a la furia; de la furia, a la locura. Tenía ganas de tirarme al piso y hacer una pataleta, como una niña de dos años. Había sido una mala idea leerla justo ahora, pero al menos tenía toda la información que necesitaba. Fui a lavarme la cara, por lo que pudiera servir. Y salí por la puerta de mi cabaña. Martin, Bruno y Lara, la asistente de Martin, estaban esperándome en la camioneta. Nos dirigimos hacia el lugar donde haríamos las pruebas. Todos estaban más callados de lo usual. Supongo que el día D había llegado y los nervios colectivos estaban a flor de piel.

Cuando llegamos, comenzó a aclarar y marcó el comienzo de un día, pero no un día cualquiera, sino un día que quedaría siempre en nuestra memoria. Bajamos por el camino del precipicio, que no solo parecía, pero también se sentía peligroso. Me alegré de que Martin dominara esa camioneta gigante como si fuera un corredor de Fórmula Uno.

Cuando llegamos a la costa de cabo Spencer, Juliette y James ya estaban allí, bajando algunos materiales y la vestimenta especial que debíamos utilizar. Al verlo me corrió un escalofrío por la espalda y me convencí de que no había sido muy inteligente haber leído la carta justo antes de las pruebas. Esa carta me había afectado de una manera que no esperaba. Nos dirigimos a las tiendas, donde debíamos cambiarnos y prepararnos. Me puse el calzado y la ropa isotérmica, apropiada para la ocasión. Lara me ayudó a vestirme.

—¿Estás bien? —me preguntó ella.

—Sí, solo un poco nerviosa. Estaré bien.

Claro que no estaba bien. No solo eran los nervios que me comían por dentro, sino ese pedazo de papel que me había sacudido de tal manera que no sabía ni cómo me llamaba. Suspiré un par de veces. Salí de la tienda y miré hacia la costa. El sol asomaba tímidamente y comenzaba a iluminar toda la bahía.

Era pasada la medianoche en Boston, donde Samantha y Thomas estarían siguiendo todo a través de las cámaras ubicadas en un par de drones que estarían volando directamente arriba de la plataforma. Alex estaba listo para seguir nuestros movimientos desde Chicago, también conectado a las cámaras. Además, todos podíamos comunicarnos con un sistema que Bruno había instalado. Los trajes ya tenían micrófono incorporado.

—Aquí tienes. —James me dio unos guantes y un gorro con protección. Los tomé y se me cayeron al piso.

—Lo siento. Estoy un poco nerviosa.

—No hay problema. —Él tomó el gorro y me lo puso en la cabeza.

—Vas a estar bien. Quiero que te cuides ahí afuera —dijo seriamente.

—James, tengo que decirte algo...

—Mia, podemos hablar luego. Sé que tienes mucho para decirme, al igual que yo, pero lo siento, anoche solo me sentí frustrado. Espero que me perdones.

—Estás perdonado.

—¿Lista, Mia? —preguntó Lara—. STORM está sobre el océano.

—Creo que estoy lista, pero apenas puedo moverme. —Tenía un traje de neopreno especial, zapatos antideslizantes, gorro, guantes y, por último, un chaleco con herramientas en los bolsillos.

Unos minutos después, Martin subía conmigo a la lancha que nos llevaría hasta la plataforma, que se conectaba con el lugar donde STORM estaba flotando.

—Todo saldrá bien, Mia —dijo Martin luego de darme la mano para ayudarme a subir a la plataforma.

No había tenido tiempo de recordar que el mar me ponía un poco nerviosa. Me gustaba, pero siempre le había tenido respeto y no era muy amiga de los barcos, porque solía marearme.

La plataforma donde estábamos estaba flotando sobre el mar pero anclada y, al mismo tiempo, unida al muelle por una cadena. Afortunadamente, el clima estaba acompañando. No había viento, lo que hacía que las olas no nos castigaran tanto. A pocos metros, colina arriba, se veía la reserva de animales, donde James se encargaría del monitoreo de la fauna circundante. Cerca del muelle, Lara y Bruno estaban dentro de una de las tiendas que contaba con el equipo necesario para monitorear las condiciones generales del lugar, las comunicaciones y el prototipo. Lara estaría manejando un dron, y Bruno otro. Ambos estarían abarcando el perímetro con sus cámaras desde el cielo. Sobre la plataforma donde me encontraba, se podía ver otra cadena que iba hacia STORM, que estaba sobre el mar, a unos diez metros de donde yo me encontraba con Martin. Los controles del prototipo estaban sobre un costado de la plataforma, en un panel de control. Desde allí se podían observar algunos niveles, como cantidad de agua convertida a hielo y el nivel del mar. Me sentí tranquila de al menos no estar sola en esa plataforma que se movía más que la lancha, aun con las olas calmas. Había llegado el momento de probar los límites. STORM podría hacer historia hoy mismo, pensé.

—¡Saludos desde Chicago! ¿Me escuchan? —Fue como si escuchara la voz de un ángel.

—¡Te escucho muy bien, Alex! —respondí.

—Mia, te escucho perfectamente, como si estuviéramos juntos sobre esa plataforma. —Sus palabras ayudaron con mis nervios. No estaba sola; a pesar de la distancia, Alex estaba conmigo.

—Sé que sabes qué hacer, pero aquí estoy —dijo él con su voz inconfundiblemente tranquilizadora.

—Gracias, Alex. Todo está bajo control —respondí.

—¿Todos listos para comenzar? Primero, las pruebas de sonido —dije.

—Todos listos —escuché.

Abrí la maleta de control de STORM. Parecía una consola de juegos. Puse mi llave para autorizar la secuencia. Moví la palanca a «encendido». Iniciando secuencia.

En ese instante miré hacia el prototipo. Luces blancas se prendieron en su circunferencia, luego de unos segundos eran celestes, luego azules. Dos minutos después se escuchó el fuerte sonido del motor.

—Iniciando fase uno —dije. Sentí piel de gallina bajo mi traje impermeable. STORM estaba dejando entrar agua de mar en sus tanques. Simplemente, no podía creer que era testigo de un sistema tan sofisticadamente simple. Miré a Martin, que parecía tan emocionado como yo.

—Niveles de temperatura normales —dijo Martin.

Según el procedimiento, teníamos que esperar algunos minutos en esta etapa. STORM tendría que dejar ingresar el agua a sus tanques, filtrarla, condensarla y devolverla al mar en forma solidificada, eso era en esencia el proceso de creación de hielo, para luego formar pequeños icebergs. El objetivo de la primera prueba era verificar que STORM funcionara bien en términos generales, además de medir el impacto medioambiental. Funcionaba a base de combustible, y debíamos tener en cuenta el nivel de contaminación ambiental.

—Escucho un ruido extraño —dije—. Bruno, ¿puedes chequear con la cámara del dron si todo está normal?

—Estoy en eso —dijo Bruno.

Vi que uno de los drones se acercaba a STORM.

—El dron está enviando imágenes que reportan que está todo bajo control —dijo Lara.

—Mia, continúa —dijo Alex. Si está todo normal, no hay razón para detener el proceso.

—Estoy recibiendo nueva información desde STORM. Está filtrando agua a una proporción de mil litros por segundo —dijo Bruno.

—Eso está bien. Bruno, continúa monitoreando, por favor. James, ¿algún movimiento cerca?

—Tengo en el radar un grupo de ballenas. No veo grandes cambios en los medidores. No hay contaminación sonora.

Luego de unos instantes, vi dos hermosos animales acercarse a la plataforma. Eran dos orcas. Pasaron cerca. Nadaron varias veces alrededor de STORM. A pesar del ruido, parecían no sentirse amenazadas.

—James, ¿estás viendo esto? Están muy cerca.

—Estoy viendo. Todo normal. En el radar tenemos a Sue y a Beth. Madre e hija. Las vimos el mes pasado y fueron algunas del grupo de las que colocamos los sensores para monitorearlas. No te preocupes, está todo en orden, Mia.

—Ahora tenemos mil quinientos centímetros cúbicos de hielo y aumentando —confirmó Martin.

Escuché la voz de Alex por el audífono:

—Creo que nos podemos dar por satisfechos con estos resultados. No nos adelantemos porque faltan varias pruebas, pero me atrevo a decir que todo parece estar encaminado.

Luego se escuchó un aplauso masivo.

—Mia, ¿puedes finalizar la secuencia manual y cambiarla al automático? Así seguiremos produciendo hielo por unas horas más —dijo Alex.

—Copiado. Cambiando de manual a automático —confirmé.

Aunque todo recién comenzaba, STORM prometía ser lo que muchos de nosotros habíamos soñado desde hacía mucho tiempo.

—Mia, lo logramos. Estoy especialmente orgulloso de ti —dijo Martin, abrazándome.

—Fue trabajo en equipo, Martin.

Me costaba creerlo, pero, si con este proyecto iniciábamos un camino exitoso, tendríamos buenos resultados relativamente pronto. Podríamos tener resultados medibles y así poder evitar la pérdida de hielos continentales y glaciares, y soñar con un futuro mejor para todo el planeta. Poco a poco, sentía que las piezas del rompecabezas iban encajando.

30

Era importante registrar todas las interacciones del prototipo. Habíamos dejado a STORM en piloto automático, de modo que seguía convirtiendo agua en hielo a razón de aproximadamente dos mil litros por segundo. No estaba nada mal, pero, teniendo en cuenta el tamaño de los océanos del planeta, ese número era tan insignificante como desalentador. Todos sabíamos que los cambios ocurren en largos procesos, pero paso a paso. Primero, serían pequeñas cantidades de hielo, luego montañas y, más tarde y con viento a favor, icebergs enteros. No pensábamos en límites, sino en dar el siguiente paso, por muy pequeño que fuera.

La prueba del día número dos consistía en la interacción con la fauna local mientras STORM estuviera en funcionamiento. James estaría a cargo de esta fase, pero necesitaba ayuda, porque su mano estaba vendada y con poca movilidad. En un principio Juliette iba a ser la encargada de ayudarlo, pero la llegada de una orca con su aleta lastimada había complicado las cosas, y ella había tenido que quedarse en la reserva para ocuparse del pobre animal. Martin me pidió que la reemplazara, situación que no era ideal, pero, en favor de ser y comportarme como una profesional, decidí no objetar al respecto. No me gustaba nada la idea de tener que estar en una plataforma de cuatro metros cuadrados junto a él.

Esa mañana, cuando Martin y yo llegamos a la reserva, James nos estaba esperando y tenía todo listo para comenzar. Luego de prepararnos con los trajes isotérmicos, nos embarcamos en la pequeña lancha hasta llegar a la plataforma contigua, donde STORM permanecía solemne, trabajando. Martin se quedaría cerca del muelle, trabajando en el ajuste de algunos niveles y monitoreando desde la costa.

Era un hermoso día a pesar del frío. El brillo del sol se reflejaba sobre las cumbres nevadas de las montañas. Las olas estaban tranquilas y la plataforma acompañaba con serenidad.

Cuando puse un pie en la plataforma, él ya estaba allí, tratando de trabajar con una sola mano. Tuve la certeza de que no me hablaría más de lo necesario. Después de que transcurriera casi una hora sin hablar, me di cuenta de que no me había equivocado. Era evidente que la energía entre nosotros estaba desfasada.

—Puedo ayudarte, si quieres.

—No, estoy bien —dijo él, tratando de amarrar una cuerda con una sola mano.

—James, estoy aquí para ayudarte, y si...

—No necesito ayuda —dijo.

—¿Sabes? Estás siendo un poco rudo conmigo. No merezco que me trates así.

Se escuchó la voz de Clark por radio:

—James, tenemos un problema. Una de las compuertas se abrió por error y hay dos pequeños delfines que están yendo en dirección a ustedes. Cambio.

—Oh, eso sí que es un problema. STORM está activa, en plena producción de hielo. Cambio —contestó él.

—¿Qué haremos ahora? —pregunté.

—Voy a atraerlos hacia aquí y veré si puedo guiarlos de nuevo hacia la reserva, o al menos lejos de la plataforma de STORM. Son pequeños y, por lo tanto, no están tan entrenados.

Unos minutos después vimos a los dos delfines nadando con dirección a nosotros, luego comenzaron a girar en círculos. Parecía que hubieran venido a saludarnos. Comenzaron a salpicarnos y nos hicieron reír. Eso ayudó a mejorar la tensión entre ambos. Uno de los delfines fue hacia James y lo saludó. Él le acarició su cabeza. El delfín luego salpicó agua, y yo me reí tanto que casi perdí el equilibrio. Luego el delfín se acercó a mi lado de la plataforma.

—Quiere que lo acaricies. Si puedes mantenerlos aquí jugando, eso ayudaría para que no se acerquen más a STORM.

Me agaché sobre la plataforma y lo acaricié suavemente. Luego hizo un sonido similar a una risa y se fue nadando.

—Los delfines son increíbles —dije.

—Clark, los delfines están aquí. No creo que se acerquen más, pero por si acaso ven a ayudarme. Tendremos que trasladarlos nuevamente hacia la reserva. Cambio.

Lo miré y respiré hondo, porque tenía que tomar coraje para decir lo que tenía que decir.

—James, tengo algo que decirte: leí tu carta.

Logré que me mirara, pero lo hizo vagamente.

—No sé qué esperas que haga con eso. Lo nuestro está en el pasado, como querías. Ahora leíste mi carta, te felicito. ¡Ya puedes liberarte de mí de una vez por todas!

—¿Qué significa eso, James? Nunca dije que quería liberarme de ti. ¡No quiero liberarme de ti!

Él dejó la soga en el piso de la plataforma y se levantó para enfrentarme.

—¿Y qué es lo que quieres, Mia? ¡Porque ya no tengo idea! —gritó él.

—¡No lo sé! Lo sabía hasta el momento en que leí tu carta. ¡Todo esto es tu culpa!

Él se acercó y me tomó del brazo.

—¿Por qué es mi culpa? ¿Qué hice yo? Todo lo que hago es cuidarte y quererte...

—James, me lastimaste. No puedo —dije con pesar.

James acercó mi mano hacia su pecho.

—¿Puedes sentir cómo late mi corazón cuando estoy a tu lado? El tiempo no ha cambiado nada para mí, pero sí creo que ha cambiado todo para ti.

—Tienes razón. El tiempo cambió las cosas para mí. No podría amarte, aunque quisiera. Mi corazón ya no sabe cómo hacerlo —dije, prácticamente llorando.

Estar con él en ese lugar se sentía muy natural, pero había algo antinatural en todo esto. Yo me esforzaba por no sentir cosas por él. Él liberaba sus sentimientos. Yo los mantenía enjaulados. Él se acercó y puso su mano sobre mi mejilla.

—Mia, si tan solo pudieras perdonarme...

De pronto escuchamos un ruido demasiado fuerte. Parecía una bomba. Las olas se hicieron más grandes y la plataforma se movía sin parar. Ambos perdimos el equilibrio y caímos al suelo de la plataforma.

—¿Qué fue eso? —pregunté asustada—. ¿Y dónde están los delfines?

—¡No lo sé! ¡Pero viene de STORM! ¡Martin! ¿Me copias? Saca un dron y posiciónalo sobre STORM. Necesitamos tener visual.

—Copiado —dijo Martin.

Unos minutos después vimos el dron sobrevolando el prototipo.

—¡Hay algo debajo de la plataforma! —dijo Martin por radio—. ¡Veo una aleta!

James buscó los signos vitales en su pantalla. Uno de los delfines presentaba un cuadro de estrés.

—¡Está atrapado! ¡Voy a tirarme a tratar de salvarlo!

—¡James! ¡Tu mano! ¡No podrás ayudarlo! —dije mientras me cerraba el traje isotérmico.

—¡Mia, tú te quedas aquí! —gritó él—. No sabes qué hacer.

—¡Entonces dime qué tengo que hacer! ¡No hay tiempo que perder!

—¡No! ¡Es peligroso!

—¡James! ¡Voy a tirarme al agua de todas formas, así que ayúdame!

Antes de que pudiera contestarme, me zambullí de cabeza al agua, pensando en dos cosas: la temperatura del agua estaría muy fría, pero no lo suficiente para llegar a morir de hipotermia y en lo agradecida que estaba de que mis padres me hubieran enviado a clases de natación cuando era niña. James gritaba mi nombre, pero tenía que ignorarlo si quería hacer algo para salvar a ese pequeño delfín. Calculaba que tenía que nadar al menos veinte metros hasta llegar a la plataforma. El pequeño delfín estaba atrapado y seguramente asustado, y el humo que salía no era una buena señal. Nadé lo más rápido que pude. Llegué a la plataforma y vi al delfín tratando de soltarse. Miré sobre mi hombro y vi que James estaba llegando con el bote. Me sumergí para ver cómo podía liberarlo. Solo pude ver que su aleta estaba atascada entre una palanca y la pared interior de STORM. Volví a la superficie para tomar aire, para luego volver a sumergirme, teniendo la intención de ir aún más profundo. Pude ver el cuerpo completo del delfín. El ruido era insoportable. Seguramente, estaría asustado, como yo. Vi algo color rojo en los controles. Era lo que estaba buscando. Traté de mover la palanca, pero estaba atorada. Me estaba quedando sin aire. Usé todas mis fuerzas, volví a tirar y pude cambiarla de posición. El ruido paró instantáneamente.

Miré directa hacia el delfín. Parecía seguir atorado, de modo que me acerqué con el poco aire que me quedaba y traté de liberar su aleta. Seguí probando y probando. No podía lograrlo. Tenía que subir a la superficie a llenar mis pulmones. Con lo último de fuerza que me quedaba, puse mis pies sobre la pared del prototipo. Tiré, usando la fuerza de mi cuerpo, pero no fue suficiente.

«Una vez más, Mia, un último intento».

Volví a intentarlo y pude liberarlo. El delfín salió nadando con dificultad. Sentí algo que me golpeó la cabeza y luego, oscuridad absoluta.

31

Finalmente, logré abrir mis ojos. Había demasiada luz y el dolor de cabeza era muy fuerte. Escuché ruido de gente hablando a la distancia. Sonidos de máquinas. Reconocí a James, que estaba dormido, con su cabeza apoyada cerca de mis piernas. Miré a ambos lados. Estaba en un hospital. Vi a Lara sentada en un sillón, que me miraba con una sonrisa.

—¡Mia, qué alivio que hayas despertado! Yo llegué hace unos minutos, pero me dijo la enfermera que por aquí alguien no se te ha despegado en toda la noche —dijo, señalando a James.

—¿Qué pasó? ¿Dónde estoy?

—En el hospital de Gustavus. Te golpeaste la cabeza y perdiste el conocimiento. Por lo que me contaron, fuiste toda una heroína, pero fuiste demasiado lejos. Liberaste a ese pobre delfín, pero casi te cuesta la vida. ¡Tengo que avisarle a Martin que despertaste! —dijo ella antes de desaparecer por la puerta.

Ahora James había despertado y me miraba atentamente. Su expresión era difícil de leer. No podía descifrar si estaba feliz o enojado.

—No sé qué demonios intentaste hacer, pero no vuelvas a hacer eso, Mia. No puedo perderte. —Luego tomó mi mano y la besó.

Me dolía mucho la cabeza. Vino la enfermera y agregó una almohada en mi espalda.

—Tiene suerte de que la rescataran, señorita Palacios —dijo ella—. Lo que daría para que un hombre así me rescatase —susurró en mi oído. No pude contener la risa, y mi cabeza se sintió explotar—. Ya se sentirá mejor. Acabo de colocar un analgésico en su intravenosa.

—¿Qué pasó exactamente?

—Lo que pasó es que fuiste una inconsciente. Te tiraste al agua sin pensar. Ayudaste al delfín, pero casi te ahogas. Habían pasado unos minutos y no salías. Me tiré al agua y te vi hundiéndote. Te subí al bote y te hice una maniobra de RCP. Tuvimos suerte de que Martin estaba justo allí para ayudarnos. Él llamó a una ambulancia y te trajeron aquí —dijo James serio.

Comencé a llorar, lo que extrañamente ayudó a mi dolor de cabeza.

—Lo siento. Creo que no pensé...

—No, no pensaste. ¡Podrías haber muerto! —dijo él con dureza. Ahora, sin dudas, estaba enojado—. Mia, no sé qué hubiera hecho si te hubiera pasado algo —dijo, bajando el tono de su voz—. No creí que hiciera falta aclararlo, pero hubiera sacrificado un delfín antes que poner en riesgo tu vida.

Unos minutos después entró una doctora a revisarme. Me dijo que habían hecho una tomografía para descartar algún derrame en la cabeza porque el golpe había sido fuerte. Afortunadamente, todo estaba bien, pero querían dejarme en observación por veinticuatro horas.

—Ahora quisiera que dejen descansar a la paciente. La hora de visita ya terminó, pero pueden volver mañana —dijo la doctora.

—James, no les digas nada a mis padres. No llamaste a mi familia, ¿verdad? No quiero preocuparlos.

—No los llamé, pero basta de jugar a los superhéroes. Tienes que cuidarte —dijo él, acariciando mi rostro. Sus manos se sentían suaves—. Volveré mañana. Trata de descansar.

Luego de que todos salieran de la habitación, pensé en cómo pasar el tiempo hasta la nueva hora de visita, ya que no me sentía cansada. Cinco minutos después, estaba profundamente dormida. La enfermera Daisy interrumpió mi descanso.

—El horario de visita ya finalizó, pero voy a hacer una excepción.

—Vine lo más rápido que pude. —Miré hacia la puerta. Él estaba ahí parado, con sus lentes, su cabello despeinado y un gesto de preocupación que no había visto antes en su rostro. Tuve que pestañear un par de veces para estar segura de que no estaba alucinando.

—Alex, ¿qué haces aquí? Es casi la medianoche...

—Vine directo del aeropuerto, no tuve tiempo de comprar flores o chocolates.

Como si eso importara. No podía creer que estuviera allí y hubiese venido a verme. Él se acercó lentamente hacia mí. Se sentó a los pies de mi cama y me miró con calma.

—Mia, no puedo creer que te tiraras a salvar a un delfín.

—No fue solo por el delfín, Alex. Había humo y tenía miedo de que todo explotara por el aire. ¿Qué se suponía que debía hacer?

—Dejarlo explotar. Claramente, no pensaste en lo que podría haberte pasado.

—Supongo que no. —Él se acercó y puso su mano sobre la mía.

—Te ves hermosa, aun en el hospital.

—No me hagas reír, que me da dolor de cabeza.

—Lo siento, pero es cierto. Y te extrañé tanto, Mia.

—Yo también te extrañé. ¿Cómo sigue todo en Chicago?

—Kate está mejor, pero no hablemos de eso. ¡Mia, casi me vuelvo loco cuando escuché lo que había pasado. ¡Voy a matar a James! ¡¿Cómo pudo dejar que te tiraras al agua?!

—James no tuvo la culpa. Él no pudo detenerme.

—Eso me lo puedo imaginar. Mia, me alegra tanto que estés bien. No puedo vivir sin ti.

—Alex, no digas eso.

—Es cierto. Todo lo que quiero es que tú y yo tengamos una oportunidad.

Hasta hacía unos días, eso era todo lo que quería escuchar. Hoy ya no estaba tan segura.

—Creo que necesito resolver algunas cosas primero.

—Lo entiendo. Ambos tenemos temas pendientes —dijo él mientras acariciaba mi mano.

—Alex, necesito preguntarte algo con respecto a STORM. ¿Alguna vez pensaste en la razón de que este prototipo no utilizara energías alternativas?

—Bueno, nunca estuvo planteado de esa manera. ¿Por qué preguntas eso?

—Por nada en especial, solo una conversación que tuve con Martin.

Alex me miró pensativo.

—Lo curioso de esto es que muchas veces me hice esta misma pregunta, pero no pude encontrar una buena respuesta —dijo él—. Siempre supuse que había un par de razones detrás de eso. Thomas nunca se interesó personalmente por ese tipo de energía. Si bien es un científico dedicado al medioambiente, él está más comprometido con las fuentes tradicionales de energía. Supongo que nunca le ha interesado tomar otra dirección. La otra razón, quizás la principal: el Gobierno de este país nos ha apoyado con nuestros proyectos de investigación, pero con algunas condiciones. Ya sabes, este país es muy dependiente del combustible. No sé hasta qué punto están interesados en el desarrollo de otro tipo de energías, aun para proyectos medioambientales.

—Ya veo. Ahora comienzo a entender algunas cosas. Por eso Martin no está tan convencido con este tipo de iniciativas.

—¿Eso te dijo él?

—No exactamente —dije.

Daisy entró a la habitación para avisar que Alex debía irse o ella estaría en problemas.

—Te veré mañana. —Se despidió con un abrazo.

Pensé en todo lo que había aprendido con él. No solo se había transformado en mi amigo, era mi mentor, y día a día lo que sentía por él era cada vez más fuerte. Luego de que Daisy echara a Alex, entró nuevamente a mi habitación para controlar mis signos vitales. Mientras hacía su trabajo, hablaba de cualquier cosa, desde los *snacks* de la máquina expendedora hasta el tipo de flores que traían las visitas.

—Mia, soy muy observadora. Y veo que tienes muchas visitas por aquí —dijo con picardía—, visitas que han estado muy atentas contigo —dijo mientras anotaba la información en el informe.

—Gracias por el resumen.

—No me hagas caso. Solo diré que eres muy afortunada —dijo, riendo—. A propósito, uno de ellos, el que se quedó toda la noche a tu lado, estuvo aquí esperando para verte. Se veía adorable con un ramo de flores en su mano. Él esperó afuera mientras el otro muchacho, el alto de anteojos, estaba aquí contigo. Luego volví a pasar, pero ya no estaba. Es una pena, porque tenía unas hermosas flores en su mano. Eran rosas, no, claveles...

—¿Gerberas?

—¡Esas! Nunca recuerdo el nombre de esas flores tan hermosas, pero ¿cómo lo supiste? No veo que estén aquí.

—Es que son mis flores favoritas. Y él lo sabe bien —dije, suspirando.

32

Al día siguiente me dieron el alta en el hospital. Alex y Bruno pasaron a buscarme para llevarme de vuelta a la reserva. Tenía indicaciones de estar tranquila. «Sin buscar aventuras», fueron las palabras de la doctora. En cambio, las palabras de Daisy fueron más bien lo opuesto: «Quiero escuchar todas tus hazañas. Ven a visitarme algún día».

Cuando llegué a la reserva, Martin, Juliette y Lara me estaban esperando con los brazos abiertos. Lara había preparado unos pequeños *cupcakes* decorados con la aleta de un delfín y la palabra «gracias», lo cual me emocionó hasta las lágrimas.

—Mia, te ves fatal —dijo Juliette riendo—. Estoy bromeando, te ves muy bien a pesar de tu cabeza vendada. Tengo que agradecerte por salvar a mi pequeño delfín, aunque oficialmente debería reportarte.

—Lo siento, Juliette, actúe sin pensar.

—Estamos bien, siempre y cuando no se repita —aclaró ella.

Apenas me senté, Martin se acercó a sermonearme: «Cómo se te ocurre, nunca en mis años vi a alguien hacer lo que hiciste, descabellado» y otras palabras que salieron de su boca. Luego de sus reproches, me dio un *cupcake* y lo «chocó» con el suyo, simbolizando un brindis.

—Brindo por tu valentía y audacia, Mia. Cualidades que no son fáciles de encontrar, aunque no por eso me siento satisfecho con tu comportamiento —agregó.

Luego de darme un gran abrazo, Bruno me pasó su celular.

—Alguien quiere hablar contigo desesperadamente.

—¡Mia! ¡Qué alegría escucharte! —Era Samantha gritando—. ¡Ay, Mia! ¡Casi me muero cuando escuché lo que te había pasado!

—Estoy bien, Sam, no te preocupes.

Hablamos unos minutos. Ella siempre me transmitía alegría, aun cuando estuviera reprochando mi comportamiento. La velada estuvo entretenida, pero alguien estaba ausente. Seguía buscándolo con la mirada, sin éxito.

—Él no está aquí —me dijo Bruno al oído. Dijo que estaba muy ocupado con los animales en la reserva y no pudo venir. También tienen en observación al delfín que salvaste.

—Entiendo. Supongo que sí está muy ocupado.

Bruno y Lara habían traído vino, champán y unas bandejas de quesos y fiambres que se veían deliciosas. Me sentí más que agradecida por esta pequeña celebración en mi nombre, y fue realmente tierno por parte de todos. Muchos se acercaban para felicitarme por haber sido valiente y haber salvado al delfín, otros se acercaban con intención de reprocharme mis acciones. Creo que ambos bandos tenían un poco de razón. Había sido un acto tan valiente como inconsciente de mi parte.

Luego de un rato, la celebración continuaba afuera. Era una noche hermosa, y los locales habían improvisado una fogata. La noche estaba serena y estrellada. Todos nos quedamos hablando alrededor del fuego, rodeándolo como si fuéramos adolescentes en una fiesta de verano.

Alex se sentó a mi lado y entrelazó sus dedos entre los míos.

—No voy a presionarte, no te preocupes —dijo dulcemente.

—Yo tampoco te presionaré a ti. Creo que debes tomarte un tiempo para pensar si de verdad quieres dejar a Kate. Hace tan solo un par de semanas ibas a casarte con ella, Alex.

—Creo que sé bien lo que quiero, Mia. Solo falta saber qué es lo que tú quieres —dijo él. Luego puso su mano sobre la venda en mi cabeza y me besó.

—Lo siento. Debería estar dándote espacio. Creo que mejor me voy a mi cabaña. Y creo que tú deberías ir a descansar. Has tenido un par de días difíciles.

Caminamos de la mano hasta la zona de las cabañas. Nos quedamos abrazados unos minutos. Yo no quería soltarlo. Alex me hacía sentir plena. Lo adoraba, lo admiraba y lo necesitaba. Y era consciente de que, gracias a él, yo me superaba cada día. Solo desearía que nuestra potencial felicidad no fuera a costa de la miseria de las personas que nos rodeaban.

33

Al día siguiente Alex apareció en el salón mientras todos desayunábamos. La preocupación en su rostro era difícil de ocultar.

—Tengo noticias y no son buenas.

Esas palabras bastaron para provocar un gran silencio.

—Bien. Lo diré sin rodeos. Congelaron los fondos. El proyecto debe parar operaciones en un par de días.

—¿Qué? ¿Por qué? —preguntamos todos los presentes.

—Hay que investigar qué fue lo que falló. Mientras tanto, no es seguro y representa una amenaza para su entorno por la explosión que casi nos cuesta una vida —dijo Alex, mirándome—. Ya hablé con Thomas. El comité recibió el informe preliminar sobre el incidente y decidieron suspender el proyecto hasta nuevo aviso. Tengo que ser honesto: no me sorprende, esperaba que algo así pudiera pasar. Habrá una reunión la próxima semana en Boston. Esperan que al menos Mia esté allí para relatar los hechos tal y como sucedieron. Además, esperan un informe más detallado y por escrito.

—Tendrán el informe para esta tarde. Alex, STORM estuvo produciendo hielo por unas cuantas horas antes del problema. Yo misma revisé los números. Estamos lejos del objetivo, pero estamos encaminados. ¡No tiene sentido suspender operaciones justo ahora! —protesté.

—Creo que te olvidas de que fuiste muy imprudente —dijo él mientras yo lamentaba que ese reproche fuera público.

Lo miré desafiante. Él suspiró y bajó la intensidad de su voz.

—Mia, ¿cómo esperas que todo siga después de lo que pasó? ¿Pensaste en algún momento que todo seguiría normalmente? Los últimos fondos autorizados son para cerrar el proyecto y para los boletos de avión para todos —dijo Alex.

—¿Qué pasará con STORM? —preguntó Bruno.

—Vendrán mañana para llevárselo. Lo llevarán a un centro de mantenimiento, cerca de Boston. Supongo que allí quedará a la espera de su destino, sea cual sea —contestó Alex, ofuscado.

—Eso es terrible —dije.

—Sé que te sientes frustrada, pero esto es así. Deja de jugar a la niña caprichosa y acepta las consecuencias de tus actos —dijo Alex.

Luego de esas palabras vino un silencio lapidario. Al mirarlo supe que sintió que había cruzado la raya. Había ido muy lejos, y él lo sabía. Tomé mi abrigo y busqué la salida, porque prefería no escalar esa discusión delante de todo el equipo. Al menos uno de nosotros debía estar en sus cabales, y al parecer debía ser yo. Salí de allí sin decir palabra.

—Mia, lo siento —escuché que él decía, pero preferí ignorarlo. Caminé por los alrededores por un largo tiempo hasta que me sentí un poco más tranquila. Luego fui directa a mi cabaña. Bruno estaba allí, esperándome, con la mirada perdida, tirado sobre mi cama. Suspiré y me acomodé a su lado.

—Alex tiene razón —dije—. Es mi culpa. Si no me hubiera lanzado a rescatar a ese delfín, no hubieran suspendido los fondos y cerrado el proyecto.

—Mia, no seas tan dura contigo. El problema no fue el delfín en realidad, sino la explosión. Además, es probable que los fondos hubieran alcanzado para unos días más, pero eso es todo. Sam me dijo que habló con la gente que maneja el presupuesto del proyecto y al parecer no sobraban recursos tampoco. Se nota que STORM no generaba altas expectativas.

—Lo puedo ver. Y me pregunto si algo de esto no tendrá que ver con lo que dijo Martin.

—¿Qué dijo Martin? Mia, no sé de qué estás hablando.

—Solo mencionó algo sobre la idea original del proyecto. Acerca de que STORM nunca fue diseñado para trabajar a base de combustibles, sino con energías renovables.

—Oh, eso sí que sería un giro inesperado —dijo Bruno.

Podía ver que Bruno también estaba decepcionado. Ambos teníamos grandes expectativas con respecto a STORM, aunque las circunstancias nos obligaran a pensar que ya todo era una ilusión del pasado.

—Bruno, ¿piensas que soy una niña caprichosa?

Él comenzó a reír.

—Tal vez un poco, pero no más que cualquiera de nosotros. No dejes que sus palabras te afecten. Se siente tan frustrado como nosotros. Para Alex, este proyecto representa mucho más. Mia, no olvides que STORM era una versión del sueño incumplido de su abuela.

Era el último día de operaciones en Alaska. La última vez que había visto a James había sido en el hospital, y me preguntaba la razón. Sabía que estaba en la reserva y con mucho trabajo. Comencé a empacar, extremadamente desganada, porque no quería irme.

Alex me estaba llamando desde hacía una hora. Yo lo ignoraba, porque no necesitaba más sermones o lecciones de vida. Le pedí a Bruno que me llevara a la reserva. Necesitaba hablar con James y despedirme. Al entrar vimos a Clark, que estaba trabajando con Juliette. Ambos estaban probando nuevos dispositivos de rastreo para los animales.

—Martin nos contó las noticias. Me apena que tengan que cerrar el proyecto. Y espero que puedan retomarlo más adelante —dijo ella.

—Gracias, Juliette —dije.

—Antes de que se vayan, necesito mostrarles algo. Síganme —dijo Clark.

Lo seguimos por un pasillo oscuro, que bordeaba un estanque donde había algunos delfines. Al final del pasillo, había un gran salón con una pileta. Había un delfín pequeño nadando dentro.

—¿Lo reconoces?

Lo miré y vi su aleta lastimada.

—Claro. ¿Cómo estás, pequeño? —Me acerqué a él para acariciarlo.

—Está bajo estrés por el incidente, pero quería que lo vieras. Le salvaste la vida, Mia —dijo Clark.

—A mí también me salvaron ese día —le susurré al delfín mientras lo acariciaba.

Escuché pasos, me di vuelta y vi a James, que venía caminando con unas cajas. Apenas podía sostenerlas con su mano todavía vendada.

—Déjame ayudarte —dijo Clark mientras le sacaba algunas cajas de sus manos—. Bruno, ¿me ayudas a llevar las cajas a la otra sala?

—Seguro —dijo Bruno. Luego se fueron por el pasillo por donde habíamos entrado.

Solo quedamos James, yo y el pequeño delfín en el lugar. La luz era tenue y se reflejaba en el estanque. James se acercó en silencio.

—¿Viniste a despedirte?

—No te vi desde el hospital y quería... Sí, vine a despedirme. ¿Cómo sigue tu mano?

—Bastante bien, considerando que no dejo que se recupere del todo. —Su voz sonaba distante.

—No podía irme sin venir a agradecerte por rescatarme. Siento haber sido tan imprudente. —Me acerqué a él y puse mi mano sobre su brazo—. Espero que no te duela.

—No. Estoy bien —dijo él, alejando su brazo—. Mia, tengo mucho trabajo. ¿En qué te puedo ayudar?

—¿En qué te puedo ayudar? —repetí—. No esperaba que me trataras como a un cliente de una tienda. En fin, solo quería saber por qué no volviste al hospital.

Él se acercó al estanque, dedicándole toda su atención al delfín.

—Creí que estabas en buenas manos. No me pareció que hiciera falta. Pero ayer fui a la base a despedirme, vi una fogata y estabas con Alex, no quería interrumpir.

Y entonces fue cuando recordé que Alex me había besado. Había tensión entre nosotros. Su cuerpo estaba rígido, y su voz sonaba extrañamente grave.

—Mia, creo que sabes bien que lo nuestro se acabó, tal como querías —dijo él sin mirarme.

Me acerqué hacia él lentamente.

—James, no lo entiendes. Estoy aquí por algo más. Necesito saber algo con respecto a nosotros, pero necesito tiempo.

—Mia, eres tú la que no entiende que ya perdimos mucho tiempo. Si no estás segura de lo que sientes ahora, nunca lo estarás. No eres la única que sufre aquí. Necesito darle un cierre a esto, tanto como tú.

—Pasé muchos años pensando en que me habías abandonado y que yo no te importaba. Ahora solo estoy tratando de convencerme a mí misma de que todo fue un gran malentendido.

—Todo pasa por una razón —dijo él.

Empecé a sentir desesperación en mi interior. James me frustraba de una manera que nadie más podía.

—¡James! En la plataforma... Lo que dijiste.

—Ya no tiene importancia. Ahora todo es diferente. Yo no puedo hacerte feliz y, para ser honesto, creo que tampoco Alex podrá. Eres demasiado ambiciosa, y la ambición es enemiga del amor.

Él finalmente me miró y, al contacto con su mirada, comencé a llorar.

—Si no puedes arriesgarte por nosotros ahora, entonces no sé qué más podemos hacer al respecto.

Y nuevamente, sentí como podía afectarme con su cercanía, con sus palabras. Necesité unos minutos para componerme. Él me miraba, distante.

—Muy bien, si así lo quieres. Ahora podremos dejar todo en el pasado.

Él no respondió y se quedó mirándome en silencio. Yo me alejaba con paso lento, inseguro.

Nuestras miradas se cruzaron una última vez antes de salir de la sala. Luego hubo otro silencio incómodo, pero esta vez de despedida. Nunca podré olvidar el dolor que sentí en mi pecho en ese momento. Quizás era mejor así, solo sacarlo de mi vida, arrancarlo de una vez y para siempre. Me dolía tener que alejarme así, pero él lo había querido de esa manera, y yo no podía encontrar otra salida. Vi a Bruno despidiéndose de Juliette y de Clark.

—Gracias por todo a ambos —dije—. Bruno, te espero en la camioneta.

—¿Está todo en orden? —preguntó él.

—Sí, solo es imposible lidiar con él. Es todo tuyo, Juliette.

—Él nunca será mío o tuyo, es demasiado salvaje para poseerlo, Mia.

—Tienes razón. Gracias por todo, Juliette —dije.

Bruno manejaba la camioneta en dirección a la base. A medida que se agrandaba la distancia entre James y yo, me sentía más liviana, como si un viejo elástico estuviera conectado entre nosotros. Miré por el espejo retrovisor y divisé las luces de la bahía. Caía la noche en este lugar del planeta, un lugar que recordaría con dulzura y amargura por igual. Me iba decidida a dejar Alaska y a James en el rincón de los casos perdidos. Estaba lista para iniciar algo nuevo. Estaba lista para un nuevo capítulo de mi vida. Después de tanto tirar, el elástico se había roto.

34

El aeropuerto de Juneau estaba muy tranquilo. Había poca gente en los pasillos y ya habíamos recorrido las escasas tiendas del lugar. Aún teníamos que esperar una hora para embarcar hacia Boston. Desde la discusión en la base, Alex y yo habíamos intercambiado pocas palabras, pero necesitaba hablar con él desesperadamente. Como si hubiera adivinado mis intenciones, Alex se acercó con dos cafés en la mano. Mientras Bruno miraba una revista, nos alejamos para poder hablar en un lugar más privado.

—Mia, perdóname. No quería tratarte de esa manera. Sentí que tenía las manos atadas y me descargué contigo. Lo siento —dijo él.

—Está bien, Alex, entiendo muy bien sobre frustraciones. Además, creo que tienes algo de razón. No puedo dejar de pensar en que por mi culpa han cerrado el proyecto.

—No es así realmente, Mia. Este proyecto tenía muchos problemas. Lo que pasó en la plataforma fue la excusa perfecta para dejarlo. Creo que finalmente el comité de la universidad está más interesado en utilizar energías renovables, lo cual es un gran progreso, pero no quiero hablar sobre eso. Mia, estuve pensando mucho en nosotros.

—También he pensado en nosotros. No te imaginas cuánto me duele decirlo, pero estoy hablando desde el corazón. Te conozco y te deseo tanto, pero veo como Kate te necesita, y como tú necesitas estar ahí para ella y para la llegada de tu hijo. Sé que me dolería tener que compartirte. Quiero que seas todo mío; por eso, quizás lo mejor sea esperar un tiempo para poder estar juntos —dije, acariciando su pelo.

Él me miró con dulzura.

—Tengo que ser honesto. Creo que tú y yo somos demasiado compatibles. Gracias por hacerlo fácil para mí, porque sabes que dar un paso al costado no lo es, en especial si se trata de ti.

Nos abrazamos porque ya estaba todo dicho entre nosotros.

—Creo que voy a cambiar mi vuelo. Hay uno que sale en una hora para Chicago. No creo que me necesiten en Boston por un tiempo.

—No, Alex, ¿qué estás diciendo? ¡Yo te necesito! ¡No puedo enfrentarme al comité sola! —dije sobresaltada.

Él puso sus manos sobre mis brazos tratando de darme tranquilidad.

—Mia, cuando te encuentres frente al comité, solo piensa en que te apoyaré cien por ciento en lo que digas y estarás bien. Es que aún no te das cuenta de todo lo que has logrado. A pesar del incidente, fue un gran avance. No me necesitas tanto como piensas. Estarás bien. Eres una mujer increíble. Además, ambos necesitamos tiempo. Necesitamos poner esto en pausa.

Asentí y me hundí en sus brazos porque siempre me sentía segura en ellos.

—Te llamaré desde Chicago. Adiós, Mia. —Lo vi alejarse lentamente por unos segundos. Luego volteó y corrió hacia mí, me tomó en sus brazos y me besó. Fue un beso de despedida que se sintió triste y dulce. Luego lo vi desaparecer entre la gente. Puse mi mano sobre la brújula que Clara me había dado. Necesitaba un nuevo rumbo en mi vida y lamentaba que, al menos por ahora, fuera lejos de Alex.

Cuando llegué a Boston, me sentía exhausta, no solo por el viaje, sino porque también había sido una experiencia emocionalmente intensa. Cuando entré a mi casa, me tiré en el viejo sillón que tanto había extrañado. Me quedé dormida y, cuando desperté, no sabía si era de día o de noche. Fui a ver a Clara. Me recibió con un té de esos que ella preparaba y que parecía que contenían magia relajante. Le conté todo acerca de Alaska, desde Martin hasta James, sobre mi accidente y de cómo James me había salvado, el hospital y lo que habíamos podido lograr con STORM para luego terminar en que los fondos se habían retirado y que STORM ya pertenecía al pasado.

Ella me miraba y seguía mis palabras atentamente. Cuando finalicé mi relato, agradeció haberme dado la brújula. Se levantó y, sin decir palabra, fue a su habitación. Luego de unos minutos, volvió con algo en sus manos. Era una pequeña caja de madera.

—Mia, no sé muy bien por dónde empezar, así que traje esta caja para que me ayude. Aquí es donde he guardado durante mucho tiempo cosas importantes para mí, como la cadenita con la brújula que ahora llevas puesta.

Clara se sentó a mi lado y abrió la caja con cuidado. Había varios papeles y fotos viejas, entre otras cosas. Entre todas las fotos, una en particular llamó mi atención. Era de dos mujeres y dos hombres sobre un escenario, recibiendo un premio. Reconocí a Clara, a Thomas y a Martin. No sabía quién era la otra mujer, pero imaginé que se trataba de Susan, la abuela de Alex.

—Creo que ya debes reconocer a todos —dijo ella. Luego se acomodó en el sillón y su mirada se perdió en el techo—. Este es un premio que nos entregaron y fue justo antes de que todo comenzara a desaparecer.

—¿A desaparecer? ¿A qué te refieres, Clara?

—Nuestra amistad, el equipo. Todo fue desapareciendo de a poco —dijo ella—. Mia, tengo que contarte una historia. Hace muchos años, los cuatro trabajábamos juntos en la universidad, en el mismo departamento que estás tú: Susan, Thomas, Martin y yo. Éramos amigos, compañeros, colegas; pasábamos mucho tiempo juntos y solíamos ser un gran equipo. En ese entonces recién tomaba importancia el tema del cambio climático. Harvard estaba desarrollando un proyecto llamado Fénix XX. Era un proyecto innovador porque convertiría agua en hielo pero con energía fotovoltaica. Te imaginarás que para la época era realmente de avanzada. Cuando el proyecto fue aprobado ante el comité de la universidad, todos pensamos que Thomas sería nombrado director. Era el más joven y el más brillante de todos nosotros, y por eso pensamos que sería la persona ideal para estar al frente de un proyecto de esa magnitud, pero él no resultó elegido como tal. Susan fue finalmente nombrada directora del proyecto y, luego de un par de años, también fue nombrada directora de Departamento de Investigaciones Climáticas de Harvard. No es difícil imaginar qué pasó después. Ese fue un golpe bajo para la carrera de Thomas.

Él simplemente no pudo soportar el éxito de su amiga y colega, y se dedicó a la enseñanza, sin dejar de participar en algún proyecto, pero solo ocasionalmente. Finalmente, cuando Alex tuvo edad para ingresar a la universidad y comenzó a estudiar Climatología, Thomas fue su profesor y luego su mentor, cosa que no hizo más que acentuar el problema entre ella y Thomas, y crear cierto antagonismo entre Susan y su nieto. Así como Thomas nunca pudo superar el éxito de su amiga y colega, Susan nunca pudo superar el hecho de que su propio nieto pudiera tener algo de respeto por Thomas. Al mismo tiempo, Thomas supo encontrar su lugar entre sus pares del comité y, aplicando su cintura política, volvió al Departamento de Climatología justo antes de que Susan se retirara. Thomas, poco a poco, terminó logrando que los recursos destinados a Fénix XX fueran disminuyendo. Unos años después, Fénix XX fue cerrado definitivamente y, una vez cerrado, Martin y yo fuimos reasignados a otros departamentos. Fue allí cuando nos dedicamos a escribir. En cuanto a Susan, bueno, ella se enfermó y volcó todas sus energías en su recuperación. Al poco tiempo, yo me alejé del ambiente. Ya no estaba interesada en seguir trabajando y, poco a poco, perdí contacto con Martin.

—Oh, Clara. Eso es muy triste. No puedo creer que Thomas les haya jugado sucio. ¡No merece estar donde está ahora! Me pregunto si Alex está al tanto de todo esto.

—¿Alex? No lo creo. Pero recuerda, Mia, no todo es blanco o negro. La mayoría de las cosas tienen una tonalidad gris. La vida tiene matices. El que ve todo en blanco o negro es simplemente alguien que no quiere ver la realidad. Creo que Thomas dejó que los celos y la envidia lo cegaran. Su propia ambición era demasiado grande como para trabajar en un equipo donde todos nos complementábamos tan bien. Nunca funcionamos tan bien separados como juntos. En cuanto a Alex, bueno, él era muy joven para entender algunas cosas —dijo Clara.

Fue en ese instante que comprendí las similitudes entre un proyecto y el otro, entre STORM y Fénix.

—Clara, STORM es, en realidad, una versión de Fénix ¿verdad? ¡Lo único que ha cambiado es la fuente de energía! ¡Pero en esencia es lo mismo! —Tuve que pararme y caminar para pensar mejor—. Pero ¿cómo exactamente?

Ella me miró con curiosidad.

—Bueno, creo que ambos proyectos fueron diseñados para mejorar el devenir de la humanidad. Ambos buscan lo mismo, solo que por diferentes medios. Es cierto que hay uno que utiliza energía «limpia», mientras que el otro no, pero sí es importante que no los dejemos en el olvido. Cualquier intento de preservar el planeta y, por ende, la humanidad, es bienvenido. Ese era y sigue siendo el espíritu de nuestro trabajo, como científicos, biólogos, ambientalistas.

—Clara, me encanta todo lo que dices, pero creo que llegamos tarde, porque simplemente no hay fondos disponibles.

Clara comenzó a reír.

—Mia, cuando llegue el momento, vendrán otras oportunidades y tendremos que estar listos para actuar —dijo ella—. La ciencia es un estado de progreso continuo y nuestra obligación como científicos es estar listos para entregarnos a esas oportunidades que cada tanto acontecen y que no podemos desperdiciar. Mia, prométeme que no vas a desperdiciar las oportunidades que se presenten ante tus ojos —dijo ella con extrema seriedad.

Se lo prometí sin entender realmente el trasfondo de sus palabras. Clara suspiró varias veces, seguidas de varios bostezos. Entendí que era el momento de despedirnos y me fui a mi casa, aún más inquieta de lo que me sentía al llegar de Alaska. Subí un piso por escalera y ahí estaba Sam, esperándome con una gran sonrisa. Corrí a abrazarla. Ella era una constante en mi vida y por eso me sentí agradecida por su amistad.

—Creo que no alcanzará una noche para ponernos al día con todo —dijo ella.

—Sam, no te das una idea.

Pedimos *pizza* y nos dedicamos a hablar, como hacen las buenas amigas, hasta largas horas de la noche. La puse al tanto de todo lo que me había dicho Clara, además de todo lo que había pasado en Alaska. Sam simplemente enmudeció ante tanta información valiosa, cosa que era extraña en ella.

—¿Y ahora qué haremos? —preguntó.

—No tengo la menor idea, pero si hay algo que me llevo de esa larga conversación con Clara es un montón de esperanza puesta en nosotros, en nuestra generación de científicos. No podemos defraudarla.

—Bueno, Mia. Creo que eso está tan claro como que todavía hay algo entre James y tú. Por lo que cuentas, no has podido cerrar esa herida.

La miré sin decir palabra. Puse mi cabeza en su hombro y suspiré.

—No te preocupes, amiga, no hay nada que el tiempo no pueda curar.

35

Sobreviví a la reunión con el comité a pesar de que fue aún más burocrática de lo que esperaba. Había ocho miembros sentados en una mesa rectangular, entre los cuales estaba Thomas Parker, que comenzó la reunión haciendo todo tipo de preguntas. Afortunadamente, Bruno estaba allí, y entre ambos contestamos sus interrogantes y aclaramos dudas. En mi cabeza todo tenía sentido, pero al escuchar mis propias palabras pude ver cómo era relativamente fácil sentir que era solo una científica principiante e improvisada. Cuando salí de allí, sentí que me faltaba el aire. Bruno sugirió que olvidáramos el asunto. Después de todo, teníamos el verano por delante y tendríamos tiempo de organizarnos y pensar cuáles serían nuestros próximos proyectos.

—Bruno, no lo entiendes. No puedo hacer otra cosa que no sea pensar en este proyecto —dije.

—Ten paciencia. La obsesión no sirve en estos casos. Lo que no entiendo es desde cuándo se convirtió en algo tan personal para ti, Mia.

—No tengo idea, pero no puedo dejar de pensar en que podríamos haber hecho más.

—Deja de castigarte con eso. Mira a tu alrededor. El verano en Boston es demasiado corto para que lo desperdicies preocupándote de esa manera. Todo se resolverá.

El verano podía ser corto, pero transcurría lento, y sabía que parte de la razón era que no tener muchas noticias sobre Alex. Desde que lo había visto en el aeropuerto de Juneau, todo se había enfriado entre nosotros. De alguna manera, ambos lo quisimos así, solo que no había ni siquiera un día que no cuestionara si había sido una buena decisión. Por otro lado, había escuchado que Kate se estaba recuperando bien y que no faltaba tanto para que naciera el nuevo integrante de la familia Riverton. Tampoco sabía demasiado sobre James y estaba tratando de acostumbrarme a eso. Solo había escuchado rumores de que seguía viajando sin descanso y dividía su tiempo entre Alaska y California.

Algunas noches iba a visitar a Clara y conversábamos sobre lo que ella recordaba de sus viejos tiempos trabajando en Harvard y sobre el proyecto Fénix. Un día Clara me dijo que le gustaría conocer a Samantha y a Bruno, así que organicé una cena informal en mi departamento. Tanto Bruno como Samantha estaban emocionados de poder compartir una cena con una persona tan reconocida en el ambiente. Les advertí que no le hicieran tantas preguntas, porque, a pesar de su lucidez, Clara era una persona mayor y podía cansarse rápido. Aunque su mente funcionaba tan bien como la de cualquier joven, su cuerpo estaba débil y a veces parecía que hasta le costaba caminar. Clara no salía a la calle, le habían diagnosticado agorafobia, y estar rodeada de muchas personas podía afectarle. Era consciente de que para Clara era un gran desafío compartir una cena con mis amigos de la universidad.

Luego de las correspondientes advertencias para Sam y Bruno, me sentí más tranquila como anfitriona. Clara llegó radiante y muy dispuesta a socializar, lo cual me tranquilizo aún más.

Durante la cena, Sam y Bruno hicieron más preguntas de las que les había recomendado hacer, pero Clara parecía manejarse más que bien entre sus interlocutores. Ella les contó todo lo que sabía, y recordaba, sobre el proyecto Fénix. Creo que todos tomamos notas mentales sobre cada detalle. Cada conversación con Clara era un privilegio y podía ser tan enriquecedora como desafiante. Luego de la cena, preparé café y té, además de servir un postre típico de Argentina, que había preparado con dedicación y con mucho dulce de leche. Los cuatro nos sentamos en mi pequeña sala a conversar.

—Tengo que darles las gracias a todos por esta maravillosa velada —dijo Clara—, en especial a la anfitriona: Mia, eres un encanto. La cena fue muy entretenida, pero quiero agradecerte aún más porque me has devuelto las ganas de pasarlo bien, de estar rodeada de gente. Mia, tengo muchos años vividos y gracias a ti me siento más joven que nunca. No solo me hacen sentir afortunada, pero, aún mejor, me siento útil. Y por eso mismo, porque quiero serles útil, quiero ayudarlos —dijo ella, tomando mi mano.

Bruno y Sam se acomodaron en el sillón, dispuestos a escucharla con la atención que se merecía.

—Clara, tus relatos han sido de gran ayuda —dije.

—Te lo agradezco, Mia, pero me refería a otro tipo de ayuda. Por todo lo que me han contado, podría afirmar que STORM no es más que una copia menos eficiente, y mucho menos ambiciosa que Fénix. Y, si es como dicen ustedes, ya no habrá más fondos disponibles para un proyecto así. Por más doloroso que sea, las universidades, los fondos, el mismo Gobierno cuenta con procesos para evaluar este tipo de proyectos. Conseguir financiamiento no es nada fácil, en especial si se trata de un proyecto que ha probado ser obsoleto, pero siempre hay esperanza. Siempre puede haber nuevas propuestas. Una nueva versión de algo ya conocido, así como pasó con Fénix, sucedido por STORM.

Todos nos quedamos escuchando atentamente sus palabras sin saber a dónde quería llegar exactamente.

—Bueno, hemos estado buscando alternativas, aunque no hemos tenido mucha suerte, hasta ahora. No hay muchos fondos disponibles para este tipo de proyectos, ya que conllevan un gran riesgo en la ejecución —dije.

—Exactamente, un riesgo que estoy dispuesta a tomar con ustedes, Mia. A eso me refería cuando dije ayuda —dijo ella, esbozando una sonrisa—, ayuda financiera. Seré vieja, pero todavía tengo mis recursos. Ustedes solo deben enfocarse en desarrollar una nueva propuesta. Sé que si fuera necesario donarían su tiempo y serían voluntarios, pero no sería justo que nadie pagara por su tiempo. Veo la pasión que llevan dentro, y las ganas no solo de trabajar, sino de buscar cumplir un sueño. Y es un sueño que comparto. Día a día se me parte el corazón cuando veo gente sin poder comer por falta de alimentos, animales con sus hábitats destruidos y personas que han perdido sus casas por incendios o por inundaciones. Me pregunto cada día hasta cuándo podremos seguir así. Volviendo al tema central, yo quiero pagar por su tiempo. Será un emprendimiento privado. No necesitamos a la universidad para dar el puntapié inicial. Lo que sí necesito es un poco de tiempo para hacer unos llamados. Mientras tanto, les haré una sugerencia: ¿por qué no se toman unos días de vacaciones y organizan sus ideas? En mis tiempos, para que las ideas emergieran y luego fluyeran, nos íbamos a la montaña, a la playa o a cualquier lado a desconectarnos de la rutina. Hagan un viaje. Se lo merecen. Después de todo, están trabajando demasiadas horas.

Reinaba el silencio en el departamento. Con sus palabras, Clara había logrado emocionarnos y enmudecernos.

—Ahora me despido. Samantha y Bruno, fue un placer haberlos conocido.

—El placer fue nuestro, Clara. Muchas gracias —dijo Sam, mientras que Bruno se acercaba a tomarle la mano para despedirse. Todavía sin poder creer lo que habían escuchado mis oídos, acompañé a Clara hasta su departamento.

—Clara, no puedo creer...

—Mia, hace tiempo que busco una idea que me inspire. He pensado por un tiempo acerca de crear un pequeño emprendimiento y creo que esta es una gran oportunidad. No he tenido descendencia, pero me gustaría pensar en dejar algún legado. Eso es lo que me haría realmente feliz.

—No sé qué decir, Clara.

—Podrías solo decir gracias, y estaríamos bien.

—¡Gracias! ¡Muchas gracias, Clara! —La abracé—. Eres increíble.

—Solo tengo algunas condiciones, Mia: tendrán que trabajar en una propuesta seria, además de que cada centavo debe estar justificado. Y para eso necesitamos trabajar juntos, con todo lo que ello implica. Tendrás que buscar a alguien que prepare un presupuesto y que administre los recursos de manera eficiente.

—Me encargaré de todo.

—Bien, porque acabo de nombrarte la administradora de mi fondo.

—¡Clara! ¡Eso es...! ¡Gracias, nuevamente gracias!

—Yo tengo que agradecerte a ti, Mia. Buenas noches, querida.

Cuando volví, observé las caras de Sam y Bruno. Estaban tan perplejos como yo.

—¿De dónde hemos sacado a esta mujer? Debe tener sus alas escondidas. ¡Clara es un regalo del cielo! —dijo Sam, mirando hacia el techo.

—¿Saben? Mi familia tiene un departamento en la playa. Podríamos tomarnos unos días y seguir la sugerencia de Clara —dijo Bruno.

Sam y yo nos miramos.

—¡¿Qué estamos esperando?! ¡A empacar!

36

El viernes por la tarde llegamos al departamento de la familia de Bruno, situado en una playa llamada Cape Cod, a un poco más de una hora de Boston. Era un precioso departamento de dos dormitorios, frente al mar. Al abrir las ventanas, sentí el aire fresco y salado en mi boca, que me transportó a otro lugar y me llevó a darme cuenta de lo mucho que extrañaba estar cerca del océano. Lo había sentido en Alaska y ahora de vuelta, el mar me hacía bien, me llenaba de energía y afectaba a mi estado de ánimo positivamente.

Esa noche Bruno nos llevó a un modesto restaurante de la zona. Nos sentamos en la terraza, cerca del mar. Pedimos vino y mariscos. La brisa marina jugaba con nosotros. Revoloteaba con el cabello de Sam, con la camisa de Bruno y con mi vestido. Nos envolvía como una corriente repentina e inesperada. Me quedé unos minutos contemplando el atardecer, sin darme cuenta de que había abandonado la conversación de la mesa por completo.

—Lo siento, no estaba escuchando —justifiqué mientras Bruno y Sam esperaban una respuesta.

—Te preguntamos si querías pedir algún postre —dijo Sam.

—Oh, no. Gracias.

—Mia, estás como ausente. ¿Qué te sucede? —dijo Bruno.

—Déjala, Bruno. Está enamorada.

—Sam, no es así. No estoy enamorada, lamentablemente —dije entre suspiros—. De hecho, los recuerdos que tengo de estar enamorada son inolvidables. En realidad, no estaba pensando en nadie en particular. Solo en nosotros tres. En esta amistad que nos une y en que no todo tiene que pasar por el trabajo o el amor. Si tengo a mis amigos, no necesito nada más —dije.

—Oh, Mia. Eres tan dulce —dijo Bruno.

—Dulce y fantasiosa —se burló Sam—. Pero en el fondo tienes razón —dijo ella, levantando su copa—. No necesitamos depender del amor de un hombre para ser felices.

—Amén —dijo Bruno, levantando su copa.

—A menos que realmente hagan nuestra vida más maravillosa de lo que imaginamos —dijo Sam.

Esa frase dio un giro repentino en la conversación.

—Se suponía que debíamos reforzar esa idea, Sam —dije sorprendida.

—Es claro que tienes que contarnos algo —dijo Bruno—. Cuenta de una vez —se impacientó—. Es evidente que hay alguien especial en tu vida. ¿Lo conocemos?

Sam suspiró y luego sonrió.

—Bueno, iba a esperar para contarles, pero ya no puedo aguantarme mucho más. Su nombre es Nathan y lo conocí por medio de una amiga mientras ustedes estaban en Juneau. Una noche fui con mi amiga Mandy a tomar algo y allí estaba él. Nathan es amigo del novio de Mandy. ¡Él es todo lo que imagine que sería! —Luego buscó una foto en su celular para mostrarnos.

—Me alegro por ti, amiga. Me gustaría conocerlo.

—Chicos, eso no es todo. Creo que estoy enamorada.

—¡Entonces sí es grave! —dijo Bruno, burlándose.

—Sam, me alegro tanto. Sabía que el amor te llegaría pronto —dije.

—Chicos, es la primera vez que me siento así. Es como tocar el cielo con las manos. Me siento rara y torpe. Distraída pero invencible. Lo extraño a cada minuto. Solo les deseo que puedan encontrar algún día un amor así.

—Puede que eso funcione para Bruno, pero no para mí. La realidad es que día a día me convenzo más de que no podré volver a enamorarme, pero estoy segura de que aprenderé a vivir sola, con el amor de mis amigos y mi familia. Eso es, no necesito nada más.

Bruno y Sam se miraron y comenzaron a reír.

—¿Dije algo gracioso? —pregunté.

—¡Más bien, trágico! —dijo Sam.

—Creo que ya basta de tonterías. Nadie merece vivir sin amor, querida. No te lo tomes a mal, porque me encantaría pensar en que todos estamos muy bien solos, pero, si miras bien a tu alrededor, salvo algunas excepciones, todos buscamos compartir nuestra vida con alguien —dijo Bruno.

Miré a Sam en busca de algunas palabras o algún gesto que me diera la razón.

—Querida, todos te apoyamos, pero solo porque eres nuestra amiga. En realidad, estás diciendo puras tonterías. Ay, me alegra que Bruno te lo haya dicho primero porque no quería ser yo la que te lo dijera —dijo Sam.

—No puedo creerlo. ¿Iban a dejarme hablar y decir cosas sin sentido por el resto de la cena?

—No creo que hubiéramos llegado a mucho más. No tenemos tanta paciencia como crees —dijo Bruno.

La mañana siguiente comenzó con un ruido ensordecedor, cortesía de un grupo de gaviotas alimentándose en la playa. El sol calentaba el aire, y una suave brisa envolvía el paisaje. Las gaviotas habían colmado todos los rincones del lugar. Las olas aún estaban dormidas y el cielo parecía imitar una paleta de tonos azules.

Mientras Bruno leía y Sam acosaba a Nathan en las redes sociales, emprendí una larga caminata. Caminé por la orilla, durante mucho tiempo, tratando de dejar que mi mente descansara y, paradójicamente, que mi cuerpo se cansara. Traté de concentrarme en las olas, en mi respiración y en la arena que tocaba mis pies. Por un momento, sentí que lo había logrado, pero mi mente y mi corazón estaban en otro lugar. No sabía si estaba perdiendo el rumbo o encontrando mi camino, pero reconocía algo nuevo en mí. Sabía que tenía que admitirlo y ser honesta conmigo misma. Poco a poco, comenzaba a creer que existiera una minúscula posibilidad de que pudiera volver a amar. Cuando volví de mi caminata, Sam me dio la noticia: Kate había dado a luz a un hermoso niño. Su nombre era Julian. Me mostró la foto, que ya estaba posteada en las redes sociales. Esa tarde llamé a Alex para felicitarlo.

—Mia, estoy tan feliz. No puedo creerlo. Voy a enviarte fotos. ¿Dónde estás? ¿Escucho mar de fondo?

—Te felicito. Me alegro mucho con la noticia. Por favor, envía mis saludos y felicitaciones a Kate. Estamos en la playa, con Bruno y Sam. —Me di cuenta de que me estaba costando decir lo que quería decir—. Alex, te extraño.

No sé por qué había dicho eso. Nuestra relación se había transformado en algo atemporal, sin nombre, sin rumbo, sin ataduras y, aun así, no podía perderlo. «Mia, no se puede perder lo que no se posee», pensé.

—Mia, yo tengo que irme.

—Entiendo. Felicita a Kate de mi parte, por favor.

Luego de la breve conversación, un millón de pensamientos invadieron mi cabeza, lo que me hizo sentir que estaba fuera de mi dominio. Alex y Kate, juntos y felices, como una familia. Todo podía cambiar entre ellos con la llegada de Julian. Y eso me hacía sentir insegura y egoísta al mismo tiempo.

Luego de un par de días, volvimos a Boston. A los pocos minutos de llegar fui a ver a Clara y le conté las noticias de Alex. Sé que debo haber dejado en evidencia mis preocupaciones.

—Mia, recuerda tu cadenita. Busca el equilibrio en tu vida. Debes encontrar la manera de poder ser feliz y dejar ser feliz a los demás —me dijo mientras me miraba fijo detrás de sus lentes.

Clara y su eterna sabiduría.

—Ahora, cuéntame, ¿surgió alguna idea? ¿Lograron inspirarse cerca del mar?

La miré desconsoladamente y me llevé las manos a la cara para tapar mi vergüenza.

—Tomaré eso como un no, ahora cálmate. Todo estará bien. Ven conmigo. Quiero mostrarte mis nuevas orquídeas.

La seguí, pensando en que realmente no me importaban las orquídeas o el resto de sus hermosas plantas, que mantenía en su jardín de invierno, pero no podía ser tan descortés con ella.

—Ven, mira la orquídea. Es una flor fuerte y hermosa. A pesar de no recibir luz del sol en forma directa y de no necesitar tanta agua, es una planta muy resistente. También es un poco caprichosa porque le gusta estar en un lugar en especial, pero la admiro, porque ella es especial.

Clara estaba tratando de decirme algo con esa metáfora. ¿Quizás yo era la orquídea? No, yo no podría ser una orquídea. No era tan sofisticada. Si fuera una flor, sería una margarita o un clavel, pensé. Comencé a reír cuando me imaginé a mí misma con cara de flor. Traté de volver a la realidad y de concentrarme en sus palabras.

—Clara, discúlpame, pero no entiendo qué quieres decir —dije frustrada.

—Ya lo entenderás, lo que importa es que ahora veo que todos tus sentidos están puestos en mí. Ahora estás listas para escucharme, pero primero voy a preparar más té.

—Hace unos días hablé con Martin. Me puse en contacto con él gracias a la maravilla de los tiempos modernos: las redes sociales. Como tú no estabas, le pedí al jovencito que viene a pasear a Claus que buscara a alguien por una de esas redes. Y para mi sorpresa encontré el nombre de Martin. Le envié un mensaje y luego terminamos hablando como viejos amigos que siempre fuimos —dijo Clara mientras jugaba con el saquito de té.

Hizo una pausa y miró su taza. Disfrutaba del silencio, mientras que yo sufría por adivinar cuáles serían sus siguientes palabras.

—Hay algo que todavía no te he dicho —dijo misteriosamente.

—¡Ahora sí tienes mi atención! —dije sin rodeos.

—Cuando Susan se dio cuenta de que todas las esperanzas puestas en Fénix iban a desaparecer, tuvo una gran idea. Susan quiso crear un proyecto paralelo, un proyecto secreto. Susan lo llamó Alpha Solar. —Clara bebió un poco de té y continuó su relato misterioso—. Este proyecto se mantuvo en secreto hasta hace muy poco.

—¿Un proyecto secreto? —Pude sentir la curiosidad creciendo dentro de mí.

Ella asintió sin dejar de sonreír.

—En estos momentos, Martin está hablando con tus muchachos: Alex y James, por videoconferencia, para contarles esto mismo. Él quería incluirte en la reunión, pero me pareció que sería mejor contártelo yo misma. He hablado con Martin y me ha confirmado que A-Solar, así es como Martin lo llama, está siendo finalizado en estos días. Comenzó como un emprendimiento privado, pero luego se involucraron el Gobierno de Canadá y de Inglaterra. Un grupo de científicos de ambas nacionalidades han trabajado juntos durante varios años en su creación y luego desarrollo. Y ahora está listo para salir a la luz.

Mis oídos no daban crédito a sus palabras.

—Clara, ¿me estás diciendo que hay un nuevo prototipo que fue concebido hace mucho tiempo y que acaban de finalizarlo, y ahora quieren iniciar las pruebas?

—Se encuentra actualmente en Canadá y está listo para las pruebas preliminares. Debes prepararte porque necesitarán de tu ayuda y la de todo el equipo. Mia, no hay tiempo que perder. ¿Has leído el último informe de la NASA? Los icebergs se derriten en forma exponencial. Cada día que pasa, genera un cambio irreversible. Creo que lo sabes mejor que yo, querida.

Bebió otro poco de té mientras me miraba fijo detrás de sus lentes.

—Me imagino que tienes muchas preguntas. Mia, estoy tan sorprendida como tú. Nunca esperé que Martin me contara precisamente esto, luego de tanto tiempo.

Sentí la emoción y la desesperación brotando por mi cuerpo. Era cierto. Tenía tantas preguntas que no sabía por dónde comenzar.

—Pronto habrá una reunión convocada por el Comité de Harvard. Allí se definirán los detalles. Por ahora solo puedo adelantarte que Martin será el encargado del proyecto y doy fe de que se necesita al mejor equipo para trabajar con el nuevo prototipo. Mia, estoy muy orgullosa de todo lo que has logrado, pero esto es recién el comienzo —dijo.

—¿Y ya se sabe dónde se ejecutarán las pruebas del proyecto?

—No todavía, pero sospecho que estarás muy contenta de haber pasado unos días en la playa —dijo, sonriendo.

37

Luego de un par de días, recibí un mensaje de Alex: «Tenemos una invitación para trabajar en un nuevo proyecto. Yendo para Boston ahora».

«La magia de Clara en acción», pensé.

Esa misma tarde se programó una reunión para todo el equipo en Harvard. Cuando entré a la sala de reuniones, Alex estaba allí, recién llegado de Chicago. Me saludó a lo lejos con un gesto. Le sonreí, pero tuve que contener las ganas de abrazarlo. Luego me acerqué para felicitarlo por la llegada de Julian. Cualquiera podía notar la felicidad en su rostro. Uno de nuestros colegas se acercó y pidió ver fotos del nuevo integrante. Luego dijo:

—Alex, te felicito. Qué hermosa familia tienes.

Fue como sentir un puñal clavado en la espalda, pero era cierto. Era su familia. Si Kate y Julian eran su familia, ¿qué era yo para él? Entré en pánico. De repente, no sabía qué estaba haciendo con mi vida. ¿Estábamos separados, pero apostábamos por un futuro juntos? ¿Cuánto tiempo pasaría hasta llegar a eso? Luego me imaginé a mí misma con treinta años más e imaginé a Alex, tocando a mi puerta, con un bastón en la mano y diciendo: «Mia, finalmente podemos estar juntos». Afortunadamente, la voz de Thomas me trajo a la realidad, que entró a la sala para hacer un anuncio importante.

—Algunos de ustedes ya están al tanto, pero para la mayoría traigo noticias, y muy importantes: lo primero que debo decirles que es me tomaré unas vacaciones. Mi colega Carlos Amar, del Instituto Tecnológico de Massachussets (MIT), vendrá a trabajar unos meses aquí. —Todos nos miramos sorprendidos—. Él será quien los ponga al tanto de las noticias. Doctor Amar, son todos suyos. —Luego se sentó en una silla, en el fondo de la sala, como pasando a un estado de invisibilidad.

—Buenos días a todos, será un placer trabajar en este proyecto con talentos como ustedes. Hemos sido convocados para trabajar en un nuevo emprendimiento llamado A-Solar. Es un prototipo que estuvo siendo desarrollado en Canadá durante muchos años. Comenzaré con la presentación para que vean por ustedes mismos lo especial de este prototipo.

En la pantalla se podían ver fotos de algo muy similar a STORM, pero mucho más grande y complejo.

—Como pueden ver, A-Solar está compuesto por muchos paneles solares, que naturalmente, es de donde proviene su energía. Recientemente se obtuvieron los permisos para operarlo. De modo que las primeras pruebas serán ejecutadas en los próximos meses, en la base internacional Halley VI, en el Polo Sur.

—¡¿En el Polo Sur?! —exclamó Bruno sorprendido—. Cuánto me alegro de haber pasado algunos días en la playa —dijo a continuación, lo que provocó risas generales. De modo que a eso se refería Clara con su comentario sobre la playa.

A continuación, la presentación mostraba fotos del prototipo, fotos de la base Halley VI y más información sobre el funcionamiento de A-Solar.

—No se preocupen, voy a compartirles la presentación, y tendrán toda la información necesaria para familiarizarse con este proyecto. —Luego se sacó los lentes y nos miró detenidamente.

—Este proyecto, como algunos ya saben, es el resultado del trabajo entre el Gobierno de Canadá, la Universidad de Harvard, MIT y el Gobierno de Inglaterra. Todos han aportado lo suyo, pero, en mi opinión, lo más importante de todo esto son ustedes, los científicos que estarán trabajando codo a codo y sacrificándose para que esto funcione. Ustedes son la clave del éxito de este proyecto. Para finalizar, creo que nunca hemos tenido una oportunidad tan grande como esta frente a nosotros. Thomas estará de vacaciones por un tiempo, pero tanto el doctor Martin Greystone como yo estaremos involucrados en este proyecto. Alex Riverton y su equipo serán los que finalmente estarán trabajando con el prototipo en el Polo Sur. Si tienen alguna pregunta, me lo hacen saber, por favor —concluyó el doctor Carlos Amar.

Luego de terminada la reunión, Alex se acercó a saludarme. Lo tomé de la mano y lo llevé hasta mi oficina. Cerré la puerta y lo abracé con fuerza. Nos quedamos entrelazados por unos minutos. A pesar de que sabía que las cosas estaban raras entre nosotros, me separé de él solo para besarlo. Él se dejó besar, pero estaba distante. Luego me miró y acomodó su pelo, como siempre hacía cuando estaba nervioso.

—Estoy feliz de verte. Tengo tanto para contarte, Mia —dijo él.

—Ya lo creo. Pasaron muchas cosas.

—Lo sé todo, Mia. Clara me lo dijo todo. Ella es increíble, en un par de días pudo lograr lo que muchos no hubieran podido en una vida. Nunca vi una persona con esas cualidades. Clara es sorprendente.

Lo miré un poco confundida. Recordé lo que Clara había dicho sobre Susan y él. No estaba segura de si eso estaba incluido en el todo que él sabía.

—Clara habló con Carlos Amar, con Martin, con los científicos canadienses, y organizó todo de manera que nuestra universidad aportará a sus científicos para el proyecto. Ella organizó esta reunión y se encargó de que Thomas se tomara unas «largas vacaciones».

—No tenía idea de que había hecho tanto...

—Quizás yo ayudé un poco, pero ella hizo casi todo el trabajo —dijo él modestamente.

—Alex, tengo mucho que decirte. ¿Tienes tiempo para hablar ahora? ¿Podemos ir por un café y hablar afuera? Es un hermoso día de verano —dije, mirando por la ventana.

—Un paseo de verano a tu lado es un plan demasiado bueno como para decir que no —dijo, sonriendo.

Fuimos por un café y caminamos por el campus, que se veía frondoso y vívido.

—Alex, no sé cómo decirte esto, es que no puedo ir al Polo Sur.

—¿Por qué estás diciendo eso? Todos tenemos que ir, bueno, no todos, ¡pero tú debes ir!

—No puedo esperar a colaborar con el proyecto, pero no puedo dejar de pensar en lo que pasó en Alaska, y eso me provoca miedo. No sé si pueda subir a una plataforma, no después de lo que pasó la última vez.

—Mia, entiendo cómo te sientes, pero no puedes dejar que la mala experiencia con STORM te afecte de esa manera. Fue un accidente. No volverá a pasar, te lo prometo. A-Solar no trabaja con combustible, no puede explotar como lo hizo STORM.

—No puede explotar, pero pueden pasar otras cosas.

—Mia, es indispensable que vayas. Eres de las pocas personas en el mundo que se ha, literalmente, parado sobre una plataforma para crear hielo en condiciones desfavorables. Te necesitamos. Necesitamos a los mejores. Además, tanto Clara como Martin pusieron como requisito que tú fueras allí.

—Honestamente, no sé si pueda hacerlo.

Alex me miró con ternura.

—Claro que puedes. Confío en ti. Voy a ayudarte en lo que necesites. Para eso estoy aquí —dijo él, tomando mi mano—. ¿Qué otra cosa querías decirme?

—Eso es todo. —No era el momento para hablar de nosotros. Julian había nacido hacía solo una semana después de todo.

Salí de la oficina y decidí ir a caminar por el campus. Traté de despejarme un poco, pero necesitaba hablar con alguien. Luego sentí una mano en mi hombro. Levanté la vista y vi a Sam.

—Creo que tienes un superpoder de aparecer cuando más te necesito, Sam.

—Te estaba buscando. ¿Por qué no caminamos un poco y me cuentas qué pasa? —dijo con una sonrisa—. También tengo algo importante que decirte.

38

—Esa noticia no la esperaba —le dije a Samantha, boquiabierta. Por su rostro y cómo se iluminaban sus ojos cuando hablaba, podía decir que estaba feliz. Si ella estaba feliz, yo estaba feliz. Había que dejar de lado otras cosas, pero sería una aventura, desde luego.

—Todavía no sé si será niño o niña, pero me encantaría tener lo segundo —dijo con picardía—. Nathan está entusiasmado, como yo. Fue tan inesperado, y tengo que decir que algo inoportuno, pero por algo pasan las cosas —dijo, suspirando con aires de resignación.

—Sam, a veces la vida tiene otros planes. Lo importante es que se aman, y creo que ese es el ingrediente secreto de la receta.

—Mia, ¿acabas de utilizar una metáfora de cocina? Esta no es la Mia que conozco.

—Creo que hasta yo misma me desconozco muchas veces. No me hagas caso. Lo cierto de todo esto es que será un cambio grande para ti, pero será maravilloso, Sam.

—Yo también lo creo. Ahora dime, ¿qué está pasando? Es sobre Alex, ¿verdad?

—Sam, al verlo hoy, hablando sobre su familia, tengo tantas dudas. Estamos complicando tanto las cosas entre nosotros...

—Bueno, me alegra que veas lo que yo veo. Es más que complicado. ¡Es como para escribir una novela! —dijo Sam, riendo.

Tenía ganas de llorar, para variar, pero Sam me hacía reír.

—Solo espero que podamos encontrar un equilibrio. Él necesita equilibrio con su hijo y con Kate, y yo necesito equilibrio con mi trabajo, con la distancia. ¿Sabes? Extraño mucho mi país. A veces me dan ganas de volver.

—No puedes volver ahora, Mia. Tienes mucho futuro por aquí. Todos podemos verlo a pesar de que te lances a rescatar animales en peligro impulsivamente. —Me miró pensativa—. Y, hablando de eso, ¿puedo preguntarte algo más? ¿Qué sabes de James?

—¿James? James tiene que ocuparse de su vida, y yo de la mía. No podríamos estar en veredas más opuestas, Sam.

—Entiendo, pregunto porque cuando volviste de Alaska estabas, no sé, dolida.

—Sí, pero él está en el pasado, donde debió estar siempre. Él ya no está en mi vida, y yo tampoco en la suya.

—Muy bien, amiga. Lo que tú digas.

—Mejor hablemos del bebé. ¿Cuándo es la fecha aproximada de parto? ¿Cómo te sientes? Sam, me parece tan increíble que vayas a convertirte en madre. —Puse mi mano sobre su pancita y me sentí feliz. Iba a ser algo parecido a una tía, y eso me daba mucha alegría.

—Me siento fatal, por eso siempre tengo galletas en mi bolso. Náuseas todas las mañanas. ¿Sabes que espero para febrero? ¡Tal vez sea cerca de mi cumpleaños!

La abracé fuerte. Realmente, estaba feliz por ella.

—Mia, todo está cambiando muy rápido. Hace poco no tenía novio. Ahora no solo tengo novio, sino que tendré un bebé, y seremos una familia.

—Si mi historia es una novela, la tuya es una película de acción —dije, riendo.

Quería tener un poco de tiempo para relajarme. Por eso esa noche pensé en leer un rato, preparar un baño de espuma y mirar una película. Un pequeño *spa* en casa. Mientras esperaba para que la crema hiciera efecto en mi pelo, puse música. Sonaba Michael Bublé en mi casa. Abrí una botella de vino y me puse a bailar. Mientras llevaba a cabo mi pequeña fiesta personal, tocaron la puerta. Paré la música y abrí. Era Alex.

—¡Alex! No esperaba compañía.

—Perdona, pero tenía que verte.

Él se acercó y me besó y luego volvió a besarme.

—¡Espera, Alex! ¿Qué pasa? —Lo miré confundida. Parecía desconsolado.

—Solo quería besarte. Me hace bien estar a tu lado. Quiero olvidarme de algunas cosas solo por un rato. —Se acercó para volver a besarme, pero esta vez lo detuve. Alex me miró y llevó las manos a su cabeza. Luego fue directo a la cocina y se sirvió una copa de vino. Se dejó caer en el sillón. Yo cerré la puerta y me preparé para lo que vendría, que no parecía ser fácil.

—Besarme para olvidar no es una buena propuesta realmente. —Me senté a su lado, acariciando su pelo y esperando a que él dijera algo. Él no dijo nada y bebió un poco de vino. Posó sus ojos en los míos. A veces sentía que nos podíamos comunicar solo con la mirada.

Luego sacó un papel del bolsillo de su chaqueta y me lo dio.

—Lo siento. No podía pensar. Estuve con Clara. Me dio una carta. Léela, por favor —me pidió.

—¿Estás seguro? No sé si deba...

—Por favor, Mia.

Me senté a su lado y comencé a leer.

Querido Alex:

Si esta carta llega a tus manos, significa que yo no estaré más a tu lado y que mi querida amiga Clara ha cumplido su misión. No te enfades con ella, yo le pedí que te la diera cuando esté a punto de suceder.

Tengo una historia que contarte: hace muchos años atrás, un equipo muy unido, en Harvard, desarrolló un prototipo solar. Fue creado para experimentar con energías alternativas y ayudar con la formación de hielos continentales y glaciares. Nunca hubo fondos suficientes, pero a nadie le importaba siempre y cuando se siguiera con el plan de no solo desarrollar esta idea, sino de preservarla para el futuro. Una persona nunca estuvo a favor de este emprendimiento por razones que yo desconozco. A esta altura ya sabrás que estoy hablando de Thomas. ¿Quién más? El error fue confiar demasiado en él y pensar que él luchaba por la aprobación de este proyecto cuando, en realidad, luchaba por hundirlo. Asumo la culpa completa, porque mi gran error fue no ver lo que no quería ver.

El verdadero propósito de esta carta es para que estés más cerca de la verdad. Clara y quien escribe fuimos las que diseñamos este proyecto solar. Sé que ella no peleará por el reconocimiento o el crédito de este proyecto, porque no es lo que realmente importa. En lo personal, para mí basta con que tú sepas la verdad.

Por último, no sabes cuánto me arrepiento de no haber hecho nada para acercarme a ti en mis últimos años. Por eso te suplico que vivas cada minuto de tu vida como si fuese el último. No la desperdicies.

Te quiero con el alma.

Tu abuela,

Susan

Cuando levanté la vista, vi que Alex se había quedado dormido con la copa en la mano. Ahora entendía por qué estaba tan sensible. Las cartas hacen eso. Una carta en especial tuvo el mismo efecto en mí. Le quité sus lentes y zapatos. Subí sus piernas al sillón y lo tapé con una manta. Antes de apagar la luz, acaricié su pelo. Fui a acostarme pensando en esa carta. La busqué y la leí varias veces, luchando contra el sueño y tratando de entender cada palabra, buscando y analizando cada frase. El sueño me venció y me dio una tregua, porque cada minuto que pasaba despierta podía sentir una lucha interna conmigo misma.

39

Disfruto de verlo dormido en mi sillón. El sol intenta perturbar su sueño sin conseguirlo. Esta mañana se ve sereno y siempre atractivo. Cuando abre los ojos, lo hace con una sonrisa. Luego se incorpora y se queja de dolor de cabeza. Le acerco un café.

—Anoche estaba un poco triste, no quería estar solo. Lo siento. Espero que no pienses tan mal de mí.

—No te preocupes, Alex. Y, por lo que leí, estás más que justificado —dije, devolviéndole la carta.

—Creo que antes de leerla pensaba en muchas otras cosas y ahora me doy cuenta de que lo que importa es solo una cosa: el legado de tu abuela y su equipo —dije—, y me cuesta mucho decirlo, porque tengo que dejar a un lado todos mis miedos y mis limitaciones, pero tenemos que hacerlo funcionar.

—Lo sé, pero entiendo si tú no te sientes segura. Además, es el Polo Sur, Mia. No me podría perdonar si algo te pasara. El riesgo es demasiado. —De pronto él era el que parecía perturbado e inseguro. Al menos, me alegré de que tomásemos turnos para sentirnos así. Me senté a su lado y le tomé la mano.

—Son riesgos que estoy dispuesta a tomar, sobre todo si tú estás a mi lado. Creo que si estamos juntos podemos hacer funcionar cualquier cosa.

Él bebió un poco de café, y yo hice lo mismo. Otra vez nos unía el silencio. Nuestros pensamientos conversaban como si fueran palabras en voz alta. Mientras Alex se duchaba, golpearon a mi puerta. La abrí nerviosa. Era Clara, que con una mirada sospechosa escuchó el ruido de la ducha y sonrió.

—No es lo que piensas, Clara.

—Descuida, querida, he vivido demasiados años como para juzgar cada relación. Vine para otra cosa, pero sé que es probablemente Alex, así que esto también le incumbe a él. Mejor esperemos a que salga.

Prepare un té para ella y un segundo café para mí.

—Supongo que estás al tanto de todo —dijo ella.

—Clara, no puedo creerlo. ¿Me podrías explicar cómo pudiste organizar todo esto en tan poco tiempo?

Ella sonrió y me miró orgullosa.

—Mia, un mago nunca revela sus trucos. Lo más importante de todo esto es que nos pongamos a trabajar cuanto antes. Carlos y Martin me han contratado como asesora especial. Eso significa que volveré a la universidad y hasta me darán una oficina.

Parecía increíble que hasta hacía unos días Clara apenas salía de su casa.

Después de unos minutos, Alex se unió a la conversación.

—Quiero decirles algo muy importante a ambos: Susan y yo dedicamos nuestras vidas a diseñar este proyecto. Ahora es tiempo de hacerlo funcionar. Pero, aun cuando sientan tanta presión por parte de todos, solo deben pensar en una cosa: ustedes mismos. Prefiero mil fracasos antes de perder una vida ¿Me lo prometen?

Alex y yo nos miramos. Como tantas veces, nos entendimos con la mirada.

—Clara, creo que hablo por los dos cuando digo esto. Será un orgullo continuar con ese trabajo. En lo personal, estoy aterrada, pero justamente por esa razón es que sé que estamos tomando el camino correcto —dije, forzando una sonrisa.

Entonces Clara se acercó y nos rodeó con sus brazos. Fue un gesto inesperado y maternal que llevaría en mi corazón por el resto de mis días.

—A veces es necesario sacrificarse por algo más grande e importante que nosotros mismos —dijo Alex.

—Eres igual que Susan, querido. Ella solía decir eso.

—Lo sé. Me lo decía todo el tiempo. Clara, me siento tan mal por que nos hayamos distanciado en sus últimos años. Yo la admiraba y la quería tanto. No sé qué fue lo que terminó metiéndose en mi cabeza. Creo que de algún modo pensé, o me hicieron creer, que a ella no le interesaba estar cerca de mí. ¿Cómo pude pensar algo tan ridículo? ¡No tiene sentido! —dijo él.

—Tu abuela siempre se preocupó por ti y por tu carrera. Lo sé, porque no había día en que no mencionara tu nombre. «Alex ganó un premio a la excelencia, Alex dará una conferencia...». Ella estaba siempre pendiente de ti, Alex. Aunque no lo demostrara, Susan estaba orgullosa de su nieto. Y te quería más que a nadie en el mundo. —Clara se acercó y le tomó la mano. Vi una lágrima asomando por sus ojos.

—Gracias por tus palabras, Clara. Mi abuela siempre fue difícil de entender, pero, gracias a ti, siento que ahora es un poco más fácil.

—Me alegro de poder ser de ayuda, querido —dijo ella—. Ahora, si me disculpan, tengo mucho que hacer en mi casa y fuera de ella —dijo, despidiéndose.

—Yo también tengo que irme. Tengo que volver a Chicago. Gracias por dejarme dormir en tu sillón —dijo Alex.

—Alex, antes de irte, quiero decirte algo. Sé cómo se siente la frustración y el dolor. También recibí una carta que me afectó de esa manera. Creo que todo se siente mejor con el tiempo. Sabes que puedes contar conmigo para lo que sea —dije.

—Gracias, Mia. A propósito, te ves hermosa esta mañana —dijo él, besando mi mano.

Lo vi alejarse por las escaleras. Todavía no se había ido y ya lo extrañaba.

40

El resto de los días estivales pasaron tan rápido como un rayo. Todos estábamos ocupados preparándonos para el primer viaje a la base Halley. Alex trabajaba en forma remota desde Chicago, mientras que el resto del equipo lo hacía desde Boston. Carlos Amar estaba al frente de la coordinación del equipo, donde tenía muchas responsabilidades como director del Departamento de Climatología. Clara venía algunos días a la universidad, pero más que nada para reuniones con Carlos y otros asesores.

Un día Carlos me llamó a su oficina. Cuando entré, vi que Clara también estaba allí.

—Tenemos un problema, y creo que serás la única que podrá solucionarlo —dijo ella con su voz dulce pero firme.

—Claro, lo que sea, cuenten conmigo —dije intrigada.

—James no quiere sumarse a la expedición del Polo Sur. Lo llamamos y tratamos de convencerlo, pero fue en vano. No me ha dicho sus razones. Solo dice que necesita quedarse un tiempo en Alaska porque Martin necesita ayuda con sus múltiples proyectos.

—Cuando dije para lo que sea, no lo pensé bien —dije.

—Mia, necesitamos que hables con él. Sabes que es muy importante tenerlo en el equipo —dijo Clara.

—Entiendo, pero les tengo que anticipar que no sé cuánto podré lograr. Hay pocas personas tan obstinadas en la faz de la Tierra...

—Mia, desconozco sus razones, pero, como tú eres la que más lo conoce, bueno, pensamos que tenías otra llegada a él.

—«Tenías» en tiempo pasado es la palabra clave aquí —dije.

—Habla con él, Mia. Hazlo entrar en razón. Por favor, no lo hagas por mí, hazlo porque lo necesitamos. Él es el mejor en lo que hace, y lo sabes —dijo Clara. Sus ojos me miraban fijamente detrás de los cristales de sus anteojos.

—Hablaré con él, pero no sé si me escuchará. Yo pensaría en un plan alternativo —sugerí.

Esa misma tarde lo llamé por teléfono. Sentí que me trataba con cierta indiferencia, pero no esperaba otra cosa de él.

—Me dijeron que estás muy ocupado allí.

—Hay mucho trabajo. Tengo suerte, Juliette me está ayudando. Tenemos que encargarnos de algunos ballenatos que se han quedado varados, más el trabajo de siempre. El verano trae mucho movimiento. Es una locura por aquí. Martin no da abasto. Él está preparando todo para poder viajar al Polo Sur en unos días.

—¿Y qué hay de ti? ¿También vendrás con la expedición? Te necesitamos —dije.

—Buen intento, pero realmente no puedo hacerlo.

—Ya veo. ¿Y qué hay de Clark y Juliette? Ellos podrían encargarse de todo allí mientras tú estás en el Polo Sur.

—Ese no es el punto. No puedo dejar todo aquí porque me necesitan en otra parte del mundo.

—Escucha, James, sé que pasaron cosas entre nosotros, pero debemos dejarlo de lado. Sabes bien que no hay nadie mejor para trabajar en este proyecto. Y, además, yo te necesito. Me gusta trabajar contigo y creo que eres indispensable para el equipo.

Hubo un largo silencio.

—Lo pensaré.

—Gracias por considerarlo.

Cuando terminé la llamada, pensé en que no había mucho que hacer. Con o sin él, tendríamos que encontrar la forma para que todo funcionase.

Faltaban solo un par de días para el viaje. No había tenido más noticias sobre James, por lo que asumí que finalmente no se sumaría como parte de la expedición. Al menos Juliette sí estaría viajando con nosotros. Tenía mis reservas respecto a ella, pero parecía una persona muy dedicada a su trabajo. Por otro lado, Sam no podría venir, ya que en su condición no era recomendado viajar a lugares tan inhóspitos y con escasa atención médica.

Era tarde cuando llegué a mi departamento. Vi la silueta de alguien conocido en las escaleras. Cuando me acerqué, mi corazón se alegró tanto que casi me arrojé a sus brazos, pero bastaron unos segundos para darme cuenta de que no estaba solo. Había alguien a su lado. Era Kate y estaba con su bebé en brazos. Hubiera querido desaparecer, pero luego recordé que no contaba con ese tipo de poderes. Salir corriendo era otra opción, pero no reaccioné a tiempo y tuve que caminar en dirección a ellos. Kate me saludó con una sonrisa.

—Hola, Mia.

—Hola, Kate. Te ves radiante con este precioso niño en brazos.

—Queríamos que lo conocieras: te presento a Julian.

Me acerqué y lo miré con ternura. Era él bebé más dulce y hermoso que había visto. Sonreía todo el tiempo.

—Julian es adorable. Los felicito. No esperaba visitas. ¿Quieren subir?

—No, íbamos camino a nuestra casa y queríamos venir a verte. Kate quería hablar contigo y agradecerte —dijo Alex.

—¿Agradecerme qué cosa?

Alex tomó a Julian en brazos y se alejó.

—Las dejaré hablar tranquilas. Kate, te espero en el café de la esquina. —Luego me miró y me saludó con un guiño.

—Mia, esto no es fácil de decir —ella suspiró y continuó—. Quería agradecerte, porque en las sesiones de terapia hablamos de que todo pasa por una razón. Alex y tú se conectaron de una manera que hizo que todo cambiara y para mí fue un llamado de atención. Estábamos por casarnos y estábamos mal. Peleábamos todo el tiempo y, en gran parte, todo era por mí. En terapia pude ver muchas cosas y, entre ellas, es que nunca fuiste mi enemiga. No sé qué hay o hubo entre ustedes. Nunca quise que Alex me lo explicara. Mia, uno no elige de quién se enamora. ¿No lo crees?

Kate se veía muy diferente con respecto a la última vez que la había visto. Si me basaba en el lenguaje no verbal, diría que parecía hasta menos hostil y más amigable. Sus facciones habían cambiado y sus ojos parecían más sinceros y abiertos. Era evidente que este tipo de experiencia la había transformado.

—Kate, creo en eso como creo en el cambio climático —dije—. Es inminente.

—Todo esto no deja de ser un poco extraño para mí, pero aquí estoy, aprendiendo y tratando de curarme. Gracias a todo lo que viví es que puedo decir que siento esperanza por primera vez en mucho tiempo. Le prometí a mi médico que seguiría todos los pasos. Hice una lista de personas a las cuales tengo algo que agradecerles. Y tú eres la primera de esa lista. Después de todo, trataste más de una vez de ayudarme con mi problema con el alcohol.

No sabía qué decir, pero ella se merecía algo de honestidad de mi parte. Después de todo, no era fácil estar en su lugar.

—Kate, yo me interpuse entre Alex y tú. En mi defensa, nunca quise hacerlo, pero sé que terminé lastimándote y quería pedirte perdón. Eso no estuvo bien de mi parte.

—Eso es lo que me hizo ver la terapia, Mia. Tus intenciones. En cierto punto, todo lo que quería era que desaparecieras de mi vida, de la de todos, pero luego entendí el tipo de persona que eres. Y entendí que, si me lastimaste, fue sin intención. Y ya no sentí rencor y enfoqué mis energías en cuidarme y cuidar a Julian y a Alex.

En ese momento, entendí. Kate me estaba perdonando por el pasado, pero toda su energía estaba puesta en el futuro, en luchar por su familia, en mejorar. Y me di cuenta de que yo podría aprender mucho de ella.

—Mia, les deseo éxito en este viaje. Sé que no será fácil, pero cuídalo, por favor —dijo. Luego se dirigió con paso apurado hacia el café de la esquina, donde Alex y Julian la esperaban. Kate me había tomado por sorpresa. Mientras la veía alejarse, sentí que bajo otras circunstancias podríamos haber sido muy buenas amigas.

41

Esa mañana había una presentación general sobre la base Halley VI. Estaba organizada a modo de capacitación. Para estar listos para la expedición, debíamos pasar una serie de exámenes físicos y de aptitud. Todo estaba planificado para efectuarse en un día, y Alex había venido desde Chicago para dar algunas de las charlas informativas. Alex había estado en la base Halley en una oportunidad, de modo que tenía algo más de experiencia que el resto.

—Como les decía: esta base, utilizada para fines científicos y de investigación, puede estar ubicada en diferentes superficies. Ahora la encontramos sobre hielo flotante, y su distribución en forma de bloques permite adaptarse a diferentes alturas y terrenos. La base está, literalmente, flotando sobre esquíes, lo que la hace extremadamente adaptable a su medioambiente. Cuenta con siete módulos azules, que son utilizados como dormitorios, laboratorios, oficinas y plantas de energía, y otro módulo, de color rojo, que está en el centro, tiene dos plantas y es utilizado como espacio social. En la estación se pueden alojar cincuenta y dos personas. Como dato curioso, les cuento que esta base nació como resultado de una competencia de arquitectura para diseñar su estructura, que fue lanzada por el Instituto Real de

Arquitectos Británicos y el Relevamiento Antártico Británico, o por sus siglas en inglés, BAS, en junio de 2004. Fue inaugurada en febrero de 2013 y, desde entonces, ha servido para numerosos propósitos científicos y de investigación, y ha estado al servicio de múltiples naciones.

Alex habló sobre la ubicación estratégica, propósito, funcionamiento y otros datos generales sobre la base.

—No es para asustar a nadie, pero debemos sentir la presión y la responsabilidad que tenemos en frente de nosotros. —Se pasó los dedos por su cabello y se quitó los lentes.

Al finalizar la reunión, Alex me llamó para hablar en privado. Entré a su oficina y me senté en el sillón. Él me miró y sonrió.

—Con solo mirarte, me siento mejor. Estamos bajo mucha presión —dijo él. Luego se sentó a mi lado.

—Mañana llegan Juliette y Martin. James no vendrá. Sé que te gustaría que él estuviera aquí. —Luego hizo una pausa—. Mia, sé que debe haber sido algo raro ver a Kate...

—Alex, Kate está mejorando y eso se nota. Hasta podría decir que lo noto en ti. Voy a ser lo más sincera posible. Alex, no puedo dejar de quererte, pero no puedo seguir sintiéndome así. No puedo ser la mujer que se interpone entre ustedes. No puedo ser la causa de que Julian no pueda tener a sus padres viviendo bajo el mismo techo. Sobre todo, porque veo como ella te ama. Pero es tiempo de hacerme a un lado. No creo que puedas resolver nada con Kate si yo estoy cerca. Alex, en el fondo sabes que tengo razón.

Él permaneció en silencio. Suspiró un par de veces y desvió la mirada.

—No sé si pueda mantenerme alejado de ti. No sé si quiero resolver las cosas con Kate.

—Alex, lo que voy a decirte lo diré únicamente como tu amiga: debes intentarlo o nunca lo sabrás.

Me levanté del sillón y sentí el peso de mi cuerpo, como si alguien hubiera puesto plomo en mis zapatos. Tuve que contenerme para no comenzar a llorar como una niña.

—Y creo que deberías intentarlo —dije antes de perderme por el pasillo.

Probablemente, eso fue lo menos egoísta que haya tenido que hacer en mi vida.

El día de la partida había llegado. Alex, Bruno, Martin y Juliette y yo estábamos en el aeropuerto de Boston. El vuelo sería largo: de Boston a Miami, de Miami a Buenos Aires y, finalmente, de Buenos Aires a Ushuaia, la ciudad más austral del mundo. En Ushuaia tomaríamos un barco de abastecimiento, que llegaría en aproximadamente siete días a la base Marambio y de allí tomaríamos un barco más pequeño que nos llevaría a Halley VI. La base Halley estaba ubicada a unos cincuenta kilómetros de la base Marambio, actualmente sobre la plataforma argentina. Hacía tan solo tres meses que la habían trasladado a esa ubicación para estudiar el agujero de ozono. Cuando hicimos escala en Buenos Aires, ingresamos a la zona de pasajeros en tránsito. Teníamos algunas horas de espera hasta tomar el vuelo a Ushuaia. Busqué un lugar alejado para perderme en el nuevo libro que había empezado. Vi una pareja caminando hacia mí. Parecían... No, «eran» mis padres.

—¡Sorpresa! —gritó mi mamá mientras corría hacia mí.

—¡Mamá! ¡Papá! ¿Cómo supieron? ¿Qué hacen aquí? —Les toqué la cabeza para verificar que no estaba soñando.

—Tus amigos nos avisaron y nos sacaron un pasaje para poder verte, aunque sea un par de horas —dijo mi mamá emocionada.

—¡Es la mejor sorpresa que tuve en mi vida! —dije, abrazándolos entre lágrimas—. ¡Los extrañé tanto! Pero ¿quién les avisó?

—Bueno, hablamos con Samantha y nos pareció encantadora. Ella nos envió los pasajes, pero me aclaró que la idea había sido de alguien más. ¿Cómo se llama el nombre del chico? —le preguntó a mi papá.

—¿Alex?

—No. Recuerdo que su nombre comenzaba con jota —dijo mi papá.

—¿James? —dije confundida.

—¡Sí, sí, James! Ella dijo que deberíamos agradecerle a él. James. Ahora lo recuerdo, porque pensé en James Bond —dijo él, divertido.

—No puede ser. Él ni siquiera está aquí. —Sentí un escalofrío en la espalda. ¿Cómo pudo haber pensado en algo así?

—No tengo idea, pero está más que claro que te tiene bien presente. Mia, no sé mucho de tu vida amorosa, porque eres muy reservada, pero alguien que hace algo así por ti merece ser considerado —dijo mi mamá.

No tuvimos mucho tiempo, pero alcanzó para llenarme de abrazos y cariño; y para poder contarles todo sobre Boston, Alaska y ahora el nuevo viaje hacia el Polo Sur. También les hablé sobre Clara, Bruno, Alex, Samantha y James.

—Mia, te extrañamos demasiado, pero me siento feliz de que estés cumpliendo con tu cometido en la vida. Hija, tu padre y yo siempre supimos que era cuestión de tiempo para que esto pasara. No me sorprende tanto que tu vida sea así, viajando a lugares remotos, en condiciones adversas. Nunca te gustaron las cosas fáciles y ahora veo que ese era tu destino. Durante toda tu vida estuviste preparándote para esto.

No pude decir palabra por la emoción que me provocaron sus palabras. Todo esto era demasiado para mí. Cuando embarcamos para el vuelo a Ushuaia, mi corazón se sentía lleno y feliz. Antes de apagar el celular, le envié un mensaje a James: «Gracias por lo que hiciste. Soy la persona más feliz del mundo». Esperé respuesta sin suerte.

A la madrugada del día siguiente, desperté en un hotel con vista hacia el canal de Beagle en la punta sur de mi país. La cordillera de los Andes se veía majestuosa desde mi ventana. Parecía tridimensional y daba la sensación de estar tan cerca que podía tocarla. Hacía bastante frío en Ushuaia a pesar de que era ya primavera en el hemisferio sur.

Nos dirigimos al puerto, desde donde embarcaríamos en un buque rompehielos. Sentí la piel de gallina al ver la bandera celeste y blanca flameando sobre ese barco tan grande y naranja. En un costado de la nave se podía ver en grandes letras blancas: «Almirante Irizar».

Hicimos un pequeño recorrido por la cubierta del barco. Había mucho viento, pero me pareció muy interesante ver cómo era un rompehielos por dentro. Juliette y yo fuimos a ver los controles del barco, mientras que Alex y Bruno fueron a ayudar a subir el equipaje a cubierta. Luego de unos minutos, había cierto revuelo en la zona de cubierta. Juliette y yo bajamos por la escalera lateral sin tener idea de lo que estaba pasando. Yo no alcanzaba a ver entre todas las cabezas, pero vi claramente a Bruno, que con un gesto me indicaba que me acercara. Luego Juliette se dio vuelta y me sonrió:

—¡Es James! James está aquí —dijo.

—¿Cómo? —Mi corazón comenzó a acelerarse. Desde que había pisado suelo argentino, las emociones estaban a flor de piel, pero ahora era como sentir que mi corazón iba a explotar. Cuando lo vi, me quedé sin palabras. Todos estaban rodeándolo, dándole la bienvenida. Al parecer estaban tan sorprendidos como yo. Incluso Juliette parecía no saber nada al respecto.

Él saludaba a todos amablemente. Su pelo estaba más largo, despeinado y algo más oscuro. Parecía un joven mochilero. Se había dejado crecer una pequeña barba que le daba un aire casual y errante.

—Creo que sorprendí a la mayoría —me dijo.

—Entre los que me incluyo. Me alegra que estés aquí. Te necesitábamos —dije.

—Clark se quedó a cargo de todo en Alaska —dijo él—. Resulta que contábamos con un gran recurso que no estábamos aprovechando. Ni se imaginan la cantidad de voluntarios que se ofrecieron a trabajar en la reserva. Muchos solo aficionados, y otro tanto, estudiantes de biología marina, pero todos dispuestos a trabajar duro. Clark contaba con tanta ayuda que fue él quien finalmente me ayudó a decidirme a venir —dijo él con una sonrisa.

—Ni siquiera yo sabía que venías, James. Solo déjame encargarme de lo administrativo, ya sabes, seguro médico y otras cosas. En realidad, no sé por dónde empezar, pero llamaré a Samantha para que me ayude —dijo Martin.

—No hace falta. Yo ya me encargué de todo —dijo Alex.

De modo que Alex sí sabía que James vendría. James le extendió su mano.

—Gracias, es siempre un placer trabajar con este equipo —dijo él.

Alex la estrechó en señal de bienvenida. No pude evitar sonreír al verlos.

—Bienvenido, James —dijo Juliette, acercándose a él. Luego lo tomó por el pelo y lo besó en su boca.

—Bueno, qué hermosa bienvenida me han preparado —dijo James, sonriendo.

—¿Por qué no vamos acomodándonos en los camarotes? —sugirió Martin—. El capitán me avisó que zarparemos dentro de pocos minutos.

42

Así como el verano se había pasado rápido, los días en el barco fueron interminables. Para pasar el tiempo, jugábamos juegos de mesa, comíamos, contábamos chistes. El almirante Irizar se movía mucho, sobre todo cuando se enfrentaba a una masa de hielo que tenía que romper para que pudiera avanzar. «Qué irónico», pensé. Nos transportábamos en un barco que para avanzar debía romper y quebrar masas de hielo gigantes cuando nuestro fin era básicamente el opuesto».

El viento intentaba penetrar por debajo de las interminables capas de ropa que teníamos que ponernos para ir a cubierta. «El mameluco no es opcional», dijo el capitán cuando estábamos por zarpar. Era una desventaja para las que no éramos tan altas y esbeltas como Juliette, que lo llevaba con mucha gracia. A mí me hacía parecer un mono de circo.

La comida era aceptable, a base de pescado e hidratos. Martin nos explicó que debíamos ingerir más calorías que las necesarias, lo que era fundamental para hacer frente a las bajas temperaturas. Por una vez estaba feliz de no tener que cuidarme con algunas comidas. Como dormía en la misma habitación que Juliette, tuve oportunidad de conocerla mejor. Detrás de esa apariencia de doctora sexi, descubrí una mujer divertida e inteligente. Era muy graciosa, contaba chistes, y nuestros gustos musicales eran similares. Podía ver que estaba verdaderamente interesada en James. Nunca dijo nada sobre él, hasta unas horas antes de llegar a destino.

—Creo que sabes que James estuvo realmente enamorado de ti.

—Sí, lo sé, pero lo nuestro quedó en el pasado. Ya no hay nada entre nosotros.

—Lo sé. Además, son tan diferentes como el agua y el aceite. Me refiero a que a él no le interesan los compromisos. James no es un hombre para casarse o compartir la vida. Él es errante, libre, inesperado. Necesita a alguien que quiera lo mismo. Y creo que ya puedes adivinarlo: yo tampoco busco compromisos.

—Juliette, no tienes que marcar el terreno conmigo. No tienes que preocuparte por mí.

Ella comenzó a reír.

—Mia, me gusta la gente que va de frente, así que agradezco tus palabras.

Cuando finalmente llegamos a la base Marambio, me quedé boquiabierta. La base no era más que un conjunto de edificios bajos, de color anaranjado, pero me emocioné, una vez más, al ver mi bandera, pero esta vez no flameaba, sino que estaba pintada sobre una gran madera en la entrada de la base.

Pasamos la primera noche en uno de los refugios. Después de tantos días de dormir en barco, sentí que la cama de ese lugar no tenía nada que envidiarle a la de un resort. En la base todo era rústico pero limpio. La gente que permanecía allí estaba contenta porque el barco con provisiones les despertaba ese sentimiento de alegría, de que alguien venía a visitarlos, de contacto con la civilización. Todos eran ermitaños pero amables. Había algunos turistas, que venían en el barco con nosotros, pero no hablaban español o inglés, de modo que casi no tuvimos contacto con ellos. El resto de la gente de la base eran científicos, estudiantes y voluntarios. Imaginé que se necesitaba tener un carácter bien especial para instalarse allí, aislados del mundo. Pasamos unas horas allí y luego nos volvimos a embarcar al amanecer para seguir con rumbo sur, camino hacia Halley VI. Alguien de la base nos llevaría en un buque rompehielos pequeño. Era un joven capitán argentino que se llamaba Diego Navarro. Había nacido en Ushuaia y se había ofrecido para trabajar en la base por unas temporadas.

Todos lo miraban con desconfianza, y asumí que era por su aspecto juvenil. Parecía un chico recién salido del colegio. Me acerqué a él y le dije que no se preocupara, que todos estaban nerviosos por la misión, pero que confiaban en él.

—Solo enfócate en tu trabajo e ignóralos —le aconsejé.

Las buenas condiciones y la ubicación temporal de Halley VI hicieron que pudiéramos llegar antes de lo planeado. Ver la base Halley VI en el horizonte, suspendida en su soporte especial en el hielo, fue algo nunca imaginado. Sus módulos de colores y su diseño moderno me hicieron sentir privilegiada. Me parecía increíble que pudiéramos estar tan aislados y a su vez tan protegidos dentro de ese lugar. La base tenía varios módulos. El principal era de color azul, ubicado en el centro. Diego nos explicó que era el módulo donde estaba la cocina, comedor, y donde todos se juntaban para fines recreativos. Hacia los costados se veían otros módulos menos llamativos. Esos eran los dormitorios, sauna y gimnasio. Al desembarcar entramos para recorrer la base. Era tan linda por dentro como por fuera. Colorida, llamativa, limpia. Diego conocía todo sobre Halley VI, porque una vez cada seis semanas llevaban provisiones desde base Marambio, y él hacía ese viaje la mayoría de las veces.

Cuando entramos al comedor, nos recibió el doctor Luke Clayton y su esposa, Ivanna Clayton. Ambos eran ingleses; vivían los meses de verano en el Polo Sur para luego instalarse en

Londres el resto del año. Eran especialistas en estudios medioambientales y estudiaban el comportamiento de los glaciares de Chile y Argentina.

—Es un placer conocerlos. Ivanna y yo los estábamos esperando. La vida aquí es muy solitaria. Llegamos hace solo unas semanas, pero ya estamos aburridos. Tenemos mucho trabajo y no hay tanto para hacer luego de trabajar, salvo explorar, pero las opciones son limitadas —dijo él.

—Veo que Diego ya les hizo el *tour* de Halley VI. Déjenme mostrarles una cosa más. Síganme, por favor. —Todos los seguimos con curiosidad.

El doctor Clayton señaló hacia el este.

—La trajeron los canadienses. Llegó ayer y está en perfecto estado —aclaró Ivanna.

A unos ciento cincuenta metros de la base, se podía ver nuestro propósito. Allí estaba, flotando firmemente sobre el agua, con sus paneles solares brillando, la razón por la que estábamos todos aquí, un prototipo que probablemente era el doble en tamaño de STORM. Al verlo, no pude contenerme y grité. Bruno me miró sorprendido y comenzó a reír sin parar, lo que creó un efecto dominó entre todos los presentes. Allí estábamos, desparramado carcajadas y gritos como niños con caramelos. Nos sentimos felices y extasiados. Nos dimos un gran abrazo grupal, como si estuviéramos en un viaje de estudio.

—Puedo decir que forman un gran equipo —dijo el doctor Clayton—. Por favor, recuerden que el agua no supera diez grados centígrados bajo cero, lo que me recuerda que tengo que darles una charla de seguridad. Sería útil para todos —agregó con preocupación.

Alex y yo subimos a una moto de nieve. En la otra iba el doctor Clayton y Martin. Recorrimos los metros que nos separaban de A-Solar a toda velocidad. Al llegar, bajamos con cuidado por un camino hasta llegar al refugio donde se encontraban los paneles de control del prototipo. Me acerqué un poco más para ver con más detalle. Era mucho más grande de lo que imaginaba. Sus paneles eran inmaculados. Su brillo era perfecto. Él nos dio algunas indicaciones para poder comenzar a trabajar cuanto antes.

Cuando volvimos al interior de la base, la cena estaba servida. La base no tenía cocinero, sino chef. Había preparado un exquisito salmón con ensalada y papas a la crema. Me sorprendió la calidad de los alimentos y la decoración del lugar. Después de todo estábamos en una base en medio del Polo Sur, pero, a juzgar por la comida y otras cosas, parecía un hotel.

La charla de seguridad fue simple. Aparte de recordarnos nuevamente la temperatura del agua, el doctor Luke Clayton nos dio un curso acelerado sobre las características del lugar, además de explicar algunas reglas, sobre las que hizo hincapié muchas veces. No debían romperse bajo ningún punto de vista. En realidad, no hacía falta recordar la temperatura del agua, bastaba con recordar que era lo suficientemente fría como para no sobrevivir luego de cinco minutos. También hizo hincapié en que estaba prohibido salir solos a más de cincuenta metros de la base, de día o de noche, y siempre debíamos llevar un teléfono satelital en las expediciones. Nos entregó un pequeño kit a cada uno de nosotros, donde podíamos encontrar una brújula, binoculares y otras cosas útiles.

—Hay pocos lugares en el mundo donde no solo la línea del horizonte se nos confunde, sino que no hay referencias. Todo es igual, todo se ve blanco y, si se alejan lo suficiente, pueden perderse muy fácilmente —dijo él—. Por último, no quiero héroes en este lugar. Si tenemos algún accidente o alguien en peligro, deben comunicarse a la base y desde allí los ayudaremos. Tenemos salvavidas y otros implementos. Si alguien cae al agua, seguiremos el protocolo de seguridad, pero nadie, repito, nadie deberá sumergirse en estas aguas para salvar a nadie o, en lugar de uno o dos, tendremos múltiples decesos.

Luego de la cena, salí un momento a admirar el paisaje. Nunca había estado en un lugar tan inmenso, tan carente de límites. Esa inmensidad se sentía intimidante. No había nada más que cielo y hielo a mi alrededor. A unos metros de la base, había un grupo de rocas grandes. James estaba allí, sentado sobre una de ellas. Caminé hacia él.

—No quiero molestarte. Solo vine a decirte algo.

—Sabes bien que no me molestas, Mia.

Me senté a su lado y suspiré. Él comenzó a reír.

—¿Se puede saber de qué te ríes?

—Tienes chocolate en tu cara —dijo. Luego puso su mano en mi mejilla, cerca de mi boca, y lo quitó con un gesto suave. El contacto de su piel con la mía me hizo estremecer.

—El chef me lo regaló cuando fui a saludarlo a la cocina.

—Buena estrategia. Lo tendré en cuenta. Entonces, ¿qué querías decirme?

—James, ver a mis padres allí... eso fue lo más hermoso que alguien haya hecho por mí. Nunca lo olvidaré. Gracias.

—Traidora.

—¿Cómo?

—Samantha. Es una traidora. Le dije que no debía decir de quién había sido la idea.

—¿Por qué no querías que supiera?

—Solo me basta con verte feliz.

—Deberías tener crédito por haber hecho algo tan lindo. Gracias de verdad.

—De nada. —Él se quedó en silencio, sin alejar su mirada del horizonte.

Estaba anocheciendo y a lo lejos se veían unas luces en el cielo.

—¡Las luces de la aurora! —exclamé emocionada. Nunca las había visto.

Él me miró y sonrió.

—Eso es lo que más me gusta de ti. No dejas de sorprenderte ante la belleza de la naturaleza que nos rodea. Sucede que observo las auroras desde el hemisferio norte. Las veo siempre en Alaska y ya no me sorprenden tanto.

—Bueno, parece lo mismo, pero no lo es. Esta es la aurora austral, la de Alaska es la boreal —agregué.

Él comenzó a reír.

—¡Tienes razón! Qué torpeza la mía, ¿cómo pude confundirme así?

Nos reímos. Luego nos miramos.

—Tanta inmensidad y belleza alrededor me hace sentir insignificante —dije—. Es un privilegio estar aquí, en este lugar, haciendo este trabajo, por más peligroso que sea.

—Vale la pena cada segundo —dijo él.

—Por la razón que sea, me alegra que estés aquí. El proyecto te necesita.

—¿Solo el proyecto?

James me miraba atentamente. Su pelo caía suavemente sobre el contorno de su cara. Su barba, apenas visible, asomaba en su rostro, dejando entrever una sonrisa. La misma sonrisa de siempre, que podía derretir hielos y hacer nuestro trabajo obsoleto. «No, no solo el proyecto», pensé. Había pasado meses sin verlo y no me había dado cuenta de lo mucho que lo necesitaba en mi vida, hasta que volví a verlo en la cubierta del barco, pero preferí optar por el silencio.

—Mia, no me gusta cómo quedó todo entre nosotros.

—A mí tampoco, James. No quisiera perder un amigo tan valioso como tú.

—No somos amigos, pero, si es tan importante para ti, puedo pretender serlo.

—James, sé que todo es difícil entre nosotros, pero no hace falta pretender. Podemos ser amigos de verdad.

Él se levantó y se acercó a mí. Sus ojos parecían más oscuros que de costumbre y ya no sonreía. Su mirada era fuerte. De pronto sentí que se había roto la armonía que había hacía tan solo unos segundos a nuestro alrededor. Las luces del cielo habían pasado a un segundo plano.

—Claro que puedo pretender. Lo hago todo el tiempo, hasta que un día no haga falta hacerlo —dijo con voz áspera.

Por un momento, lo pude ver con claridad: James era así, como ahora lo veía: tormentoso y apasionado. Hasta podía ser algo intimidante.

—Solo tratemos de trabajar juntos. Nada más —dijo él seriamente. Luego se levantó y comenzó a caminar hacia la base—. Vamos, Mia. Está anocheciendo y no deberías quedarte aquí sola.

Pretender. Yo también podía hacerlo. No entendía sus razones, pero tampoco las mías. Todo lo que sentía por él era contradictorio: me gustaba estar a su lado, pero odiaba cuando discutíamos. Él podía ser dulce y atento conmigo, hasta que algo cambiaba y ya no podíamos estar en un mismo lugar sin un argumento de por medio. Resignada y en silencio, me levanté y caminé en dirección a la base.

43

Esa mañana, abrí mis brazos al cielo y respiré profundo. El aire frío entró a mis pulmones y pude disfrutarlo como si fuera la primera vez que respiraba. A lo lejos, en el horizonte, los colores comenzaban a ceder ante la oscuridad que se avecinaba.

—Nunca vi a nadie disfrutar de la naturaleza como te veo a ti —dijo Alex. Me dio una taza de café y se sentó a mi lado.

Me sorprendí al escuchar las mismas palabras de James.

—Se espera una gran tormenta para más tarde. Al parecer habrá que esperar un poco para comenzar operaciones —dijo Martin, que venía caminando con un pijama escocés, su sombrero y una taza de café.

—Eso es terrible —dije desilusionada—. Siempre hay alguna tormenta cuando estamos por comenzar a trabajar.

—Es mi primera vez aquí, pero he ido a la base americana, McMurdo, varias veces. Las tormentas son muy comunes en la zona —dijo Martin.

Suspiré un par de veces mirando hacia el horizonte, rindiéndome ante la naturaleza. La admiraba y le temía por igual. Había dedicado mi vida y trabajo a ella, pero a veces me provocaba demasiada frustración.

Tan solo unos minutos después, la tormenta se hizo sentir. Me asomé por la ventana de mi habitación. A lo lejos se veía el agua haciendo tambalear la gran estructura de A-Solar. El viento soplaba fuerte. Los paneles solares estaban comprimidos y escondidos. Flotaba encadenado a la base. Era una cadena demasiado gruesa como para preocuparse. No iría a ningún lado.

La sala de recreación de la base Halley parecía un club social. Casi todos se encontraban allí conversando animadamente. Hasta el chef, que había terminado su trabajo, se había tomado el resto del día libre y estaba jugando al ajedrez con Alex. Ivanna y James estaban siguiendo la partida muy concentrados. El chef había anunciado un banquete especial para esta noche y para darnos la bienvenida. Como si necesitara superar el salmón de la noche anterior.

Mientras la mayoría se entretenía jugando al ajedrez o conversando, yo fui a una pequeña sala donde habían instalado una biblioteca que se veía impecable. Me pregunté cómo se las ingeniaban para replicar el aroma a libros en un lugar así. Noté que solo había libros en francés, inglés y alemán. Tomé nota mental, debía reclamar que pusieran libros en español.

—Te estaba buscando. ¿Escondiéndote de alguien? —dijo James, que apareció detrás de mí.

—No exactamente. Solo buscando un rincón de tranquilidad. A veces todo esto puede ser demasiado.

—Ya veo. Los libros son tu escape, como el mío es boxear o escalar.

Lo miré. Todavía había cosas que no entendía sobre él.

—Eres tan intenso, James.

—Y eso solía ser algo bueno. Algo que te gustaba de mí.

—Que no lo entienda no significa que sea malo o que no me guste de ti.

Él me miró, esbozando una sonrisa.

—En virtud de intentar ser tu amigo, tengo algo que decirte. Y espero que entiendas que lo digo como un amigo que se preocupa por ti: creo que estás perdiendo el tiempo con él. ¿Crees por un segundo que va a dejar a Kate? —Sus palabras salían sin filtro de su boca.

—No lo sé, pero no creo que te corresponda opinar sobre eso, aun como mi amigo. —Me levanté del sillón enojada. No tenía por qué escuchar sus comentarios. Una cosa era ser amigos, otra era hablarme de esa manera. De pronto, me sentí como un volcán a punto de explotar—. ¿Por qué dices eso? ¡¿Por qué estás metiéndote en mi vida, James?! ¡No tengo que escucharte! No somos nada, ni siquiera podemos pretender ser amigos. Así que no vuelvas a hablarme así. —Me di vuelta en dirección a la puerta, pero él se adelantó y la cerró.

Me quedé quieta, sin saber si quería irme o quedarme. Sentí su brazo cerca de mi espalda. No me atreví a darme vuelta. No quería enfrentarlo.

—Solo te digo esto porque no quiero verte sufrir y sé que vas a sufrir si sigues a su lado. Mírame, por favor.

—No quiero.

Él me tomó por los hombros y me obligó a enfrentarlo. Nuestros ojos se encontraron. Ya no sabía qué sentir por él, pero todo era contradictorio. Quería gritarle. Me frustraba tanto. Yo no le decía que no estuviera con Juliette. ¿Por qué tenía que soportar que él me dijera con quién debía o no debía estar?

—Mia, solo escúchame. Estaba equivocado. No soy tan buen actor y no puedo, ni quiero, vivir mi vida pretendiendo, pero tampoco quiero perder mi tiempo. Es evidente que tú tampoco puedes pretender. En el fondo sabes cómo me siento y siempre me sentí. Lo leíste en mi carta y te lo he dicho antes. Quiero que seas feliz y sé que a su lado no podrás serlo.

—Gracias por tu preocupación, pero sé bien lo que hago con mi vida. Tengo que irme, James.

Luego fui directo a mi habitación. Afortunadamente, Juliette no estaba allí. No quería compañía o tener que dar explicaciones. Me tiré en la cama y ya no pude contener el llanto. Podía ver la tormenta desde mi ventana, que no era nada comparada a la que sentía en mi interior.

44

—Todo listo para salir —dijo Alex luego de chequear todo el equipo de exploración. Miré por la ventana. Estaría amaneciendo en unos minutos y había llegado por fin el día.

—Bruno, James y Juliette estarán preparando todos los equipos mientras tú y yo iremos en la moto de nieve hasta la plataforma. Haremos el primer chequeo visual. Si todo se ve normal, comenzaremos con las operaciones —dijo Alex.

En la reunión del día anterior habíamos dejado claros algunos puntos:

- Primero, luego de la gran tormenta habría que hacer un análisis rápido del estado de los paneles solares y el prototipo en general.
- Segundo, iniciaremos la fase uno, que sería poner en funcionamiento los paneles y la generación de energía.
- Tercero, medición del resultado e impacto ambiental.

Nos subimos a la moto y nos dirigimos a la estación de monitoreo. Al bajar, me acerqué a la orilla con mucho cuidado; bajé unos escalones hasta llegar a un mirador, donde se lo podía ver bien de cerca. En el medio de la pequeña bahía se podía ver claramente el prototipo A-Solar, desplegando sus grandes paneles solares a su alrededor. Alex tomó sus binoculares y lo examinó con cuidado.

—¿Y bien? ¿Qué opinas? Dime que podemos comenzar, Alex.

—Mia, solo quiero decir que es un momento muy importante para mí. Y estoy feliz de compartirlo contigo. Pase lo que pase, es un logro haber llegado hasta aquí. —Vi emoción en su mirada.

—Presiento que no estás hablando solo de trabajo.

Alex se acercó y me rodeó con sus brazos.

—Mia, probablemente sea una de las decisiones más difíciles que he tomado en mi vida. Te quiero y te necesito, y sé que en un mundo paralelo hubiéramos funcionado a la perfección, pero creo que necesito darle una oportunidad a mi familia.

Finalmente, estábamos resolviendo nuestra relación. Suspiré y desvié la mirada. Era doloroso escuchar esas palabras, aun cuando desde el fondo de mi corazón pudiera entenderlas.

—Creo que mereces ser feliz. Además, siempre habrá algo especial entre nosotros.

—Tú también mereces ser feliz. Lucha por eso. Debes enfrentar tus miedos. No es que quiera quitarle peso a mi decisión, pero sé que no me amas, no como a él.

—No sé si pueda llamarse amor —dije, suspirando.

—Solo hay una forma de averiguarlo —dijo él.

Nos abrazamos. Él tomaría su camino y yo el mío. No sabía cómo sentirme al respecto, pero algo me dio la certeza de que podría contar con él, siempre.

—Vamos, tenemos mucho por hacer —dijo él.

Bajamos hasta la orilla, donde estaba amarrado el bote. Luego remamos hasta llegar a la escalera desde donde se accedía a la plataforma donde estaba A-Solar.

Mientras Alex sostenía la embarcación cerca de la escalera, me hizo señas para que subiera. Lo hice con cuidado y llena de emoción. Sentía la adrenalina corriendo por mis venas. Por inquietante que fuera, por un momento sentí que cada paso que daba estaba predestinado, que cada una de mis acciones tenían sentido si es que me habían traído hasta ese instante en el tiempo. Al llegar al nivel principal, comencé a verificar el estado de las maquinarias. Alex subió por la escalera, detrás de mí, y fue directo a la otra escalera, que llevaba al nivel más alto, desde donde se podía acceder a los paneles solares. Luego de unos minutos, escuché que Alex bajaba.

—Malas noticias. Encontré dos paneles averiados.

Llamamos a Martin y a Bruno para ayudarnos a repararlos.

—Están en camino, pero necesito que te quedes en la estación de monitoreo con Bruno. Martin y yo nos encargaremos de los paneles —dijo Alex.

—*OK*, pero no hagas locuras, que para eso estoy yo —dije.

Cuando Bruno llegó con la embarcación a la plataforma, yo me fui con él. Martin bajó para quedarse con Alex y trabajar en las reparaciones. Bruno y yo nos instalamos en la estación de monitoreo, a unos metros de la plataforma. Nos comunicamos por radio con Alex. Todo parecía estar bajo control. Había dos paneles afectados, pero tardarían al menos una hora en arreglarlos. Mientras Bruno monitoreaba las condiciones climáticas, yo no dejaba de vigilarlos con mis binoculares. El viento parecía estar aumentando en intensidad. Estaban atados con un arnés, suspendidos sobre el tercer y último nivel, sobre la plataforma. Estaban asegurados, pero, aun así, me sentía nerviosa. Así transcurrieron cerca de cuarenta minutos. Martin nos avisó por radio de que los paneles estaban casi listos y solo faltaba arreglar el soporte de uno de ellos, pero era el más complicado por la posición en la que estaba. Alex subía aún más colgado del arnés. Con cada segundo me preguntaba si era seguro. El viento se sentía más fuerte y el mar no parecía estar tan calmo como antes. Vi preocupación en la mirada de Bruno. No decía nada, pero me miraba y miraba los paneles con nerviosismo. Luego llamó por radio.

—Martin. Aquí Bruno. Las condiciones están empeorando. ¿Cuánto tiempo les falta? Cambio.

—Bruno, tenemos todo bajo control. Estimamos unos quince minutos más y terminamos el arreglo del último panel. Cambio.

Quince minutos podían ser demasiados para resistir bajo estas condiciones. Los peores escenarios comenzaban a aparecer en mi cabeza. Todo parecía estar bajo control, pero mis nervios no se habían enterado de ello. Seguía cada uno de sus movimientos con mis binoculares. No veía mucho porque la plataforma se movía bastante y la visibilidad había empeorado. Luego de unos minutos, escuché por radio que habían finalizado y que estaban próximos a salir de allí. Qué alivio. Ya había logrado calmarme un poco. Vimos como ambos descendían por las escaleras hacia la plataforma principal. Vimos como una ráfaga de viento sacudía toda la estructura violentamente. Vi a Alex perder el equilibrio en la escalera y caer al agua.

—¡Alex! ¡Alex cayó al agua! —grité desesperada.

—¡Maldición! Mia, pide ayuda por radio. Veo a Alex, pero no veo a Martin. Voy a buscarlos —dijo Bruno.

Mis manos temblaban y solo podía pensar en una cosa: hipotermia. Rápidamente pedí ayuda a la base por radio.

—La ayuda está en camino. Bruno, iré contigo.

Nos subimos a un bote. Bruno remaba rápidamente hacia Alex, que apenas se movía en el agua congelada. Vimos a Martin tirado dentro del otro bote. Al parecer se había golpeado la cabeza al caer, pero estaba consciente. Nos indicó que estaba bien con un gesto de su pulgar. Había que enfocarse en Alex. Bruno tiró una cuerda, pero Alex no podía mover su mano para sujetarla.

—¡Alex! Estamos aquí. ¡Vamos a sacarte! —le grité.

Él me miró. Sus ojos estaban abiertos, pero parecía dormido. No podía reaccionar. Era uno de los signos de hipotermia. Debíamos sacarlo ahora mismo.

—¡Rápido, Bruno! Tómalo de un lado. ¡A la cuenta de tres tiramos! —grité con desesperación.

Lo tomamos a ambos lados del chaleco. Tiramos, pero no pudimos sacarlo. Se sentía demasiado pesado. Luego escuché un ruido que me llenó de esperanza. Era James, que se acercaba en otro bote. Rápidamente, se acercó a Alex y, sin pensar, se lanzó al agua. James se sumergió por debajo de Alex y lo empujó hacia arriba. Entre Bruno y yo y logramos subirlo. Luego Bruno ayudó a James a subir a nuestro bote. De allí se pasó al bote donde estaba Martin.

—¡Llévenlo rápido a la base! Yo me ocupo de Martin —gritó James.

Alex no se movía. Lo envolví en una frazada y lo sostuve entre mis brazos, acercándolo a mi cuerpo, rogando que pudiera irradiar algo de calor. Su cara estaba blanca, casi transparente, y sus labios morados. Sus manos y su cuerpo, gélidos.

—Alex, sé que no puedes hablar. Escúchame, te pondrás bien. Te pondrás bien —repetí varias veces en su oído.

—Estará bien, Mia —dijo Bruno mientras dirigía, con gran destreza, la embarcación hacia la costa. Dudé de sus palabras, aunque no había estado más de cinco minutos en el agua.

Bruno llevó el bote hacia la orilla mientras yo sostenía a Alex como podía. A lo lejos vi a James ayudando a Martin.

Subimos a Alex a una de las motos de nieve y lo llevamos a la base. Cuando llegamos, Ivanna y Juliette estaban esperando afuera, con una camilla, para llevarlo a la sala de primeros auxilios. Alex estaba inconsciente, pero tenía pulso.

—¿Cuánto tiempo estuvo en el agua? —preguntó Ivanna.

—Cerca de cinco minutos —dijo Bruno.

—Los mantendré al tanto. Juliette, ayúdame a llevarlo adentro —dijo Ivanna.

—¡Yo puedo ayudar! —dije.

—Todo saldrá bien, Mia —dijo Juliette—, pero debes quedarte aquí. —Ambas empujaron la camilla rápidamente hasta la sala de primeros auxilios.

Fueron los minutos más largos de mi vida. Mientras esperábamos afuera de la sala, James llegó con Martin en la otra moto. Bruno fue a ayudarlo y, entre ambos, llevaron a Martin hacia otra sala. Él sangraba por su cabeza, pero podía caminar. Ivanna fue a atender a Martin, luego volvió a la sala donde estaba Alex.

Bruno y James se sentaron a mi lado. Nos quedamos esperando noticias en silencio. Pasaron varios minutos hasta que Ivanna volvió.

—Ambos estarán bien. Martin tenía una herida en su cabeza y Alex estaba entrando en un cuadro de hipotermia. Solo necesita descansar, pero eso estuvo muy cerca. Casi lo perdemos —dijo ella.

Comencé a llorar. Bruno me abrazó.

—Alex estará bien. Ya pasó.

—¡Gracias, Ivanna! —exclamé—. ¿Está despierto? Quiero verlo. Necesito verlo —dije.

—Puedes verlo, pero solo unos minutos. Tiene que descansar y recuperarse.

Cuando entré a la sala, Alex estaba dormido. La sala estaba calefaccionada y estaba bajo unas frazadas térmicas, conectado a una unidad de suero y a una máquina que monitoreaba sus latidos. James entró detrás de mí.

—Ivanna dijo que un minuto más y no lo hubiera logrado —dije.

—Lo sé. Tuvo suerte —dijo él.

—Le salvaste la vida.

—Lo hubiera hecho por cualquiera. Quédate con él. Te traeré algo de comer.

—No tengo hambre.

—Cuida de él. Deja que yo te cuide a ti —dijo él, tomando mi mano.

James salió de la habitación. Yo me acerqué a Alex y acaricié su pelo. Se sentía suave. Dormía como un niño.

—Alex, me quedaré a tu lado esta noche —susurré en su oído.

Me acomodé en el sillón. Estaba inquieta y nerviosa. Luego de un rato, James entró a la sala con una frazada y un plato de sopa.

—Mia, tienes que comer. Tienes que cuidarte.

—Comeré algo más tarde.

—La sopa se enfriará —insistió.

Tomé el plato de sopa y comencé a beberla mientras él me miraba. De pronto me di cuenta. James también había estado en el agua.

—Ivanna debería revisarte. Estuviste un par de minutos en el agua congelada.

—Estoy bien.

Tomé una frazada y la puse sobre sus hombros.

—Deja que yo también te cuide a ti. Estás destinado a tener que salvarnos a todos. —Lo cual me resultó trágicamente gracioso. Me reí hasta que la risa se transformó en llanto. ¿Por qué será que uno pasa de la risa al llanto tan fácilmente?

—Lo sé. Todo esto es muy estresante. —Él abrió sus brazos y me rodeó con ellos. Apoyé mi cabeza sobre su hombro y me dediqué a llorar todo lo que estaba conteniendo dentro de mí. Lloré hasta que no me quedaron más lágrimas por derramar. Él se quedó en silencio, abrazándome, conteniéndome.

—No recordaba que fueras tan llorona.

—Lo siento. Es algo nuevo en mí. Lloro demasiado últimamente.

Él me miró con ternura y acarició mi rostro.

—Si algo te pasara, no sé cómo podría seguir. —Me despegué de sus brazos para enfrentarme a él, a sus ojos, a sus palabras. Y con cada palabra nos acercábamos más. Pero James se detuvo, como queriendo poner distancia entre nosotros. Distancia que era difícil de mantener.

—Lo siento. Dije que no volvería a besarte y voy a cumplirlo. Es difícil contenerme cuando estamos cerca. Iré a cambiarme, todavía estoy mojado. Trata de dormir un poco —dijo.

¿Cómo olvidar sus palabras? Me lo dijo en Alaska. No me besaría hasta que yo se lo pidiera. Era una maniobra de defensa, o un castigo. Tal vez una forma de cuidarse y cuidarme, de no caer en indefiniciones entre nosotros.

—Gracias, James.

—No tienes que agradecerme. Sabes que haría cualquier cosa por ti —dijo él antes de salir por la puerta.

Más tarde, me desperté escuchando gritos. Alex estaba hablando dormido:

—¡Espera, no te vayas, te necesito! Kate. ¡No te vayas, Kate!

Toqué su frente y estaba demasiado caliente. Llamé a Ivanna, quien vino rápidamente.

—Su temperatura es muy alta. Está delirando. Voy a buscar algo para bajarla. Ahora tiene que descansar, al igual que tú. ¿Por qué no vas a tu habitación? Ya estoy despierta y me quedaré a su lado por si acaso. Te prometo que te avisaré si algo pasa. Creo que tanto él como tú necesitan descansar.

Acepté su sugerencia. Todo lo que importaba era que él se recuperara.

45

A la mañana siguiente Martin apareció con una venda en su cabeza. Todos desayunábamos en silencio, contemplando el amanecer por la ventana de la base. La moral se sentía baja.

—Tengo buenas y malas noticias —dijo—. Creo que primero daré las buenas: Alex se mantiene estable y fuera de peligro. Solo necesita descansar y se repondrá. Las malas son que tuve que reportar el incidente de ayer y nos estarán dando un par de días para cerrar operaciones. Órdenes directas del Gobierno norteamericano, que es el que mantiene el control de las operaciones del proyecto. Hablé con una persona del consejo de seguridad, esto es a nivel gubernamental y, naturalmente, no quieren más incidentes.

—Martin, no habrá más incidentes. Te prometo que tendremos más cuidado —dije sin dejar de pensar en que parecía que la historia se repetía.

—Eso no lo sabes, Mia.

—¡Tiene que haber algo que podamos hacer! —protesté—. No puede estar pasando esto nuevamente.

—Mia, tienes que entender. ¿Recuerdas la charla de seguridad? Nadie puede entrar al agua en ninguna circunstancia. Ya hablé con la gente en cuestión. Debemos parar las operaciones de inmediato.

—Yo fui el que se tiró al agua, Martin. No castigues al proyecto por mi error —dijo James.

—¡Por favor! ¡Alex podría haber muerto si James no lo saca! —dijo Juliette.

—Chicos, no funciona así. James, sé que hiciste lo correcto. Yo también lo hubiera hecho, pero ya sabes cómo son los protocolos de seguridad —dijo Martin.

—Todo lo que está diciendo Martin es cierto —agregó el doctor Clayton—, no depende de nosotros, y debemos respetar las reglas.

—Tengo órdenes directas. Nadie puede pisar esa plataforma a menos que sea para desmontarla.

—Martin, ¿cuánto tiempo tenemos? —preguntó James.

—Veinticuatro horas para cerrar operaciones. Cuarenta y ocho para dejar la base.

—Eso no es suficiente —dijo James.

—Estoy de acuerdo —dijo Alex, que venía caminando por el pasillo, apoyado en Bruno.

Corrí hacia él y lo abracé.

—Alex, ¿cómo te sientes?

—Como el demonio, pero esto es más importante —dijo, tratando de sonreír sin lograrlo—. Martin, creo que podemos hacerlo. Todos hemos hecho sacrificios para estar acá y, si nos detenemos ahora, habremos hecho todo en vano. Tú te cortaste la cabeza y yo casi muero de hipotermia. Sé bien que estoy pidiendo mucho, pero, si no lo intentamos ahora, nunca sabremos si valió la pena.

Martin lo miró, pensativo. Se veía más extraño que de costumbre sin su sombrero.

—James, ¿qué piensas? ¿Podremos comenzar a evaluar el impacto medioambiental? —preguntó Alex.

—No hay tiempo suficiente para realizar una evaluación completa, pero puedo monitorear algunas variables y preparar un informe preliminar. Para eso necesitamos comenzar las operaciones lo antes posible —dijo James.

—Ya estamos aquí. ¿Cuánto tiempo más crees que pasará hasta que podamos conseguir fondos y otro permiso para hacer las pruebas? Tenemos los recursos, solo hay que aprovechar la oportunidad —dije, mirando a Martin.

—No, no los tenemos. En su estado, Alex no puede subir a esa plataforma, y tú no puedes hacerlo sola. Son los únicos que cuentan con autorización para hacerlo —agregó Martin.

—Entonces estamos perdidos —dijo Alex.

—¿No hay otra forma? ¿No podemos pedir autorización para alguien más?

—Ya lo he pedido, adelantándome a la situación, y me lo han denegado. No es tan simple. Hay cuestiones de protocolos de seguridad involucrados —explicó Martin.

De pronto sentí que el mundo se me venía encima.

—O podemos romper las reglas —dijo Alex—. Vamos, Martin, no sería la primera vez. De todos modos, estarán cerrando el proyecto en algunas horas.

—Tenemos los paneles listos para operar. Si no hacemos nada estaremos perdiendo una gran oportunidad. Creo que este prototipo es mucho más eficaz que el anterior, solo necesitamos una chance para probarlo. ¡Por favor, no podemos irnos sin intentarlo! —dije.

Martin miró a todos buscando algo de consenso a su alrededor.

—Tienen razón —dijo Bruno.

—Estoy de acuerdo a pesar de que no es lo correcto —dijo Juliette.

Martin miró al doctor Clayton, quien levantó sus cejas por encima de sus anteojos al mismo tiempo que mostraba un gesto de aprobación.

—No, Mia. No vas a subir sola a esa plataforma —dijo James—. No voy a dejarte subir sola. Yo subiré contigo, si es que todos estamos dispuestos a romper las reglas. Martin, ¿crees que podrás hacer una excepción?

Martin nos miró y suspiró. El doctor Clayton lo miró.

—Tú tienes la última palabra, Martin.

—También estaré en problemas, así que espero que valga la pena, pero a veces las reglas están para romperse. Creo que me pedirán la renuncia luego de esto, pero es un riesgo que tendré que correr —dijo Martin.

—¡Gracias, Martin! ¡Prometo que no te arrepentirás!

—¿Quieres apostar? —dijo él.

46

—Debo decir que me caes mejor de lo que pensaba —dijo Juliette mientras acomodaba su desorden de la habitación—. Me gustó el modo en el que te plantaste a Martin. Creo que nos parecemos más de lo crees, Palacios.

—¿Gracias? No estoy segura de qué decir, Dalton.

—Yo sé bien qué decir: tienes suerte de que James te ayude en la plataforma. ¿Sabes?, no estoy ciega. Él está tratando de olvidarte, y tú no se lo haces nada fácil.

—Como dije antes, no tienes que preocuparte.

Ivanna nos interrumpió para avisar que Alex quería verme. Fui hasta la sala de recuperación, donde él permanecía en observación. James estaba allí.

—Qué alivio verte bien. ¿Cómo te sientes? —dije.

—Un poco mejor. Todavía muy casando. Necesito hablar con ambos. Tenemos que planificar lo que pasará en las próximas horas: ustedes estarán ingresando a la plataforma y tendrán que revisar rápidamente las condiciones para comenzar el ciclo de congelación. Bruno y Juliette estarán en la estación de monitoreo, apoyándolos. Juliette tendrá que estar midiendo algunas variables medioambientales para realizar un informe. Bruno tiene un dron que puede ayudar en caso de que lo necesiten. Martin y yo estaremos aquí, en la base, pero estaremos en contacto permanente.

—Entendido —dijo James.

—Confío plenamente en ambos, aunque tengo mis dudas sobre cómo han actuado en ciertos casos. Después de todo, parece que ninguno tiene problemas para zambullirse en aguas heladas. Por favor, no quiero más incidentes. Esta es nuestra oportunidad. Si esto funciona, podríamos probarle al mundo que es posible reconstituir glaciares con energía limpia. ¿Se dan cuenta?

—Claro que sí, Alex —dije, sintiendo un escalofrío en mi cuerpo.

—Estamos rompiendo todas las reglas, pero eso ya no importa. Estamos aquí por algo más grande e importante que nosotros —dijo Alex.

Los tres cruzamos miradas. Una hora más tarde, James estaba preparando la moto de nieve para salir a la plataforma. Salí para ayudarlo. Mis manos temblaban. Estaba nerviosa.

—Todo estará bien —dijo James, poniendo su mano sobre la mía.

—Lo sé, pero, si así no fuera, necesito decirte algo antes de salir.

—No hables así. No necesitas decirme nada ahora, porque me lo podrás decir después.

—Pero, James...

—Mia, hablaremos después. Necesito enfocarme en esto. Necesito enfocarme en ti. Es que no te das cuenta de que tu objetivo y el mío son diferentes. Mia, tú necesitas salvar al mundo. Yo solo necesito salvarte a ti, porque no puedo perderte. Mi objetivo es mantenerte con vida y, aunque parezca fácil, a veces no lo es. ¿Pero por qué estás tan pálida? ¿Te sientes bien?

—Me siento mareada, pero estaba bien hasta hace unos minutos —dije.

—Vamos adentro. Ivanna debería hacerte un chequeo.

Media hora después, Ivanna tenía un diagnóstico.

—Neumonía —dijo mirando mi radiografía—. Tienes que tomar antibióticos y hacer reposo —dijo ella—. Lo siento, Mia.

—Lo primero es aceptable; lo segundo, imposible —dije, protestando—. Tenemos mucho que hacer. No puedo hacer reposo. ¿Por qué no me inyectas algo?

—Porque no funciona así. Tienes que descansar —dijo ella.

Alex, James, Juliette y Bruno vinieron a verme.

—Escuchen, no me siento bien, pero voy a dormir toda la noche y comenzaré ya mismo con antibióticos. Es lo mejor que puedo hacer. Mañana voy a la plataforma. Eso no se negocia.

—Eres más terca de lo que pareces —dijo Juliette.

—Deberíamos suspender las operaciones —dijo James.

Todos esperaban en silencio la opinión de Alex.

—Que rompamos algunas reglas no significa que deberíamos romper todas. Mia, solo lo permitiré si Ivanna te autoriza para ir a la plataforma. ¿Está claro?

—Clarísimo —dije.

Esa noche James me acompañó a mi habitación. Se aseguró de que yo tomara la medicación, me dejó varias botellas de agua cerca de mi cama y me tapó con varias frazadas.

—Gracias por todo lo que haces por mí.

—No hace falta agradecerme.

—James, quédate un rato a mi lado. No quiero estar sola. Solo hasta que me duerma.

Él se sentó en la única silla de la habitación, cerca de mi cama.

—¿Cómo te sientes?

—Me duele todo el cuerpo, pero estaré bien. ¿Podrías contarme algo? Solo para distraerme. Algo sobre cómo es tu vida en California tal vez.

—Bueno, no quiero aburrirte.

—James, tu vida es cualquier cosa menos aburrida.

—Bueno, si insistes: California es relajante y excitante al mismo tiempo. La gente allí no pierde la oportunidad de hacer lo que le gusta, de disfrutar cada minuto. Durante la semana estoy en la universidad trabajando, pero cuando puedo salir temprano me gusta perderme con mi bicicleta entre los cerros. Algunas mañanas voy a surfear, pero tiene que ser temprano porque son las mejores olas. También me gusta recorrer el Valle de Sonoma y sus viñas. Te gustaría mucho. Sería lindo que me visitaras algún día. Me encantaría llevarte a recorrer todos los lugares. ¿Mia?

Yo ya estaba soñando con ese hermoso lugar.

47

Me desperté en la mitad de la noche. Me dolía todo el cuerpo. Juliette llamó a Ivanna.

—Mia, voy a darte más agua y algo para la fiebre —dijo Ivanna.

—Haz lo que tengas que hacer, pero necesito ir a la plataforma mañana, por favor. —Le tomé la mano y me acerqué—. Ayúdame —le supliqué.

Ivanna y Juliette se miraron. O Juliette le hizo un gesto que no entendí, o estaba alucinando. Luego Ivanna salió por la puerta silenciosamente.

—¡Necesito que me den algo! —grité.

—Cállate, que vas a despertar a todos. No seas escandalosa, Mia —dijo Juliette.

Cuando pensaba que me iban a dejar abandonada y delirando de fiebre, Ivanna apareció con una jeringa en su mano. Una sonrisa asomó por mi rostro.

—Date vuelta, esto va en tu trasero. Y espero no meterme en problemas, si no, diré que me obligaste a hacerlo. Respira hondo —dijo ella.

Nunca pensé que una inyección me haría sentir tan feliz.

Por la mañana me sentí mucho mejor. Ivanna vino a verme y, luego de revisarme, me dio autorización para ir a la plataforma sin antes advertirme que podía tener una recaída, por lo que debía tener mucho cuidado. Le agradecí infinitamente. Luego de unas horas, todo estaba listo para comenzar con el trabajo en la plataforma.

—Ten cuidado ahí afuera —dijo Alex. Luego nos abrazamos—. No se lo digas, pero estoy bastante tranquilo al pensar que James estará allí contigo —susurró Alex en mi oído.

Tenía que confesar que yo también me sentía más segura con él a mi lado. Cuando estábamos a punto de subir a las motos de nieve para llegar a la plataforma, Martin se acercó corriendo hacia nosotros.

—¡Deténganse! —gritó Martin. El doctor Clayton lo seguía detrás.

—Esperen. Tienen que ver esto antes de ir. Es importante —dijo mientras agitaba unos papeles que tenía en su mano.

Lo miramos sin entender.

—Es largo de explicar, pero básicamente hay una razón: el peso sobre la plataforma. Estábamos revisando algunos parámetros con el doctor Clayton y llegamos a la conclusión de que será mucho mejor para la ejecución de las pruebas si las llevamos a cabo con una persona en la plataforma. Solo una, no dos. Solo Mia.

Todos me miraron. Y permanecí en silencio, en un estado de pánico pasivo.

—Es cierto. Estuve revisando yo mismo los cálculos. Es algo matemático. Hay un tema de peso y de presión. Habrá más probabilidad de éxito con una persona en la plataforma —agregó el doctor Clayton.

—Es muy tarde para cambiar el plan. Tenemos que ir los dos. Mia no podrá hacerlo sola. Necesitará ayuda —dijo James.

—Lo haré —dije.

Todos me miraron en silencio.

—No creo que sea buena idea, Mia —dijo James luego de unos segundos—. No puedes ir sola. Es peligroso —agregó, tomándome las manos.

—James, estás asustado, como yo, pero estaré bien. Tú podrás estar con Juliette y Bruno en la estación de monitoreo. Estarás cerca por si necesito ayuda.

Tuve que fingir algo de seguridad, pero lo que realmente me hubiera gustado decir era otra cosa: «Estoy atravesando un ataque de pánico moderado y será aún peor. Pronto irá creciendo hasta que esté fuera de control, y entonces todo explotará por los aires».

—Puedo hacerlo —dije, optando por el camino de la falsa seguridad. Me pregunté si tenía que pretender sentirme segura y tan solo pensar que, luego de fingir por un tiempo, el sentimiento de seguridad vendría solo.

No sé si por mutuo acuerdo o resignación, pero luego de mis palabras todos callaron y seguimos con los preparativos. Subimos a la moto de nieve, manteniendo el silencio en la atmósfera. Cuando llegamos a la estación de monitoreo, Bruno y Juliette ya estaban allí preparándose para comenzar. Bruno había encendido los equipos, y Juliette tenía el radar en funcionamiento.

—Está todo listo. Pueden ir a la plataforma —dijo Juliette.

—Solo Mia irá —dijo James.

—¿Cómo? ¿Por qué ese cambio de planes? —preguntó Bruno.

—Al parecer tenemos mejores probabilidades de éxito con una persona —dije.

Bajé hasta la orilla donde estaban los botes. James caminó a mi lado.

—No hacía falta que me acompañes.

—Quiero asegurarme de que todo esté bien —dijo él mientras me ayudaba a ponerme el chaleco salvavidas sobre el traje isotérmico—. Necesito que te cuides, Mia —dijo él mientras me ajustaba el chaleco a la cintura. Luego me abrazó y me besó en la frente.

—Te lo prometo —dije.

Me costó separarme de él. La distancia entre ambos dolía más que nunca. Subí a un bote y tomé los remos. Remé lentamente hacia A-Solar. La mirada de James me acompañó durante todo el trayecto hasta llegar a la plataforma. Me sentía nerviosa, pero sentía el peso mi responsabilidad. Nunca me había sentido tan alerta como ahora. No era momento para hacer locuras. Al subir a la plataforma, revisé que todo estuviera bien. Probamos el sistema de comunicaciones. Todo estaba en orden. Bruno confirmó los niveles de energía fotovoltaica almacenada en las baterías. Tenía luz verde. Encendí el sistema en el panel del prototipo. Juliette y Bruno iban confirmando la información ambiental. Para poder llegar al algoritmo, o ecuación para lograr el equilibrio del sistema, tenía que ingresar toda la data a A-Solar. Alex me había enseñado como hacerlo y a qué índices debía prestar atención. Se suponía que tenía que ajustar algunas variables en función a la información y chequear, en el momento, cómo estaba funcionando el congelador, que era como el corazón del prototipo. De acuerdo con los cálculos que habíamos hecho, si lográbamos la estabilidad del sistema al mismo tiempo que una secuencia aceptable, estaríamos fabricando hielo en cuestión de segundos.

—Mia, ¿estás bien? —preguntó Alex.

—Perfectamente. Ya ingresé toda la información a la computadora. Lista para comenzar —dije.

—Muy bien, Mia. Esperamos tu señal —dijo Bruno.

—Comenzando en tres, dos, uno... —dije, iniciando el sistema.

Todo el sistema se encendió. Las luces brillaron, y la batería donde estaba almacenada la energía fotovoltaica comenzó a operar. Inmediatamente después, se sintió un ruido. Era el congelador, que comenzaba el proceso.

«Si logramos producir hielo a una razón significativa, será un antes y un después. Solo resta esperar», pensé.

—Todo se ve normal, Mia —dijo Bruno.

—Los parámetros de polución están por debajo del límite —agregó James.

—Solo hay que esperar unos minutos más. Mia, ¿te encuentras bien? Noto que está subiendo el viento en la zona —dijo Bruno.

—Estoy bien. —Pero en el fondo estaba aterrada. No todos los días estaba sola en una plataforma ejecutando pruebas, rodeada de hielo, en el Polo Sur. Pero, si esto salía bien, haríamos historia. Sería el primer paso, pero podríamos replicar el modelo y soñar con salvar el planeta. Sabía que me estaba adelantando, pero no podía evitar pensar en el futuro si es que todo salía como queríamos.

Por unos minutos, todo siguió perfectamente normal, pero no todo se sentía normal en mí. Comencé a sentirme cada vez más cansada. Sabía que me estaba sobreexigiendo. Mi vista comenzó a nublarse. Sentí que estaba por desmayarme, pero no quería alarmar a nadie y, sin decir nada, me senté en el suelo. Pensé que lo mejor sería evitar una caída brusca.

—Mia, ¿todo bien allí? —preguntó Alex por radio.

—Estoy bien, solo me senté en el piso. Me siento un poco cansada —dije.

No me sentía bien, pero era muy tarde para volver atrás. Estaba mareada, sudada y sedienta. Seguramente, me había subido la fiebre. Me acomodé en un rincón, cerca de los controles, mientras escuchaba las voces de todos hablando por radio.

—Hay que ir a buscarla.

—No, hay que esperar. Si alguien sube a la plataforma, todo puede terminar mal —decían las voces.

Luego ya solo podía procesar palabras sueltas: problema, inicio, secuencia. Nunca me había sentido así de mal. No podía pensar claramente, pero me alcanzó para darme cuenta de que había llegado el momento que venía esperando desde hacía tiempo.

De pronto sentí que todo estaba parando. Todo parecía ir en cámara lenta y luego todo pareció congelarse. Hasta parecía que el viento se había pausado. Inmediatamente luego de ese momento de quietud, sentí una gran sacudida. De pronto, el piso de la plataforma comenzó a moverse, como si fuera un terremoto. Luego se escuchó un ruido imponente, como un trueno en plena tormenta, solo que no venía desde el cielo, sino de las profundidades del mar.

—¿Ese ruido es normal?

—Mia no responde —decían las voces.

Esperaba algo de ruido, pero nada de esta magnitud. Miré hacia la batería, pero apenas podía enfocar la vista. Toda la estructura se sacudía y con ella me sacudía a mí. Tenía miedo, era mejor aceptarlo.

—Mia. ¿Me copias? El proceso se ha iniciado. Eso que se escucha es el ruido del agua transformándose en hielo —dijo una voz que no reconocí.

«No hay nada que hacer, salvo esperar», me repetí a mí misma. Solo estaba muy cansada. Casi desvaneciéndome. Y seguía escuchando voces.

—El congelador está funcionando, pero hasta ahora no hay una producción de hielo significativa.

—Hay que pararlo. No es seguro.

—La temperatura va en aumento. Hay riesgo de que se desestabilice el sistema.

«¡No lo detengan!», quería decir, pero no podía hablar. Solo tenía que resistir esos movimientos por unos minutos más. Traté de enfocarme en lo que podía ver a mi alrededor. El radio estaba a unos metros. Si me arrastraba, podía llegar a tomarlo, o al menos intentarlo.

—Necesitamos visual.

—Me acercaré con el dron.

Me arrastré hasta llegar al radio, pero la plataforma seguía moviéndose con fuerza. Escuché el sonido de un dron que estaba cerca.

—¡Continúen el proceso! —dije, haciendo un gran esfuerzo para hablar.

—¡Mia! ¡La ayuda va en camino! No respondías y no sabíamos qué había pasado —dijo Alex.

—Tengo muy poca visibilidad, y las ráfagas de viento no me dejan acercarme lo suficiente con el dron —dijo Bruno.

—Martin me dice que cree que el problema es el estabilizador. Debemos nivelarlo —dijo Alex.

—Trataré de hacerlo desde aquí. Solo tienes que guiarme un poco —dije.

—Mia, estás muy débil. Prefiero cancelar la prueba —dijo Alex.

Respiré profundo. Logré calmarme un poco y sentirme mínimamente mejor.

—Es ahora o nunca. Puedo hacerlo, Alex. Que nadie suba a la plataforma. Eso sería más riesgoso y no podría nivelarlo bien —dije.

Hubo un largo silencio del otro lado.

—Alex, confía en mí —dije.

—Muy bien. Le diré a James que no suba. Ahora te diré exactamente lo que tienes que hacer —dijo él.

—Debes ir al tablero de control y allí...

Entonces una gran sacudida se sintió en la plataforma. Si me hubieran dicho que era un monstruo, lo hubiera creído. Parecía ser la fuerza de la naturaleza haciéndose sentir en el agua. Estaba aterrada, pero no había tiempo de pensar, solo de reaccionar. Reptando llegué a los controles. Luego del tercer o cuarto intento, pude mantenerme de pie. Necesitaba instrucciones. Busqué en el tablero algo que pudiera ayudar. Vi una palanca con una luz verde que decía: «Estabilizador». Me estiré lo más que pude, pero no llegué a tocarla. Si tan solo estuviera más cerca. Mi cabeza daba vueltas y me dolía demasiado. Me sentía a punto de desmayarme. «Si este no es mi límite, no sé cuál es. Mia, concéntrate. Tú puedes hacerlo». Logré incorporarme con las pocas fuerzas que me quedaban y moví esa palanca. Tardó unos cuantos segundos en reaccionar, pero sentí que el movimiento de la plataforma iba disminuyendo poco a poco. Me dejé caer nuevamente al piso y me quedé allí, esperando a que todo se calmara un poco. Luego de unos minutos, escuché una voz:

—¡Mia! ¡¿Dónde estás?! —Era la voz de James, que se sentía lejos. Había niebla alrededor y no podía distinguir nada.

—¡En los controles! —dije, tratando de incorporarme.

Luego de un minuto, entre la niebla, vi una figura corriendo hacia mí.

—¿Estás bien? —James puso sus manos debajo de mi cabeza.

No podía hablar. Estaba en estado de *shock* y me sentía como si una aplanadora me hubiera pasado por encima.

—Tengo tanto frío, James.

—No te preocupes. Ya estoy aquí —dijo él, abrazándome. Sus palabras me calmaron—. Ya estoy con Mia. Probablemente, con hipotermia o neumonía grave. Su pulso es muy leve. Voy a bajarla lo antes posible —escuché decir a James.

—Entendido —dijo una voz por radio, que parecía la de Alex—. James, acerca el radio a ella. Quiero decirle algo.

—Adelante, Alex —dijo James, colocando el radio cerca de mí.

—Mia, creo que está funcionando. ¿Me escuchas? ¡Estamos produciendo hielo! —gritó Alex.

Alcancé a sonreír justo antes de desmayarme.

—¡Mia! ¡Despierta! —escuché, pero solo quería quedarme dormida. Nunca me había sentido tan débil y cansada. Luego de unos segundos y luego de mucho esfuerzo, pude abrir los ojos. Lo primero que vi fue la sonrisa de James y su mirada, que me llenó de paz. James me ayudó a levantarme y me llevó hasta el borde de la plataforma. Desde allí, vi una nube de vapor envolvente que, en realidad, era el efecto del agua creando hielo en grandes cantidades. Por detrás de la nube de vapor, sobre el mar, asomaba un pequeño montículo de hielo. Mis ojos no daban crédito a lo que observaba.

—Mia, lo logramos —dijo James.

Quería decir tantas cosas, pero la mezcla de emoción y la experiencia de haber pasado por eso no me permitieron decir mucho.

—¡Estamos haciendo hielo! —dije finalmente.

—Estamos sanos y salvos —susurró él en mi oído.

48

Me desperté en la sala de primeros auxilios de la base, en la misma cama donde Alex había estado recuperándose. Era de madrugada. James estaba durmiendo en una cama cercana a la mía. Mi corazón sintió alivio cuando lo vi. La habitación estaba cálida. Me sentía fatal, pero al menos creía no tener más fiebre. Me senté muy despacio para tomar agua. La cama crujió un poco, y James despertó.

—¿Cómo te sientes? —me preguntó.

—Cansada, feliz. Extraña.

Él puso su mano sobre mi mejilla.

—Descansa. Aquí estoy.

—No te vayas.

—No iré a ningún lado.

Me volví a dormir, pero desperté un par de horas después. Estaba amaneciendo. James seguía dormido. Me sentía adolorida y cansada, aunque algo intranquila. Aún no podía creer lo que había pasado. Siempre pensé que lo lograríamos, pero en algún momento pensé que creía en una fantasía. Me envolví en una frazada y fui caminando, con bastante dificultad, hacia la sala, desde donde se podía ver la estructura de A-Solar trabajando. Parecía una especie de heladera gigante con forma de módulo lunar pero rodeado de paneles solares que se veían como espejos. Se veían nubes de polvo a su alrededor. Agua congelándose. Y, a un costado, una montaña de hielo, un iceberg en proceso de creación que crecía minuto a minuto.

—¿Qué haces levantada? Deberías estar durmiendo —dijo Alex, que apareció detrás de mí.

—Aquí estoy, admirando el paisaje.

—¿Cómo te sientes? —preguntó él mientras encendía la cafetera.

—Mejor imposible.

Él caminó hacia mí y tomó mis manos entre las suyas. No podía deshacerse de su sonrisa.

—Buen trabajo, Palacios. Estoy orgulloso de ti.

—Gracias, Riverton. Yo estoy orgullosa de todos nosotros.

—Hace ocho o nueve horas que está trabajando sin parar y ya hemos creado un iceberg de nueve metros de alto. A esta velocidad podremos reconstituir un tercio de los glaciares del mundo en los próximos años. Y salvar al planeta —dijo Alex.

—Y salvar al planeta —repetí—, aunque necesitamos mucho más que una estructura para salvarlo de verdad. No podemos ser tan ingenuos.

—Lo sé, Mia. Tengo algunas ideas, pero ya te contaré al respecto. Por ahora solo disfrutemos de esto mientras podamos —dijo él—. Estoy haciendo arreglos para que siga el proceso. Necesitamos ver hasta dónde puede llegar nuestro amigo A-Solar creando pequeñas cantidades de hielo. Las baterías que el doctor Clayton instaló harán el trabajo de almacenar la energía. Una posibilidad es monitorear todo el proceso a distancia, desde la base de Argentina —dijo él.

—Veo que pensaste en todo.

—Digamos que tuve que pensar en el posible escenario en el cual el prototipo funcionara. Y en ese caso no hubiera sido lo más eficiente detenerlo. Tenía que pensar en la forma en que pudiera continuar trabajando sin detener la producción. Entonces Martin me dio la idea de monitorear localmente. Incluso podemos trasladar el prototipo hacia otra ubicación.

—Increíble. Parece un sueño hecho realidad —dije con una sonrisa.

—Ya hablé con Clara para contarle las noticias. Están felices, pero me temo que nuestras acciones tendrán consecuencias.

—No esperaba menos —dije resignada.

—Nuestro trabajo está terminado aquí. Mia, no quisiera arruinar el momento, pero todavía tenemos que evacuar. Llegará un barco canadiense en algunas horas.

—Lo sé. Y créeme que, aunque quisieras, nunca podrías arruinar este momento —dije, mirando hacia el horizonte.

49

El tiempo había pasado demasiado rápido. Los detalles comenzaban a esfumarse. Hubiera querido tener un diario o al menos un cuaderno donde poder escribir cada sensación, cada sentimiento, porque no quería olvidarme de nada. Había sido una experiencia única e irrepetible.

Recuerdo que, antes de embarcarnos en el barco canadiense, le dediqué una última mirada a la base Halley VI. Parecía hecha de juguete por la forma en que sus colores resaltaban sobre el paisaje eternamente blanco. También recuerdo la imagen de A-Solar en funcionamiento, rodeado de mar, creando pequeñas montañas de hielo a su alrededor.

En el barco reinaba el silencio. Todos estábamos recluidos en nuestros respectivos camarotes la mayor parte del tiempo. Teníamos indicaciones de descansar y llegar recuperados a tierra firme. Necesitaba hablar con James, pero era difícil encontrar el momento. Algunas veces lo veía caminando por la cubierta, pero nunca estaba solo. Muchas veces iba con Juliette. Necesitaba hablar con él, pero no sabía que decirle. En el último atardecer en el barco, salí a cubierta a admirar una vez más el paisaje. Habíamos dejado atrás el continente blanco y todo alrededor comenzaba a cambiar.

—Es un hermoso atardecer —dijo James, que apareció de repente.

—Me asustaste. Estaba demasiado concentrada en mis pensamientos.

—Me pregunto qué estarías pensando. A veces eres demasiado misteriosa.

Él se apoyó un brazo sobre la baranda, esperando respuesta.

—James, estaba pensando en nosotros. Desde el momento en que te conocí, supe que me enamoraría de ti con la misma certeza que supe que me harías sufrir. Lo siento, pero es verdad. Lo que sentía por ti era demasiado intenso como para que no tuviera un costo. —Luego aparté mi mirada hacia el horizonte pincelado que tenía frente a mí—. Cuando estaba en la plataforma, me sentía aterrada y solo había un pensamiento que me hacía sentir segura y que podía lograrlo: que tú estabas cerca.

—Mia, daría cualquier cosa por una segunda oportunidad —dijo él, acercándose.

—¿Crees que no pienso en eso cada día? ¿Y después qué? Hablamos sobre esto muchas veces y trato de imaginármelo en mi cabeza. ¡Es tan complicado! Tú y yo, juntos. Pelearíamos demasiado, y ni siquiera pienso en que vives en California, además de que viajas sin parar —dije, tratando de poner mis pensamientos en orden.

—Aún no te das cuenta: si estamos juntos, podríamos ser felices en cualquier rincón del planeta. En cualquier latitud.

—Yo viviría con miedo a sufrir, a que me lastimes, miedo al dolor.

Él negó con la cabeza y luego me tomó en sus brazos.

—No puedes vivir con miedo, Mia. Eres la persona más valiente que conozco. No puedes temerle a algo que está en el pasado.

—James, no lo entiendes. Cuando te veo a ti, veo ese dolor. Tú mismo me lo recuerdas.

Él permaneció en silencio, resignado. Volvió a mirar al horizonte. De pronto nos separaba una distancia mucho más grande de la que había sentido alguna vez entre nosotros.

—Puede que sea complicado, pero también podría ser maravilloso —dijo antes de abandonar la cubierta.

Unas horas antes de llegar al puerto de Ushuaia, Martin convocó a una pequeña reunión de equipo en el salón. El capitán del barco le había entregado una caja de madera, donde había una botella de champán y algunas copas. Martin abrió la botella, las llenamos y levantamos en alto y con orgullo.

—Brindo por el éxito de esta misión. Esto es solo el comienzo —dijo Alex—. Me llena de orgullo haber trabajado con todos ustedes en este lugar.

—Quisiera brindar por las reglas y porque algunas están para romperse —dijo Martin, esbozando una sonrisa.

Todos levantamos nuestras copas en honor a esta misión que, a pesar de algunos traspiés, había sido un éxito.

El sol brillaba en el cielo celeste de Ushuaia. Miré a mi alrededor y sentí melancolía por tener que dejar atrás toda esta maravillosa y desafiante experiencia. Aquí nos separábamos como grupo. James y yo cruzamos pocas palabras luego de la conversación en la cubierta, pero había escuchado que Juliette y él se quedarían unos días en Tierra del Fuego juntos. Bruno y Martin se quedarían con ellos un par de días, pero luego irían a la base Marambio para comenzar a coordinar el trabajo de monitoreo de producción de hielo de A-Solar. Alex y yo seguiríamos hasta Buenos Aires. Él iría de vuelta a Boston, mientras que yo me quedaría unos días con mi familia. Esta aventura nos había costado parte de nuestra salud. El balance era definitivamente positivo, pero todos nos llevábamos algunos recuerdos inesperados de la expedición. El precio había sido alto si se tenía en cuenta la hipotermia, un fuerte golpe en la cabeza y una neumonía.

—Palacios, ha sido muy educativo —se despidió Juliette.

—Ha sido una gran experiencia, Dalton —dije, abrazándola—. Cuídalo mucho —dije, señalando a James. Juliette me guiñó el ojo y llevó su equipaje hasta el taxi.

Luego me acerqué a él. No sabía ni cómo comenzar a despedirme. Él sonrió y me abrazó. Hundió su nariz en mi pelo, y yo lo besé en la mejilla. No dijo nada, pero sabía que le costaba desprenderse de mí porque a mí me pasaba lo mismo.

—Entonces, aquí nos despedimos —dije.

Él me miró en silencio.

—Sé que está todo dicho entre nosotros, pero quiero agregar una cosa: voy a extrañarte —dije.

—Yo también te extrañaré. No tienes idea de cuánto —dijo él, dejando atrás su sonrisa.

—James, el taxi está esperando —dijo Juliette.

—Cuídate, Mia.

—Adiós, James.

Luego vi cómo se alejaban juntos en el taxi. Me sentí vacía, pero al menos pude contener las lágrimas que asomaban por mis ojos.

Alex vino al rescate.

—Siempre puedes ir a visitarlo a California.

—Supongo que sí —dije, suspirando.

Estaba ciento por ciento segura de que no tenía la mínima idea de lo que estaba haciendo, pero justamente por esa razón quería tomarme un tiempo para pensar en lo que realmente quería. Después de esta experiencia, algunas cosas se sentían diferentes en mí. Alex y yo tomamos el vuelo a Buenos Aires, donde nos despedimos. Alex se quedaría en el aeropuerto de Ezeiza esperando su vuelo hacia Boston.

—No me gustan las despedidas, sobre todo cuando es de alguien que realmente quiero. Será difícil tenerte lejos, Palacios —dijo Alex.

—Nos veremos pronto en Boston. Dale mis saludos a Kate y a Julian.

Él me miró y sonrió. Luego puso su mano en mi cuello, tocando mi cadenita.

—Oh, casi olvido que la tengo. Es una cadenita con una brújula. Regalo de Clara.

—Mi abuela tenía una igual —dijo él, sorprendido.

—Ella dijo que había sido de una gran amiga. Nunca pensé que se refería a tu abuela —dije, tocándola con mi mano—. Me la quitaré. Es tuya. Deberías tenerla.

—No te la quites. Nada me haría más feliz que saber que la llevas puesta. Así recordaré que tienes algo mío y de mi abuela cerca de tu corazón.

—¿Estás seguro?

—Muy seguro. Quiero que tú la tengas. Y que sea un símbolo de nuestra amistad.

—Nada me haría más orgullosa que llevarla conmigo.

—Hazme un favor: disfruta de tu gente y tu país. Lo mereces. Te espero en Boston. Y no me hagas venir a por ti.

—Hasta pronto, Riverton —dije, sonriendo.

Lo vi alejarse por la terminal sintiendo que una parte de mí se iba con él.

50

Mi cuerpo todavía estaba débil por la neumonía. Mi mamá insistió para que fuera a ver al médico de la familia. Me sorprendí cuando me dijo que tenía suerte de estar viva. Mis pulmones estaban muy débiles, dijo. Me recomendó ejercicios de respiración y caminatas para ayudar con la recuperación. Esos días en Buenos Aires fueron inolvidables. Durante un mes, me embriagué con el cariño de mi gente, de mi país y de mis costumbres. Mis padres, mis amigos, todos querían un poquito de mí, y yo quería un poquito de todos. Me hubiera encantado quedarme más tiempo, pero el deber llamaba; y ya no podía esperar más para volver a Boston.

—Este es y siempre será tu nido, ahora tienes que formar tu propio hogar —me dijo mi madre en el aeropuerto.

—Menuda tarea tengo por delante.

—Una vez que sepas lo que quieres, es pan comido.

La vida, versión simplificada. Escrito por mi mamá.

—Me gustaría que vengan a visitarme. La primavera es muy linda en Boston.

—Mia, te lo prometo. Iremos a visitarte pronto —dijo ella.

—Aquí viene la despedida —dije.

—Hagamos un sándwich y así será más divertido —sugirió mi papá. Ellos, como panes, y yo, como el relleno. Me abrazaron y me apretaron hasta que me dolieron las costillas. Despedida al mejor estilo familia Palacios. Y la mejor despedida que pude tener.

Cuando llegué a Boston, Alex estaba esperándome en el aeropuerto. Comenzaba el mes de diciembre y todo estaba exquisitamente decorado para las fiestas de Fin de Año. Él llevaba puesto un gorro de Santa Claus. Me recibió con un abrazo y me hizo sentir que había vuelto a mi hogar.

—¡Alex! No esperaba verte aquí, y menos con ese gorro.

—Sam me dijo cuándo llegabas. ¡Bienvenida, señorita Palacios! —dijo con una sonrisa.

Me llevó hasta mi casa. En la puerta de mi departamento, vi un cartel que decía: «Bienvenida a casa, Mia». Cuando entré, Clara, Sam y Bruno estaban esperándome. Había flores en un viejo jarrón, Sam había cocinado una torta que olía de maravilla. Definitivamente, se sentía como haber vuelto al hogar.

—¡Estoy tan feliz de verlos! ¡Los extrañé tanto! —dije, abrazando a mi nueva familia.

Sam llevaba su panza de siete meses con mucha gracia. Cuando la abracé, sentí tanta emoción. Ella preparó café, y todos nos pusimos a conversar. Reímos y hablamos de muchas cosas, pero la gran noticia la dio Bruno. Había conocido a alguien durante su visita a la base Marambio. Él se llamaba Andy y era fotógrafo. Él vivía en Nueva York, pero vendría para Navidad a Boston. Su cara se iluminaba al hablar de él.

Muchas cosas habían pasado en este último tiempo. Podía sentir con alegría y melancolía que todo a nuestro alrededor estaba cambiando. Alex fue el último en irse. Nos quedamos conversando sobre todo lo que había cambiado en nuestras vidas en este último tiempo.

—Mia, tengo que decirte algo importante. —Se lo notaba nervioso pero feliz, como si estuviera conteniendo un sentimiento de alegría dentro de él.

—Soy toda oídos.

—Kate y yo vamos a casarnos en la primavera. Y nos haría muy feliz que estuvieras allí —dijo él.

—Alex, no me lo perdería por nada del mundo. Felicitaciones —dije, abrazándolo.

—Gracias. Perdona, no sabía cómo ibas a tomar la noticia —dijo él con su voz áspera.

—¿Cómo voy a tomar la noticia? Con alegría, de la única forma posible. Estoy muy feliz por ti, por Kate y, en especial, por el pequeño Julian. Me alegro de que hayan podido resolver las cosas.

—Gracias. Mia, me siento maravillosamente feliz. Y en parte te lo debo a ti.

—Creo que más bien quieres decir que lograste ser feliz a pesar de mí.

Él comenzó a reír.

—Mia, gracia a ti es que encontré la forma de salir adelante con Kate.

—Aún no lo entiendo.

—No tenemos que entender todas las cosas. No todo pasa por la razón. Tengo que irme. Te espero en mi casa para celebrar la Navidad. Todos estarán allí. No faltes, eres la invitada de honor.

—Allí estaré.

Mientras Alex se alejaba, lo seguí con la mirada desde mi ventana. El frío de la ciudad asomaba de la mano de la calidez de una próxima Navidad, que se podía sentir en el aire, vibrante, en cada rincón de la ciudad. Y, en este rincón del mundo, podía sentir la magia del calor de mi nuevo hogar.

51

La casa de Kate y Alex olía a Navidad. Kate abrió la puerta, y sentí el aroma del chocolate caliente y pino. La anfitriona se veía radiante con un vestido rojo y una gran sonrisa. Llevaba con gracia un gorro navideño y unas guirnaldas con luces en su cuello. Me dio un abrazo de bienvenida, mientras que Julian, que estaba en sus brazos, jugaba con mi pelo.

—Mia, es un placer tenerte aquí. Ten cuidado, a Julian le gusta jugar con el cabello —dijo Kate, riendo.

—Gracias por la invitación, Kate.

A Kate la necesitaban en la cocina, así que, luego de tomar mi abrigo, me dejó a Julian en brazos y desapareció en esa dirección. Suerte que tuve buenos reflejos, porque este niño era inquieto como un cachorrito. No solo nadie me ayudaba con Julian, sino que se reían de cómo trataba de tomarlo en brazos.

—¡Si esto fuera una pelea de boxeo, ya te hubieran ganado por *knock out*, Mia! —dijo Bruno.

—¡Muy gracioso! —dije.

Bruno me presentó a Andy, que parecía ser encantador.

—Mia, es un placer conocerte. Bruno te adora. Habla de ti todo el tiempo —dijo Andy.

—Encantada de conocerte. ¿De casualidad sabes algo de bebés? ¡Porque siento que está a punto de caerse de mis brazos! —dije desesperada.

—Te quedan bien los niños —dijo Alex, que se entretenía observando la situación.

—Hola, Alex. Tienes un niño muy inquieto.

—Hola, Mia, bienvenida. Déjame ayudarte. —Intercambiamos copa de vino por niño y ya me sentí mucho mejor.

Alex se veía relajado. Usaba *jeans* y el suéter de Navidad más feo que había visto en mi vida, con un gran reno color verde y rojo en relieve.

—Ven, tengo algo que decirte —dijo Alex. Lo seguí hasta su oficina. Nos sentamos, y me miró con extrema seriedad por detrás de sus lentes.

—He hablado con el vicepresidente.

—¿El vicepresidente de Harvard?

—No, claro que no. Me refiero al vicepresidente.

—¡Cielos! ¡¿Qué pasó?!

—Bueno, al parecer nos quieren dar un premio y un reconocimiento por nuestra labor en investigación y nuestros logros. ¿Qué opinas de eso, Mia?

—Para ser honesta, me siento halagada, pero al mismo tiempo un poco desilusionada. Después de todo, no puedo dejar de ver la hipocresía que nos rodea: nos obligan a evacuar y, prácticamente, abandonar el proyecto, y luego nos quieren dar un premio por nuestro trabajo. Podríamos haber hecho mucho más...

—Ay, Mia, realmente tienes una visión única de las cosas. Sugiero que dejes el tema de la hipocresía de lado y disfrutes el momento —dijo, riendo.

—Sé que tienes razón, pero no puedo evitarlo —dije, apenada.

Unos minutos después, todos disfrutábamos de una agradable cena navideña. Kate volvió de la cocina y se sentó a mi lado.

—No quería dejar pasar un minuto más y agradecerte por cuidar de Alex. Sé muy bien que trabajaron en condiciones extremas y no debe haber sido nada fácil. Y, claro, felicitaciones por todo lo que lograste. Él está muy orgulloso de ti.

—Gracias, Kate, pero fue un trabajo en equipo. También tengo que felicitarte. Escuché que habrá una boda el próximo año —dije.

—Muchas gracias, Mia —dijo Kate cariñosamente.

La cena fue muy entretenida. Kate fue una excelente anfitriona. Cocinó una gran variedad de platos increíbles para deleite de todos los comensales. Bruno y Andy se animaron a dar un anuncio especial: se irían a vivir juntos en unos días. Andy se mudaría a Boston. Sam estaba eufórica, y Nathan no podía estar más atento con ella. Para cuando llegó la hora del postre, eran casi las once de la noche. Alguien tocó la puerta. Kate me pidió que abriera. Cuando abrí, me llevé una gran sorpresa: James y Juliette estaban allí, tomados de la mano. A juzgar por la expresión en sus caras, la sorpresa fue recíproca.

—¡Mia! ¡Pensé que estarías en Buenos Aires para Navidad! —dijo él.

—Hola, Mia, ¡qué sorpresa! No teníamos idea de que estarías aquí. Trajimos una torta —dijo Juliette, dándome una caja.

Se veían demasiado bien juntos. No podía reaccionar. Ni siquiera pude decir: «Hola». Tomé el paquete y me quedé parada, mirándolos, sin saber qué decir. Para mi buena fortuna, Sam vino al rescate en cuestión de segundos.

—Bienvenidos, pasen, chicos. Ven, Mia, llevemos esto a la cocina.

Una vez allí, se puso seria.

—¿Qué es lo que te pasa? ¿Por qué te quedaste así mirándolos?

—No lo sé. No esperaba verlo ahora.

—Creo que es hora de que enfrentes tus sentimientos, Mia. Me estás volviendo loca y lo peor es que también te estás volviendo loca a ti misma. Perdona que te grite, pero a veces es necesario —dijo Sam, que se paseaba por la cocina con una mano sobre su espalda—. Esta criatura me está pateando demasiado, es como si también estuviera gritándote, Mia. ¡Hasta haces enojar a mi bebé!

La miré estupefacta.

—Creo que serás una excelente madre —dije.

—Ay, ya lo sé. Mientras tanto, practico contigo, que eres como una criatura. Solo quiero hacerte una pregunta, una simple pregunta. ¿Lo amas?

—No lo sé —dije—. He pensado mucho en el últimamente, y ahora, verlo nuevamente con Juliette. No sé qué me pasa, Sam.

—Entonces ve y averígualo. Conversando en la cocina conmigo no averiguarás nada.

—Sam, ellos están juntos. No me queda nada por hacer.

—Ay, Mia, a veces me dan ganas de lavarte bien esas neuronas que tienes en la cabeza. Y, si lo amas, ¿dejarás pasar la oportunidad de averiguarlo solo porque está con alguien en Navidad?

—Disculpen, estaba buscando el baño —dijo James, que apareció repentinamente por la cocina.

—Es la siguiente puerta, hacia tu izquierda —dijo Sam.

—¡Sam, escuchó todo! ¡Estoy segura! —dije sin disimular mi ataque de pánico.

—Bueno, si así fuera, al menos ayudaría en algo.

—Mia, no es que sea de mi incumbencia, pero Sam tiene razón —dijo Kate, que ahora abría la puerta de la cocina—. Lo siento. No era mi intención escucharlas, pero tenía que venir a buscar el postre.

Kate se acercó y me tomó de las manos.

—Sé que pasaron muchas cosas entre nosotras, pero me gustaría que tomes este consejo como el primer paso de lo que puede ser una amistad entre nosotras: habla con él.

—Nosotras nos encargaremos de Juliette —dijo Sam, misteriosa.

Luego del postre, Alex nos invitó a levantar nuestras copas para hacer un brindis de Navidad. Nos acercamos al árbol, que era un magnífico pino natural, alto y majestuoso. Miré a mi alrededor. El amor estaba en todas partes. Alex y Kate estaban abrazados junto al árbol. Sam y Nathan apoyaban sus manos sobre la panza de Sam, y Bruno y Andy se sonreían mutuamente. No sabía qué pensar sobre James y Juliette, pero parecían estar juntos. De pronto me di cuenta de que era la única sola en Navidad, pero, en lugar de dejar que eso me afectara, me sobrepuse a ese pensamiento y me autoconvencí de que realmente no necesitaba nada más que estar entre buenos amigos para pasar una hermosa velada navideña.

—Quiero proponer un brindis, por nosotros y por la amistad que nos une —dijo Alex—. Porque sin eso no podríamos haber logrado nada. —Luego bebió un sorbo de champán y se apuró a dejar la copa—. Y ahora, finalmente, llegó el momento más divertido de la noche.

En un rincón de la sala había un piano. Alex se dirigió allí y comenzó a tocar canciones de Navidad. Todos nos dejamos llevar por el momento y comenzamos a acompañar con nuestras voces desentonadas. Julian nos miraba y se reía. Supongo que estábamos dando un espectáculo bastante divertido.

—Ahora tengo que cambiar un poco el tono, pero las promesas hay que cumplirlas —dijo, guiñándome un ojo. Alex comenzó a cantar la canción *Over the rainbow*, de la película *El mago de Oz*. Él no tenía que decir mucho más. Sabía que esa canción era para mí y por eso me emocioné tanto que apenas podía cantar. Sam y Bruno estaban a mi lado. Los tres nos abrazamos y cantamos juntos. Fue lo mejor de la noche. Cuando Alex terminó con su *performance*, todos aplaudimos extasiados.

—Eso fue increíble —le dije.

—No crean que esto fue improvisado. Estuve practicando mucho para esta noche —dijo él, riendo—. Si no, pregúntenle a Kate, que creo que se está arrepintiendo de haberme regalado el piano para Navidad.

Alex se veía más que feliz. Tenía todo lo que quería en su vida.

—Vamos a darle un descanso al músico, y ahora, a bailar, ¡porque esto es una fiesta! —dijo Kate mientras buscaba su *playlist* de Navidad en su celular. Sam comenzó a bailar y me llevó con ella al centro de la sala. Apenas podía moverse con su gran panza, pero eso no le impidió tener un poco de diversión. Allí bailamos un par de canciones. James y Juliette bailaban juntos. Me di cuenta de que no podía dejar de mirarlos. Como siempre me pasaba cuando estaba nerviosa, sentí que me faltaba el aire. Salí a la galería de la casa, en busca de aire frío. Esta noche podía sentir el espíritu navideño en todas partes. Me senté en la escalera y me di vuelta para ver a mis amigos.

—Aquí tienes. —James se acercó con una copa de champán—. ¿Puedo acompañarte? —Sin esperar respuesta, se sentó a mi lado.

—Alex es genial con la música. Es difícil competir con ese talento —dijo él—. Ahora entiendo por qué siempre me sentía en desventaja.

—Nunca estuviste en desventaja, porque nunca fue una competencia —dije.

Él sonrió. Tenía puesto un suéter navideño que no era tan feo como el de Alex, pero le hacía competencia. Sentí un silencio algo incómodo. Tiempo atrás solía ser fácil hablar con él, pero, por alguna razón, ya no lo era. La distancia que habíamos mantenido entre nosotros se hacía sentir con cada segundo.

—Alex me dijo que nos darán un premio. ¿Puedes creerlo? —dije.

—Me parece genial, pero también algo ridículo. Después de todo, no nos dejaron seguir trabajando en la base. Podríamos haber hecho mucho más si no nos hubieran evacuado.

—¡Eso es exactamente lo que yo dije!

—Juliette y yo fuimos a algunos lugares interesantes en Argentina. Es un país asombroso —dijo él.

Otro silencio incómodo apareció entre nosotros.

—James, creo que voy a entrar. No estará tan frío como en el Polo, pero igual me estoy congelando.

—Espera, Mia —dijo él, tomando mi mano—. Tengo que decirte algo: pronto me iré a Australia. Voy a ir a trabajar por un año.

Sentí que la alegría de la Navidad se desvanecía poco a poco.

—No es posible. ¿Por qué Australia? —dije sin disimular mi sorpresa.

—¿Recuerdas los incendios forestales de unos años atrás? El daño que dejaron los incendios fue devastador. Y ahora están tratando de proteger las especies nativas y para eso están invirtiendo grandes fondos para su preservación. Me han pedido que forme un equipo de especialistas en conservación para ir a trabajar allí. Salimos los primeros días de enero para Sídney.

Me llevé las manos a la cabeza. Esto no puede estar pasando.

—¡Pero estarás tan lejos!

—Lejos, cerca. Es relativo, Mia. La distancia es relativa. Si no estamos juntos, simplemente no importa si estamos a dos horas o a veinte —dijo él.

—A mí sí me importa. No es lo mismo sentir que estás en California que en Australia.

Las luces navideñas de la galería de la casa se reflejaban en sus ojos. Al sentir su mano sobre la mía, un escalofrío recorrió mi cuerpo. Sus palabras se sintieron más frías que el frío que nos rodeaba. De pronto, estar a su lado despertaba todos mis sentidos, pero sobre todo despertaba un sentimiento que había enterrado hacía tiempo dentro de mí. Luego se escucharon pasos. Instintivamente, le solté la mano.

—James, te estaba buscando. Vamos a bailar, sé que te gusta esta canción —dijo Juliette—. Perdón, no quería interrumpir. Mejor te espero adentro.

—Enseguida voy —dijo él—. Le estaba contando a Mia sobre Australia.

—¿No es genial, Mia? Nos iremos en enero.

—¿Tú también irás, Juliette?

—Sí. James y yo organizamos todo el proyecto. ¡Será muy interesante! Está muy frío aquí. Los espero adentro —dijo ella.

—James, estoy cansada. Creo que voy a pedir un taxi ahora —dije.

—Solo quiero que sepas que Juliette y yo somos solo amigos. Mia, no es lo que piensas.

—James, ¿qué importancia tiene ahora? Vas a irte por un año.

—¿Por qué no te quedas un rato más? Puedo llevarte a tu casa más tarde —dijo él.

—No hace falta.

—Mia, acepté ir a Australia porque no hay nada que me retenga aquí —dijo él—. Y porque será una excelente oportunidad para mí. Seré el encargado de la expedición.

—James, estoy feliz por ti —dije a punto de llorar.

De pronto Kate apareció gritando:

—¡Sam rompió bolsa! ¡Está yendo al hospital!

Fui corriendo hacia la puerta. Sam y Nathan estaban poniéndose los abrigos.

—Sam, ¿estás bien? Es muy pronto. ¡Quiero ir contigo!

—No, Mia. Quédate aquí. Estaré bien. Estoy tranquila, con Nathan estoy tranquila —dijo ella.

La miré y luego, a Nathan. Es cierto, se tenían el uno al otro y no me necesitaban allí.

—¡Llámame si me necesitas! —La abracé con fuerza—. Todo saldrá bien.

—Feliz Navidad, amiga —dijo ella antes de salir de la puerta.

—Está comenzando a nevar y parece que será una tormenta grande. Ven, Mia, vamos a la cocina a preparar chocolate caliente. Será una larga noche —dijo Kate.

52

Era de madrugada. Seguía nevando y se había armado una especie de campamento en la casa de los Riverton. Bruno y Andy se habían dormido sobre la alfombra, sobre unos almohadones y bajo unas frazadas. Había tazas de café, copas de vino y papeles de regalo en el piso. Juliette y James se habían dormido en el sillón. Yo me sentía demasiado nerviosa para dormir. Me había acomodado en otro sillón, el más cercano al hogar. Allí estaba cómoda pero intranquila. Pensaba en Sam y en cómo cambiaría su vida en las próximas horas. Pensaba en James viviendo en Australia, con Juliette. Miré el reloj, eran las cinco y media de la madrugada, y los minutos parecían horas. Todavía no había noticias de Sam. Kate había acertado. Era una larga noche. Fui a la cocina a prepararme un té, pensando en que me ayudaría a dormir. Cuando volví, me acomodé nuevamente en el sillón, tratando de no hacer ruido. Bajo una frazada, trataba de amigarme con mi insomnio sin éxito alguno.

—¿Ahora sí podemos hablar? —Me di vuelta y vi a James, que abría un ojo con dificultad.

—Espero no haberte despertado —dije, susurrando.

Él se levantó silenciosamente. Juliette tenía apoyada sus piernas sobre las de él, pero él las movió con destreza. Ella se acomodó y siguió durmiendo. Luego se sentó a mi lado.

—Espero que hayas podido dormir algo.

—Estoy muy nerviosa para dormir.

—¿Nerviosa por Sam? ¿O por algo más?

—Por muchas cosas.

—Déjame ayudarte a relajarte un poco.

Él tomó mis piernas y las puso sobre las suyas. Instintivamente, quise liberarme.

—Solo relájate, confía en mí. Es una técnica que aprendí hace tiempo. Prometo que no te haré reír.

No estaba muy convencida, pero dejé que lo hiciera. Estaba tan agotada que no tenía ni fuerzas para oponerme. Él sacó mis botas suavemente y comenzó a masajear mis pies en silencio. Se sentía bien y, poco a poco, me fui relajando. Sus manos se sentían suaves. Podría haberme quedado horas así. Solo estábamos los dos y el calor del hogar a nuestro alrededor.

—Es tan difícil verte bajar la guardia —dijo él.

—Ya me conoces. —Cerré los ojos por un momento y me concentré en sus manos tocando mis pies. Hacía tiempo que no me sentía tan relajada.

—Extrañaba tenerte a mi lado —dijo él.

Él me miró, como buscando una señal, una reacción, algo que nunca llegó de mi parte.

—A veces no puedo ni imaginar qué está pasando por tu cabeza —dijo él.

—¿No te lo imaginas? Estoy furiosa, James. Estás aquí, a mi lado y no tengo ni la más mínima idea de qué decirte, qué hacer y, si la tuviera, de nada serviría. Tú solo te irás lejos.

—No es tan malo irse. Tú te fuiste de Argentina.

—No es lo mismo.

—¿Por qué no es lo mismo?

—No lo sé. Solo no quiero tenerte lejos. Me hace sentir triste.

—Creo que no tienes derecho a decirme eso, Mia.

—Es así como me siento. Lamento que te incomode escucharlo...

En ese instante Kate apareció por las escaleras, su cabellera despeinada y envuelta en una bata.

—¡Ya nació! ¡Emily ya está con nosotros! Todo salió bien. Vamos a desayunar y a celebrar. ¡Qué hermoso regalo para comenzar el año!

Me levanté del sillón rápidamente.

—Emily es un hermoso nombre. ¡Qué alegría! ¿Sabes algo más? —pregunté.

—No, solo sé que todo salió bien —dijo Kate.

Cuando me di vuelta, vi a Bruno y Andy celebrando la noticia. Juliette se había despertado y sonreía desde el sillón. James ya no estaba a mi lado.

—Kate, me gustaría quedarme más tiempo, pero tengo que irme. Esta tarde sale mi vuelo. Gracias por la cena, estuvo deliciosa. Por favor, agradécele a Alex de mi parte. Fue una hermosa Navidad —dijo James, que estaba parado en la puerta, a punto de irse, con su abrigo en la mano.

—James, ¿te vas ahora? Pensé que estábamos hablando. ¿Esta tarde vuelves a California? —pregunté, preocupada por lo que había escuchado—. ¿Por qué no me lo dijiste?

Él se puso el abrigo y los guantes. Luego puso sus manos sobre mis hombros, como tratando de calmarme.

—No es el mejor momento para hablar. No puedo lidiar con esto ahora. No puedo lidiar contigo ahora, Mia. A veces siento que estamos en diferentes sintonías. Será en otro momento. Por favor, felicita a Sam y a Nathan de mi parte. No podré verlos, pero diles que estoy feliz por ellos.

—James, no te vayas.

—En pocos días saldré para Australia y quiero estar con mi familia. Tengo que volver a California. Lo siento —dijo él.

En ese momento solo deseé que el tiempo se detuviera.

—Yo voy contigo al hotel. También necesito empacar —dijo Juliette—. Gracias por todo, Kate. Feliz Navidad para todos —dijo Juliette antes de cerrar la puerta en mis narices.

Kate se acercó y puso su mano sobre mi hombro.

—Mejor preparemos el desayuno antes de que Julian despierte.

No tenía mucha hambre, pero Kate insistió tanto que no pude decir que no a sus panqueques. Es cierto, estaban deliciosos. Ella comenzó a hablar sobre la receta, pero no pude prestarle mucha atención.

—Estás en otro lado. ¿Estás bien, Mia?

—Perdona, Kate. Estaba pensando en otra cosa.

—¿Estabas pensando en él? Mia, no tienes por qué disimular.

—Pasaron tantas cosas entre nosotros. Ya no sé cómo me siento con respecto a él, pero tampoco importa. Australia está demasiado lejos.

—Sí, Juliette nos contó la noticia. Y veo que no estás feliz al respecto.

—Él me irrita, me vuelve loca, me pone nerviosa. Siento atracción y rechazo al mismo tiempo. Él desapareció y me dejó el corazón roto una vez. No creo poder resistir algo así nuevamente. ¿No es un poco retorcido? ¿No es tremendamente complicado? ¿Por qué Australia?

—Mia, todo eso es retorcido, pero suena bastante normal para mí —dijo ella, riendo—. Me gustaría darte un consejo: aprender a perdonar es parte de encontrar el camino hacia el amor. Los errores del pasado pueden ser grandes, pero lo importante es que están en el pasado, y todos, absolutamente todos, podemos aprender de ellos.

—Tengo que coincidir con Kate —dijo Alex, que bajaba la escalera con Julian en brazos.

—Buenos días. —Él se acercó a darle un beso a Kate. Ella tomó a Julian en brazos y fue a cambiarlo. Se veían como una verdadera familia.

—Justo a tiempo para los famosos panqueques de Kate —dije.

—¡Qué suerte la mía! Aunque después tendré que organizar para correr una maratón para ponerme en forma de nuevo. —Alex se sirvió café y se sentó a mi lado.

—Volviendo a lo de antes, James está loco por ti. Hasta yo puedo ver eso. Y hasta me atrevería a decir que el sentimiento es recíproco. El misterio por resolver es si de verdad podrás perdonarlo.

—Alex, eso es un misterio para mí también. No es que sea rencorosa, es que no quiero volver a sufrir. Es como si tuviera una coraza alrededor de mi corazón. No puedo romperla, solo está ahí.

—Nadie quiere sufrir por amor, Mia, pero, si no puedes romperla, tal vez puedas ablandarla. Puedes ir de a poco. Tienes que arriesgarte por amor. Si no arriesgas...

—¡No ganas! —dijo Bruno, que se había levantado por el olor a panqueques.

—Mia, recién te estoy conociendo, pero tengo que coincidir con todos aquí. Debes arriesgarte —agregó Andy.

—Claramente esto es un complot —dije.

—Tienes razón. Es un complot para ayudarte a encontrar tu felicidad —dijo Bruno—. Mejor, no te resistas, y así tendremos un trabajo un poco más fácil.

—Alex, antes de irme quería decirte algo: fue la mejor versión de *Over the rainbow* que escuché en mi vida. Se nota que trabajaste mucho en eso.

—Gracias. Me pareció apropiada para la ocasión. Palacios, antes de que te vayas, algo que confesar: nunca pensé que sería tan feliz como ahora.

—Puedo verlo, Riverton. No puedes dejar de sonreír.

—¡Claro que no puedo dejar de sonreír! Tengo a mi lado a una gran mujer, un bebé encantador, un trabajo soñado y una amiga que vale oro. Y no puedo dejar de agregar nuestro gran logro. ¿O te olvidaste de que gracias a nuestro proyecto estamos creando montañas de hielo? ¡Icebergs gigantes! ¿Te das cuenta de lo que eso significa?

—¡Claro que sí! Significa que me necesitas desesperadamente.

—Exactamente. Entonces, ¿crees que podrás firmar un nuevo contrato para quedarte un año más en Boston?

—Necesito un par de días para pensarlo. ¿Puede ser?

—Claro, Palacios. Tómate todo el tiempo que quieras. Solo espero que digas que sí.

53

Cuando me fui a casa, todavía nevaba. Estaba muy cansada, pero quería ir a conocer a mi nueva sobrina. Fui a comprar un regalo para Emily. ¡Cómo podía quererla tanto sin haberla conocido! Unas horas después, llegué al hospital. Sam se veía cansada pero feliz. Nathan, por otro lado, se veía agotado, como si él mismo hubiera sufrido el trabajo de parto.

—¡Mia! ¡Ven a conocer a Emily!

Emily era una hermosa beba, con bastante pelo, cachetes redondos y rosados.

—¡Es tan pequeña y hermosa! —Era aún más pequeña que el oso de peluche que le había traído de regalo.

—¿Quieres cargarla?

—Tengo miedo de que se caiga. —Sam comenzó a reír.

—Siéntate a mi lado. Yo te la paso.

Creo que ella notó mi inexperiencia con los más pequeños, pero, aun así, confió en mí. Cuando la tuve en brazos, fue lo más hermoso que me había pasado en mucho tiempo. Mi corazón se llenó de amor. Sentí que había magia en el aire. No quería hacerla llorar. En cambio, ella me hizo llorar a mí.

—Mia, ¿estás bien?

—Sí, solo estoy emocionada. Es lo más lindo que vi en mi vida.

—Me alegro, porque tienes que cumplir con tu deber. Después de todo, eres su tía favorita.

—Sam, esta beba es increíble. ¿Cómo es posible que de repente se pueda sentir tanto amor por alguien? —Las lágrimas seguían cayendo de mis ojos. Sam me miró y tomó a Emily en brazos.

—Mia, creo que estás muy sensible.

—Creo que sí. Me siento feliz y triste al mismo tiempo. No sé si tiene sentido. Sam, él se irá a Australia. Y eso me hace sentir tan triste. No puedo dejar que vaya. No quiero que se vaya —dije, suspirando.

Sam me miró y luego miró a Nathan.

—Escuchamos sobre Australia en la cena. Me da tanta pena, pero no puedes quedarte sin hacer nada, Mia. Ve a buscarlo.

—¿A dónde? No sé ni cuándo sale su vuelo.

—Aquí tienes —dijo Nathan, entregándome un papel—. Sale en un par de horas desde el aeropuerto de Logan. Si te apuras, puedes encontrarlo en el hotel.

Los miré sin entender.

—¿Cómo?

—Sabes que estoy en los detalles. Me tomé el trabajo de averiguarlo de antemano. Era información importante —dijo Sam.

El complot por mi felicidad llegaba más lejos de lo que pensaba.

—Eres la mejor. —Sin duda sus habilidades iban más allá de lo imaginable.

—Deberías apurarte. Y mejor no pienses tanto, solo déjate llevar. Verás que todo saldrá bien.

—¿Dejarme llevar? No puedo dejarme llevar por lo que siento. Es como si me traicionara a mí misma. Sufrí tanto en el pasado que no puedo pensar en volver a estar con él y...

—Detente ahí mismo. Mia, la única forma posible de traicionarte a ti misma es si no sigues lo que dicta el corazón.

—Pero, Sam...

—¡Vete de una vez!

Salí corriendo de allí, solo pensando en una cosa: si no lo encontraba antes de que saliera su vuelo, iba a morir de tristeza. Al salir del hospital llamé a su celular, pero no contestó. Fui hasta el hotel y pregunté en la recepción por él, pero me dijeron que ya había dejado la habitación. Vi a Juliette, que salía del ascensor.

—¡Mia! Si estás buscando a James, acaba de salir para el aeropuerto. La tormenta va a ponerse peor más tarde, así que adelantó su vuelo.

—¡Oh, qué mala suerte! —dije.

—Bueno, todavía tienes un poco de tiempo. ¡Ve a buscarlo! —dijo ella.

—¡Gracias, Juliette!

Tomé un taxi en la puerta del hotel.

—¡Al aeropuerto lo más rápido que pueda, por favor!

—Señorita, ¿va a perder su vuelo?

—No, aún peor. Perderé una gran oportunidad de ser feliz. ¿Entiende?

El taxista me miró por el retrovisor. No dijo nada, pero noté que esbozó una sonrisa. Y luego pisó el acelerador.

—Gracias por ir rápido, señor —dije.

—Señorita, yo manejo un taxi y, si no fuera por estos rayos de esperanza, bondad y amor que veo en la gente, mi trabajo sería demasiado aburrido, incluso triste —dijo el hombre sin dejar de sonreír.

Al llegar, fui corriendo hacia la pantalla con la información de vuelos. La puerta diez estaba embarcando. Todavía tenía que pasar por seguridad. Fui a la ventanilla para comprar un pasaje para ese vuelo, pero ya estaba cerrado.

—Una vez cerrado nadie puede subir —dijo la persona de atención al cliente—. De hecho, me están avisando que el vuelo esté completo y va a despegar unos minutos antes. Todos adelantaron su vuelo por la tormenta que se acercaba.

La tormenta se va a desatar en mi interior si no consigo encontrarlo. Con cada minuto, mi desesperación iba en aumento. Lo llamé por teléfono, pero su celular estaba apagado. Se había ido. Volví a mi casa, triste y desconsolada.

Cuando bajé del taxi, vi a alguien sentado en las escaleras de mi casa. Por un momento, pensé que sería él, pero al acercarme vi que era Alex.

—Mia, ¿estás bien?

—No, no estoy bien.

Él abrió sus brazos hacia mí, y yo me acerqué buscando protección. Necesitaba el hombro de un amigo.

—No te preocupes. Todo va a salir bien —dijo él con calma.

—¿Cómo lo sabes?

—Bueno, por muchas cosas. Para empezar, creo que están destinados a estar juntos. Siéntate a mi lado.

Me senté en la escalera y puse mi cabeza sobre su hombro.

—¿Sabes, Mia? Estoy convencido de que nuestros caminos se cruzaron por una razón y creo saber cuál. Fuimos aquello que el otro necesitaba para arreglar lo que estaba mal, para motivarnos y seguir adelante con nuestras vidas. Tú fuiste como una brisa de verano. Me devolviste la fuerza y las ganas de luchar por un amor que estaba casi perdido para mí. Y solo espero haber podido ser lo mismo para ti. Creo, y espero, haberte devuelto la esperanza y la confianza para volver a amar.

Nos abrazamos fuerte, como verdaderos amigos.

—¿Entonces? —preguntó él.

—Luego de la tormenta, iré a California a buscarlo.

—¡Así se habla, Palacios! —dijo él—. Estoy muy orgulloso de ti.

—Lo sé, eres mi fan número uno —dije, sonriente.

—Puedes apostarlo.

Luego se alejó caminando. El aire se sentía frío, pero había mucha quietud. Las luces de las calles iluminaban la noche. Los copos de nieve volvían a aparecer en la noche oscura. A lo lejos se escuchaba un coro cantando canciones de Navidad. Y todo era doloroso porque me recordaba a él.

—Mia...

Me di vuelta pensando en que había imaginado su voz.

—James, no puedo creer que estés aquí —dije sorprendida.

Subió las escaleras hasta llegar a la puerta. Fueron segundos que me parecieron eternos.

—Estoy aquí. No hay ningún otro lugar donde debería estar. No podía irme sin decirte lo que necesitaba decirte: no tuve el valor de subir a ese avión. No tengo el valor de alejarme de ti. Te necesito. Mia, quiero compartir mi vida solo contigo. Y, si no te tengo, no tengo nada. Me haces sentir que quiero ser cada día mejor. Quisiera...

—Fui a buscarte al aeropuerto —interrumpí.

Él dejó de hablar. Se acercó y me tomó de las manos. La emoción invadió mi cuerpo y, una vez más, comencé a llorar.

—James, fui a buscarte para decirte que sé que soy difícil y obstinada, y sé que debería haberme dado cuenta de esto hace tiempo, pero... —Mi corazón iba a toda velocidad y apenas podía hablar de la emoción—. Sé que me cuesta tomar riesgos, pero prefiero arriesgarme contigo antes que vivir una vida preguntándome lo que pudo haber sido. Cuando te vi con Juliette, sentí que me dolía el corazón y solo podía pensar en que quería estar a tu lado y abrazarte, y me di cuenta de que no puedo seguir enterrando esto que siento. Y, cuando escuché acerca de Australia, solo pensé en cuanto odio a los canguros. Y sí, soy caprichosa porque no quiero que te vayas.

—Mia, si lo que estás diciendo es verdad -en realidad, no puedo creer que odies a los canguros- pero tú y tus caprichos me hacen el hombre más feliz del mundo. —Él puso sus manos en mi rostro. Yo lo rodeé con mis brazos.

Los copos de nieve caían a nuestro alrededor y, lejos de sentir frío, sentía el calor de algo nuevo que comenzaba entre nosotros.

—Mia, estoy loco por ti. No sabes la cantidad de veces que intenté olvidarte. Estaba seguro de que no podrías perdonarme y que ya te había perdido, pero, cuando te vi ayer, todo volvió al punto de partida. Ayer me di cuenta de que nunca dejé de amarte y que todos mis intentos de olvidarte fueron en vano. Mia, tú eres como una cicatriz en mi corazón. Siempre estarás ahí.

—James, tengo algo que pedirte. ¿Crees que puedes besarme?

Él se acercó despacio y acarició mis labios con los suyos. Fue como si nos hubiéramos besado por primera vez. Nos fundimos en un beso cálido, inquieto, ansiado. La carcasa comenzaba a ceder.

54

Llegó la primavera y, con ella, un día para celebrar la unión de dos personas muy especiales. A pesar de todos los obstáculos que tuvieron que sobrellevar, entre los cuales me incluía, el amor fue vencedor. La boda ocurría en un jardín de invierno que habían improvisado con carpas, en el fondo de la casa de los padres de Kate, en las afueras de la ciudad de Chicago. Kate no tenía hermanas, solo tenía una gran amiga llamada Natalie. Junto con ella, Sam y yo tendríamos el honor de ser las madrinas de boda o *bridemaids*. Fue algo inesperado cuando llegó el día en que me lo pidió, pero lo tomé como un acto de fe. Kate dijo que sería un honor para ella si yo aceptaba, pero, para ser honesta, el honor era todo mío.

—Sam, ¿te das cuenta de que estaremos en el altar? Nunca estuve parada en el altar.

Ella frunció el ceño.

—No sé tú, pero está en mis planes casarme pronto. ¿Crees que él me lo pedirá algún día?

—Creo que él sabe que es importante para ti, así que no dudo que te lo pedirá algún día. —Lo sabía bien porque yo lo había ayudado a comprar el anillo.

Después de horas de preparación, Sam y yo nos miramos en el espejo. Tardé unos segundos en reconocerme y encontramos con nuestros reflejos. Si alguien me hubiera contado todo lo que pasó durante este año, hubiera dicho que todo era una broma. Más allá del peinado, maquillaje y del hermoso vestido en tonos dorados, vi en mí a una mujer feliz con sueños cumplidos y sueños por cumplir.

—¿Puedes creer todo lo que pasó en este último año? —preguntó Sam sin quitar la mirada de nuestros reflejos—.Me convertí en madre, y tú prácticamente salvaste al planeta. ¿Qué te parece eso? ¡No es poca cosa!

—Salvaste al planeta es un poco exagerado, ¿no crees? Pero sé a lo que te refieres. De todo lo que vivimos en este año, convertirme en tu amiga fue una de mis cosas favoritas. Te quiero, Sam. —Luego la abracé con delicadeza porque no quería arrugar nuestros vestidos.

—Mia, vas a hacerme llorar y arruinar el maquillaje. Yo también te quiero, amiga.

El sol brillaba y por los ventanales del jardín de invierno se podía sentir una suave brisa revoloteando con las hojas y las flores. Miré hacia el altar. Alex se veía nervioso y elegante, con una sonrisa tatuada en su rostro. Cruzamos miradas. «Estás hermosa», leí en sus labios mientras me miraba. «Gracias», le respondí de la misma manera. Miré hacia los invitados. La madre de Kate estaba junto a Julian y jugaba feliz a su lado. Muy cerca vi a Bruno y Andy mientras conversaban animadamente. Se veían felices, elegantes y combinados. A su lado estaban Clara, Martin y su esposa. Clara me saludó con su mano y una gran sonrisa. Tomó su cadenita con la brújula y me la mostró. Yo busqué la mía para hacer lo mismo.

En la última fila, alguien me saludaba con la mano. Tardé en reconocerlo. Parecía haber envejecido mucho en poco tiempo, aunque todavía conservaba la elegancia del primer día. Alex me había dicho que le habían ofrecido retirarse o quedar como asesor de algunos proyectos, pero no sabía cuál de las dos opciones había elegido. Supuse que Thomas no iba a desaparecer de nuestras vidas tan fácilmente.

A mi lado, Sam lloraba de emoción. El maquillaje estaba arruinado, pensé. Una emoción que se volvió contagiosa. Trataré de recordar que para el próximo casamiento sería mejor usar maquillaje a prueba de agua. Busqué a mi alrededor una razón que me calmara, que me diera la sensación de paz. Mi razón estaba allí, devolviéndome la mirada, llena de amor. James tenía una sonrisa dibujada en su rostro; una sonrisa que llenaba mi corazón. Me guiñó un ojo mientras sus labios me decían: «Te amo».

Le devolví la cortesía con un beso al aire. Suspiré varias veces, lo que provocó la risa de Sam.

—¿De qué te ríes?

—De lo perdidamente enamorada que estás.

—No tienes idea —dije sin poder dejar de mirarlo.

Unos segundos después, Kate caminaba lentamente de la mano de su padre hacia Alex. Se podía notar que estaba algo nerviosa, pero en sus ojos había algo que era evidente para todos los presentes. Ella caminaba insegura, pero con la certeza de caminar hacia el amor. A veces, es la única certeza que necesitamos.

La ceremonia fue simple y bonita. Alex y Kate leyeron sus votos y sellaron su amor con un beso. Ser parte de la ceremonia fue reivindicarme. Yo fui un gran obstáculo en la vida de esta pareja y nada me hacía más feliz que hacerme a un lado y poder ser testigo del amor que había entre ellos. Luego fue el turno de la banda, y todos los invitados invadieron la pista de baile. Bajo una gran carpa blanca, todo estaba decorado con hermosas flores blancas y doradas. Los novios bailaban en el centro de la pista. Vi a Sam y a Nathan besándose bajo un arreglo de flores, un anillo de compromiso brillaba en su mano. Luego sentí una mano en mi cintura y una caricia en mi cuello.

—Parece que tendremos otra boda pronto —dijo James, mirando hacia ellos.

—El amor está en todas partes —le dije, sonriendo. Me colgué de su cuello y me hizo girar en un pie. Muy agraciadamente, me guio hacia la pista de baile.

—¡No conocía esos movimientos!

—Hay mucho que todavía no sabes sobre mí. Y no puedo esperar a compartir mi vida contigo. Quería esperar para decírtelo, pero no puedo esperar más. Mia, cuando vuelva de Australia, en unos meses, quiero que vengas a vivir conmigo a San Francisco. Ya lo estuve pensando, y puedes conseguir una beca de investigación allí. Ahora todos quieren trabajar con Mia Palacios. Eres una celebridad entre la comunidad científica. Cualquier universidad que se considere seria en cuestiones medioambientales estará feliz de tenerte. Por favor no digas que no —dijo mientras me besaba el cuello.

—¿Crees por un segundo que puedo negarme? ¿Después de todo lo que pasamos para estar juntos? Espero que sepas que no te será tan fácil deshacerte de mí.

—Cuento con eso —dijo él.

Sus manos me envolvieron en una caricia sobre mi rostro. Luego selló sus palabras con un beso, un beso que me inundó el alma y el corazón de una forma diferente, porque sentía la certeza de que, por primera vez en mi vida, y como él había dicho, lo nuestro sería maravilloso.

FIN

Índice